古典詩歌研究彙刊

第十五輯

龔鵬程 主編

第10冊

北宋妓詞研究

陳佳慧 著

國家圖書館出版品預行編目資料

北宋妓詞研究／陳佳慧 著 — 初版 — 新北市：花木蘭文化出版社，2014〔民 103〕
目 2+218 面；17×24 公分
（古典詩歌研究彙刊 第十五輯；第 10 冊）
ISBN 978-986-322-598-0（精裝）
1. 宋詞 2. 詞論
820.91 103001199

ISBN-978-986-322-598-0

古典詩歌研究彙刊
第十五輯 第十冊 ISBN：978-986-322-598-0

北宋妓詞研究

作 者 陳佳慧
主 編 龔鵬程
總 編 輯 杜潔祥
副總編輯 楊嘉樂
編 輯 許郁翎
出 版 花木蘭文化出版社
社 長 高小娟
聯絡地址 235 新北市中和區中安街七二號十三樓
電話：02-2923-1455／傳真：02-2923-1452
網 址 http://www.huamulan.tw 信箱 hml 810518@gmail.com
印 刷 普羅文化出版廣告事業
初 版 2014 年 3 月
定 價 第十五輯 20 冊（精裝）新台幣 30,000 元

北宋妓詞研究

陳佳慧 著

作者簡介

陳佳慧，1987 年生，國立成功大學中國文學系碩士，受業於　王偉勇先生門下。現為魚籃文化出版社編輯。

左手作論文詩詞，右手寫風花雪月，學的是經史子集，讀的是五花八門，興的是編輯設計，善的是舞文弄墨，玩的是角色扮演，活的是無愧于天。

著有碩士論文《北宋妓詞研究》，以及自費出版同人誌《溯往‧尋寧》、《清狂》，與《艋舺追想曲》等若干小說。

部落格：http://shinlin1017.blogspot.tw/

提　　要

北宋的社會政治經濟背景，促使妓女完全融入在文人的生活之中，與文人關係密不可分；詞體的興起和盛行，也與兩者息息相關。北宋以妓女為主題的妓詞，數量頗為可觀，本論文以《全宋詞》為底本，蒐集 472 首詞，其中包含妓女自己的創作。希望能夠經由整理、分析、探討這些妓詞的過程，闡明妓詞的內涵、特色及其影響性，重新審視並肯定妓詞在詞學史上的定位與價值。

本論文在首章提出研究動機、範疇與方法後，第二章回顧妓女制度的歷史，以及興起背景；第三、四、五章，分別就妓之詞、贈妓詞、詠妓詞三類作內容與特色之細部討論，並探討人物形象、感官書寫等問題；第六章則探討妓詞在各方面的影響性及文化價值。最後提出北宋妓詞的整體特色、文史價值，以及未來的研究方向與展望。

目次

第一章　緒　論

第一節　研究動機與範疇

一、研究動機與目的

宋代在中國詩歌的發展史上，開拓並完備了新的體裁——詞。詞的起源雖不始於宋，但詞在宋代的發展和盛行，使它成爲宋代文學的代表，今人稱唐詩宋詞元曲，即是代表各朝代詩歌的主流。

詞的形成、內容與流行傳播，除了政治和社會因素外，最直接相關的，就是詞人與妓女。吳熊和（1934～2012）曰：「詞的興起與繁榮，都與歌妓有著密切關係。因此，詞與歌妓的關係，爲詞學研究不可或缺的一環。」〔註1〕劉逸生（1917～2001）也說：「如果把五代北宋詞曲中有關妓女的部分抽出，那麼，五代北宋的詞曲便完全失色，甚至排不進一代文學中去。」〔註2〕這種說法看似太過武斷，但有其道理。宋代由於帝王的提倡，社會經濟也繁榮，娼妓業十分盛行，加上喜好女音，應酬場合透過妓女的歌唱或才藝尋歡作樂，甚至買賣奴

〔註1〕李劍亮：《唐宋詞與唐宋歌妓制度》（杭州：杭州大學出版社，2000年，11月）吳熊和序，頁1。

〔註2〕劉逸生：《藝林小札》（廣東：廣州出版社，1988年9月），頁138。

婢爲家妓都是尋常事，文人所寫之詞有沒有受到妓女喜愛而大肆傳唱、誰家養的妓女才貌最高等，都成爲文人私下爭勝比美的雅事。秦樓楚館不是宋代獨有，文人尋花問柳也非從宋代開始，歐陽炯（896～971）在《花間集・序》就曾記下文人與妓女交遊的盛況：「綺筵公子，繡幌佳人，遞葉葉之花箋，文抽麗錦；舉纖纖之玉指，拍按香檀。不無清絕之詞，用助嬌嬈之態。」〔註3〕從宋詞的內容和妓詞看來，文人無論在家或在外，無論個人願不願意多少都會跟妓女有所接觸或交流。爲官者應酬往來有官妓取樂，無官職的文人，與朋友間的交際都有市妓作陪；至於有能力畜養家妓者，在日常生活中本來就與妓有互動。龔斌說：「從大多產生於妓席之上的詠妓詩，可以眞切地看到宋代的聲妓之盛以及文人的生活情趣。」〔註4〕在這麼長的相處時間及隨處可見的狀況下，妓早已融入文人的生活，無論是有意將妓寫入詞中，或是描寫歌宴場合時，無意間將眼前所見之歌舞妓稍加點染，信筆寫入詞中，妓與詞的關係，著實有著密不可分的關係。

如此一來，歌妓、詞、詞人的關係，就值得令人關注，許多文人學者如胡適〔註5〕、吳熊和〔註6〕等，也都間接在其他著作中提及詞與歌妓間的重要關聯性。學界有此認知，依照常理，應已有許多與妓相關詞學的研究成果展現，然而筆者透過資料檢索，雖不是完全空白，但能見的直接相關研究資料竟是屈指可數。究竟爲什麼以爲應該透澈的議題，在目前詞學研究上仍是模糊，甚至還有許多空白？何以這個議題缺少關注和有系統的探討？背後的理由是什麼？

〔註3〕〔五代〕趙崇祚編：《花間集》（臺北：學生書局，1981年10月），頁1。

〔註4〕龔斌：《情有千千結——青樓文化與中國文學研究》（上海：漢語大辭典出版社，2001年），頁71。

〔註5〕胡適在《詞選》序中強調詞的起源跟妓有關。（臺北：臺灣商務印書館，2010年11月），頁9。

〔註6〕吳熊和在《唐宋詞通論》中曾提及教坊妓樂與詞的關係。（杭州：浙江古籍出版社1989年3月），頁18～19。

是時代風氣造成、或是這個議題沒有研究價值？而且既然研究了妓女的歷史與制度，何以妓詞領域仍乏人問津？在這樣的疑惑和關注下，促成筆者撰寫本文的動機。

妓、妓詞、詞人的關係既然受肯定，且也是事實，但具體的關係爲何？妓詞的數量，應能呈現妓女在宋詞中的地位；妓詞的類別、內容、風格特色，理應可以反映出宋代文人眼中的妓是何等樣貌，記錄當時的妓女在文學藝術方面的素養，以及透露出當時文人和妓的情感關係及心理態度等；加上楚騷香草美人傳統下，男性詞人慣以美人寄託懷抱與處境，妓詞誠足以成爲展現出文學、人與社會文化交流的紀錄與媒介。因此，本文之目的，在於期望透過蒐羅北宋與妓相關之詞，參考宋代的社會與娼妓歷史，以及其他詩話、詞話、筆記等文學材料，嘗試分析北宋妓詞的文學特色、內容，及其反映的文化意涵與現象。

二、研究範疇

宋代涵蓋時間自西元 920～1279 年，近 360 年歷史，全宋詞的所收羅詞人與詞數非常可觀，不論是時間或數量上，一本碩士論文要涵蓋全宋妓詞，資料顯得過於龐雜，若要論之亦無不可，但唯恐流於浮光掠影，無法深入解析。考量以上因素，筆者乃將本文探討年代定爲「北宋」（960～1127）。本文擬以唐圭璋所編《全宋詞》〔註 7〕爲主要文本，輔以朱德才主編《增訂註釋全宋詞》〔註 8〕作爲文本註解參考，研究自書中所收之首位詞家和峴（940～995）到北宋詞集大成者周邦彥（1056～1121）爲止，亦即包含在此範圍的北宋作者所撰寫妓詞，皆納入研究對象，期望能使北宋的妓詞研究更具整體性。

〔註 7〕 唐圭璋主編：《全宋詞》〔臺北：文光出版社，1983 年〕

〔註 8〕 朱德才主編：《增訂註釋全宋詞》（北京：文化藝術出版社，1997 年 12 月）

關於「妓」字，《說文解字》曰：「婦人小物也。」段玉裁注云：「今俗用女伎字。」〔註 9〕字本作「伎」，而本字「伎」《說文》解作「與也。」段注：「舁部曰：與者，黨與也。此伎之本義也。廣韵曰：侣也。不違本義。俗用爲技巧之技」〔註 10〕「伎」是與的意思，但仍不明確。再看「技」字，《說文》曰：「巧也。」段注云：「巧也。工部曰。巧者，技也。二篆爲轉注。古多叚伎爲技能字。人部曰。伎，與也。」〔註 11〕至此，「妓」、「伎」跟「技」就都與「技能」劃上等號。《廣韵》、《康熙字典》則都解釋爲：「女樂」。蕭國亮《中國娼妓史》說：「中國娼妓最早起源於女樂，她們不僅色艷貌美，而且還受到了教育，能歌善舞……」〔註 12〕強調中國的娼妓最原始的身分是藝術家，和西方一開始就是以賣身爲主的娼妓有所區別。在現今的《漢語大辭典》，將「妓」解爲：「歌舞女藝人」、「娼妓，賣淫的女子」〔註 13〕；而「伎」則是「古代指百戲雜技藝人」，一說「以音樂歌舞爲業的女子」〔註 14〕，兩者共同點在歌舞女藝人，而「妓」則有賣淫之義。

同門學姐蔡依玲在《明代伎詞研究》論文中，選用「伎」字，希望藉此「避免讀者將研究對象直覺與『賣淫』劃上等號，故以廣義的『伎』字爲代表。」〔註 15〕所言雖有理，但筆者閱覽文本和相關資料後，認爲還是應以「妓」字爲主，一來檢索時以「妓」字較通用常見；二來擔心過分強調「伎」的賣藝是否太過以今觀古？事實上，不論有無賣身，妓仍是屬以色藝事人者，有賣身之妓存在亦

〔註 9〕〔漢〕許慎著，〔清〕段玉裁注：《圈點段注說文解字》（臺北：萬卷樓圖書股份有限公司，2002 年），頁 627。
〔註 10〕〔漢〕許慎著，〔清〕段玉裁注：《圈點段注說文解字》，頁 383。
〔註 11〕〔漢〕許慎著，〔清〕段玉裁注：《圈點段注說文解字》，頁 613。
〔註 12〕蕭國亮：《中國娼妓史》（臺北：文津出版社，1996 年），頁 18。
〔註 13〕漢語大辭典編輯委員會編纂：《漢語大辭典》（香港：商務印書館，2003 年），卷 4，頁 295。
〔註 14〕漢語大辭典編輯委員會編纂：《漢語大辭典》，卷 1，頁 1178。
〔註 15〕蔡依玲：《明代伎詞研究》（臺南：國立成功大學碩士論文，2011 年），頁 4。

是事實，今日一般人所認知的「妓」確實偏重「賣淫的女子」一解；但在古代，妓女因制度體系關係，有官妓、市妓、家妓等各種分類，並遵守一定規範和服務對象，文人並不會用有無賣身作爲標準而特別將妓詞分類，所以筆者順其自然亦採用「妓」字。

妓女又有「娼妓」之稱，古代「優」、「倡」、「俳」不分，性別也不分男女，例如《史記·趙世家》:「趙王遷，其母倡也。」〔註16〕又《漢書·李延年》云:「中山人身及父母兄弟皆故倡也。」〔註17〕足見古代男女皆可稱倡。「娼」字首見於南朝梁顧野王〈玉篇〉:「娼，婸也」;《說文解字》說:「婸，放也，一曰淫戲」，而後「倡」、「娼」同義，與女樂有關，就唐代而言，「倡」、「娼」、「妓」、「伎」通用，且「娼」、「妓」特指女性，開始將這兩種稱呼性別限定於能歌善舞的女子。〔註18〕

王書奴《中國娼妓史》說:「自唐以後倡妓俱以女性爲大宗。」〔註19〕男妓並沒有消失，只是唐代以後妓多以女性爲主。筆者據《全宋詞》文本檢索整理後，發現北宋妓詞中，文人書寫的妓大部分是書寫女妓；而作者身分爲妓的詞，皆是女妓所作，不見男妓。故本文在探討妓詞時，內容性別焦點主要也會放在女性身上，亦即研究對象爲：男性文人與其筆下的女妓詞，以及女妓與其所作之詞。

以宋代而言，與文人有交遊關係的妓，大多都是較有才藝素養的妓，而非下層以性色爲主的市井妓。雖有如柳永者流連市井，形成民間「凡有井水飲處，皆能歌柳詞」〔註20〕的狀況，柳詞也因此

〔註16〕〔漢〕司馬遷撰，瀧川龜太郎注：《史記會註考證》（臺北：中新書局，1982年10月），卷43，頁692。

〔註17〕〔漢〕班固：《漢書》，《仁壽本二十六史》（臺北：成文出版社，1971年），冊4，卷93，頁2023。本論文所引史書除特別加註外，皆以此版本爲主，其後所引恕不贅舉。

〔註18〕詳見唐美雲：《唐伎研究》（臺灣：學生書局，1995年9月），頁9～16。

〔註19〕王書奴：《中國娼妓史》（上海：生活書店，1934年11月），頁2。

〔註20〕〔宋〕葉夢得：《避暑錄話》（北京：中華書局，1985年），卷下，頁

背上「俗、豔」的品評，但那是柳永自身身分遭遇所促成的幸與不幸；多數文人更願意與有才貌、才藝、才氣的，及經過調教培養的上等官妓交往，這些妓多半賣藝不賣身，故妓詞中描述的妓，大多是這些賞心悅目之餘，兼有文化修養和藝術品味，或能跟詞人唱和的妓女。

關於「妓」的稱謂，宋代詞人書寫時使用名稱並不一，除妓、伎外，尚有歌妓、娘、姬、鬟、侍兒、侍人等，亦有依服務對象區分，如爲君王宮廷服務的稱宮妓；爲官員服務的叫官妓，官妓中隸屬於軍營稱營妓；在民間爲一般人服務的妓女稱爲市井妓；爲私人所擁有的妓則稱家妓。關於妓女的稱謂，徐君、楊海《妓女史》中對妓女的別稱有稍作整理，如神女、花娘等〔註 21〕，由於此書是妓女史，並無特別針對各朝代作整理，僅能做爲妓女稱謂繁多現象之參考。

本文研究範圍訂定大抵如上述所言，但考量在詞話、詩話、筆記中，亦有提及與妓詞相關的資料，筆者以爲這些資料可以補妓詞之不足，因爲妓詞多半是詞，並無他人特別箋注相關背景，詞話筆記相當於前人替妓詞作評注與補充，在解讀文本和文人、妓女關係等關係時，將這些資料也劃入，可作爲輔助引證，相信更能客觀且完整呈現妓詞的風貌。

第二節　文獻回顧

目前所見關於妓的研究成果〔註 22〕，大多偏重在歷史領域或文化成果，如清代已有無名氏作《歷代娼妓史》〔註 23〕、王書奴《中國

49。

〔註 21〕徐君、楊海：《妓女史》（上海：上海文藝出版社，1995 年 7 月），頁 8～19。

〔註 22〕本章節所引書目眾多，爲便閱讀，於此不一一附註贅述出版項，詳見論文末「參考文獻」。

〔註 23〕〔清〕無名氏：《歷代娼妓史》（北京：中國書局，2000 年），《明清

娼妓史》、蕭國亮《中國娼妓史》、修君《中國樂妓史》、徐倡、楊海合著之《妓女史》等，皆在史料上提供本論文對中國古代娼妓生活背景之認識及文化史觀之視野。

除歷史外，另一項研究成果豐碩的部分，在於妓女制度和藝術的研究。要談宋妓，必須先對妓女的制度有一定了解。宋代妓女制度大抵承繼唐妓，雖然在娼妓史中已有提及，但廖美雲《唐伎研究》、鄭志敏《細說唐伎》，對唐記制度有更深刻的分析。嚴明《中國名妓藝術史》，則從藝術角度討論妓的書畫、詩歌、服飾等，誠能使本文在分析文本時，有探索更多藝術價值的可能。

以上皆是論文的外在輪廓及背景知識，與本論文最有關聯者，應是與詞較有直接相關的著作。如李劍亮《唐宋詞與唐宋歌妓制度》第四章〈詞爲歌妓應歌而作〉，將妓詞分爲歌妓乞詞、歌妓情節，又在小節分贈妓、詠妓、思妓，並舉證賞析幾首詞作，與本文所要探討的目的及內容較爲相關，但其餘章節則又與詞稍隔距離，重在討論歌妓制度，且皆以詞話筆記爲主，但大抵而言，此書提供本文許多參考與借鑑。另外張惠民《宋代詞學審美理想》，第十四章〈知己意識與贈妓詞〉，以文人與官妓、才子與市妓、家主與家妓三方切入，探討知己意識的內涵、士大夫認同歌妓的文化心態等，將贈妓詞、文人、妓女三者的關係以「知己」串聯起來。沈松勤《唐宋詞與社會文化學研究》，上篇以〈歌妓制度的積澱——唐宋詞的社會文化姻緣〉，闡釋歌妓制度是特殊社會文化現象，探討其社會文化意義、歌妓情節，以及認定歌妓詞爲唐宋詞興盛的淵藪。

在期刊方面，業師王偉勇〈關於「歌妓」之視覺與聽覺書寫——以感官爲例〉，在歌妓詞視覺、聽覺兩部分進行細膩分析，透過感官

筆記史料叢刊》，冊 101。按：此書與王書奴《中國娼妓史》（上海：生活書店，1934 年 11 月）有九成一模一樣，唯最後二章民國以後之娼妓、廢娼問題爲《歷代娼妓史》所缺，此書之作者爲誰並無直接證據，坊間以王書奴爲通行本，特此提出。另外，本論文所引資料將以王書奴本爲主要參考依據。

描寫，歌妓聲色之美更為具體。至於譚新紅〈宋代歌妓與宋詞傳播〉、張惠民與向娜〈唐代妓樂文化與閨情詞論綱〉、趙曉嵐〈唐宋詩詞與樂妓〉、易湘澤〈宋代妓女與宋詞文化〉、彭洁瑩〈宋代歌妓詞盛行原因探析——兼論宋代歌舞侑殤之風俗行為〉等數篇論文則著重在妓與宋詞、文化、音樂和傳播的影響，但這些期刊往往由於篇幅短小，皆點到為止，未能深入探討。

在碩博士論文方面，目前僅見大陸賀佳妍《宋代贈妓詞研究》、臺灣蔡依玲《明代伎詞研究》，兩本皆為碩士論文，所以比起期刊論文有更多的篇幅來探討妓詞，在層次上也顯得較深層。

蔡依玲《明代伎詞研究》，將妓詞分為詠妓詞和妓詞，其特色在於將研究焦點放在研究女性作者，即妓女本身，在外在寫照如遊賞空間等也有所著墨。但此論文的呈現和研究方式，乃是以妓的生活、活動、空間、身體、情感等作為主題框架，再以詞作為舉證，令人閱覽之餘不禁疑惑，若將詞的部分代換為筆記、小說，似乎仍能成立。竊以為此論文重點在「妓」或青樓文學，而非「妓詞」，但一方面仍無可否認其與詞的關聯性，更為妓詞研究畫下新的成果。

而與本文最直接相關，甚至研究領域有重疊的論文，則是賀佳妍《宋代贈妓詞研究》，由於宋代妓詞相關文獻資料目前所見僅此一本，故在文獻回顧部分，特著重此前輩的研究作一綜評，並提出一些疑問思考。此論文共分四章，分章論述贈妓詞的產生背景、創作創況、深層意義和作家論。第一章三節分別敘述介紹官妓、市妓和家妓的差別，其中多以詩話、詞話作論證，而極少引用詞，引詞全章不過一首和寥寥幾句。第二章分別就贈妓詞的敘寫內容、意象、表現手法，探討贈妓詞的社交性、歌妓外貌與技藝的描寫及常見用詞。

第三章研究贈妓詞的深層意義，分為真善美三小節。在第一節「眞——贈妓詞的靈魂」中，認為文人在詞中直接表露對「性」的激情心理即是「眞」，並強調贈妓詞「沒有刻意要表達什麼，或者說是傳達什麼的意圖。」〔註 24〕第二節「善——贈妓詞的潛在規範」，論述詞人與妓的關係和態度，並將妓女視爲「仙」的意象和理由點出，令人讚賞，然而與「善」何關卻說得不清楚。第三節「審己——贈妓詞的心理趨向」說明詞人創作贈妓詞的理由，在於不得志之時，能在歌妓面前重振信心，並表示詞中的妓多是文人幻想，純粹希望歌妓對他們忠誠、愛慕。文末又說是「融入人生體驗」〔註 25〕，但這與第一節說的，贈妓詞沒有要傳達什麼意圖，顯然產生了矛盾。

第四章作家論，分舉趙彥端、張炎、蘇軾三位作家爲代表，賞析三位作家的妓詞。筆者認爲此章甚爲突兀，也有諸多疑慮。筆者閱覽之後，發現了此論文尚有一些問題存在，以下一併羅列討論說明：

一、大題小作，未能深入探析

作者主題爲「宋代贈妓詞」研究，先把範疇定義爲年代爲「宋代」，和研究重點在「贈妓詞」，兼具了斷代和明確主題的優點。但筆者閱覽論文之後，深覺作者以五萬字以內的字數處理這個題目，範圍實在太廣，難免有大題小作之感。首先，宋代涵蓋時間範圍何其長遠？西元 920～1279 年，近 360 年歷史，而其中創作的文人和詞作何其多，文中所列文人與引用詞作數量未免顯得單薄。

再者，以此篇幅要介紹妓的背景、贈妓詞創作狀況、深層意義、作家論等，造成章節內容幾乎都是蜻蜓點水，方讓讀者了解概論就已結束，未能深入詞作和現象探討或歸納研究。

全文所用資料，分爲詞作和詩話詞話筆記，引證論述大多以詞話筆記爲主，是否忽視詞本身的重要性？宋代妓詞不只有「贈妓」一塊，尚有詠妓、妓女自身書寫的詞，尤其詠妓本身所涵蓋範圍最廣，單以「贈妓詞」是否能全面觀照宋代妓詞的深層意義，如作者所說的文人與妓之間的靈魂、規範、心理趨向？筆者閱畢仍甚感疑

〔註 24〕賀佳妍：《宋代贈妓詞研究》，華東師範大學中國語言文學系碩士論文（上海：華東師範大學，2007 年 4 月），頁 30。

〔註 25〕賀佳妍：《宋代贈妓詞研究》，頁 41。

惑。

二、注釋和引用資料不詳或不注

作者在撰寫論文時，引用了許多資料卻未一一注明出處，或者雖有撰寫註腳，但有的註明有的不註，沒有寫明詳細的資料，如出版社、出版年月、卷、頁等，體例也不一，有些甚至連作者都未標明。如頁 9 行五引文，眞宗命王文公養家妓一事，文中說明出處爲王瑩《群書類編故事》卷九，一來引文沒有另外注釋引用書目的詳細資料，二來此段文字原始資料乃出自于蘇轍《龍川別志》卷上，應以此爲佳。整本論文注釋都不詳或不注，導致讀者難以查考引用資料的正確性和眞實性。

三、其他缺失之處

（一）文章沒有結論，在第四章作家論完成之後，戛然而止。

（二）在章節編排上有些令人混淆。例如第四章作家論，依序分節舉趙彥端、張炎、蘇軾之例，但以作者年代來看，趙彥端（1121～1175）、張炎（1248～1320）、蘇軾（1037～1101），依時代先後應是蘇軾、趙彥端、張炎順序較合邏輯。作者並未說明爲何如此排列。

（三）選材標準不清。如第四章未說明爲何選這三位詞人代表，敘述中雖說「他們的贈妓詞在某種程度尚代表了贈妓詞的一些共性與變異」，卻未在該章裡說明這些共性與變異之處；若要論變異沿革，則更該依時代先後排列爲佳，方能看出演變。另外，若眞要以作家論，柳永與妓之關係更密切、所作妓詞亦不少，爲何不選柳永作代表，而選擇趙彥端？

賀佳妍《宋代贈妓詞研究》爲目前兩岸第一個以宋代贈妓詞作長篇碩士論文研究的先驅，令人不禁讚賞她的研究動機和開創的雄心。其研究內容和方法，有頗多足以讓筆者學習、借鑒和檢討之處。

第三節　研究方法

前文已述，本文是研究宋代妓詞，年代定為北宋至周邦彥為止的妓詞相關作品探析。以下為本論文所提出的研究方法：

一、蒐集材料與歸納分類

以唐圭璋所編《全宋詞》為底本，逐頁蒐集整理現存文獻中可見的北宋妓詞作者與作品，先將其電子化。依所見的特色或主題，系統性的一一重新分類歸納排列，以利後續分析。

二、解讀文本與詮釋評述

避免太專注於妓女史料和制度本身，故盡可能地從文本入手，細讀原詞，客觀地體會詞作本身的特色和內容，掌握詞人與詞，再配合相關文獻，如詞話、期刊等，以多方角度切入整理。

三、妓業制度與歷史回顧

妓詞的主角是妓，那麼了解妓業的相關制度與歷史，絕對有其必要性。藉由歷史了解妓業及當時環境對妓的態度和規範等，更能貼近理解妓女在當時的處境、文人和妓女的互動關係，使妓詞的輪廓和內涵更清晰。

四、妓詞特色與文化整合

解讀文本及了解妓的歷史與制度後，妓詞的特色和內涵與文化意義作整合，建構出北宋妓詞反映的全貌，及其藝術意趣和價值，並提出此議題值得繼續研究的可能與方向。

在研究方法中，可能預期遭遇的困難是，妓詞的選用標準與統計。筆者檢索全宋詞後，將明顯能看出與妓女或妓女活動、特徵有關的妓詞全都納入研究範圍，本論文所整理妓詞共 472 首，再將北宋妓詞依妓之詞、贈妓詞、詠妓詞三大類作為主要三大分類，解析後並探討其成因、特色與現象。

在選詞方面，分辨妓詞與閨怨詞的差異有一定的難度，因爲部分詞題並無特別註明是否爲妓女，只能就內容所述用詞或內涵作爲基本判斷。妓女也可能有閨怨之思，擁有閨怨之思卻不一定是妓女的身分，由於大多都是男性詞人所寫所臆測之詞，這部分有時難以辨認是否是以假設爲妓女的身分寫的閨怨詞，故此類詞筆者雖有列入考量，卻無法提出證據一一完整辨識，因此在文中此類較模糊的詞作也不會多加探析。筆者僅就確實能掌握的特徵和特色明顯的妓詞加以探討，也就是選詞標準以廣義妓詞爲主，而論詞時以狹義但明確的詞作爲舉證和說明，難免有疏漏之處，尚祈見諒。

另一個預期的困難點是，作者寫作妓詞是否有寄託懷抱？自屈原以香草美人來比喻寄託自身與君王的關係後，這種以美人自喻，托付懷抱心事的方式，就在中國文人作品中形成傳統。然而作者已死，詮釋權在讀者手上，如何不流於用自己的心意揣測，造成過度解讀，如何更能貼近作者的心意，這是筆者戒慎恐懼，卻又認爲相當重要，無法直接捨棄不論的部分。

第三個棘手的問題在於，筆者解讀、檢索文本已需要大量的時間和精神，然而妓詞所牽涉的範圍過大，除了詞體本身外，要討論妓詞，不免也需要包含歷史、制度、音樂、文化、修辭、政治、社會、傳播、心理學等多元材料，由於並非精通各方面的專家，在使用上也有未能一一精闢深入的擔憂之處。

北宋妓詞的數量相當可觀，內容豐富，可以探討切入視角和討論的議題也很多，筆者僅能在有限的時間內，就已掌握的材料對部分議題先做探討。回顧本章種種的範圍規劃和選用材料，本論文期望能站在前人的肩膀上，以深入妓詞文本的方式，輔以其他文獻資料，試圖使用較客觀、完整的方式，在妓詞領域作更進一步探討研究，讓文人、妓、妓詞的關係和議題可以更緊密具體，也希望對北宋妓詞能有新的發現和體會。另外，礙於篇幅和寫作時間限制，而未能論及的南宋妓詞部分，也希望將來自己或其他研究者有機會能夠完成，使整個宋朝的妓詞研究，能有較完整的學術成果展現。

第二章　妓女的制度與妓詞興起背景概述

第一節　宋以前的妓女制度

中國妓女的起源可追溯至殷商時期，然而一直到唐宋前，妓女並沒有形成完整的制度，也不似唐宋時代對文人的生活和創作產生莫大影響力。本論文探討的對象雖爲妓詞，但了解妓女制度歷史的形成、演變是必要的，除了有助於凸顯出唐宋妓女制度的獨特之外，盡可能了解妓女制度時代的歷史、政治、制度、觀念、風俗等背景，從中去思考妓女制度的社會和文化意義，在觀看妓詞時，才較能以「知人論世」的方式進行研究，解析論述上也較合理公允。以下便對宋以前及宋代的妓女制度作一回顧和簡介。

一、先　秦

殷商時期的女巫，在中國娼妓史上被認爲是最早的娼妓。女巫載歌載舞，衣著華麗如仙，使楚人從最初的宗教崇拜敬重，漸漸轉變成與貴族狎戲侍宿的淫風。屈原〈九歌〉載：

> 蕙肴蒸兮蘭藉，奠桂酒兮椒漿。揚枹兮拊鼓，疏緩節兮安歌，陳竽瑟兮浩倡。靈偃蹇兮姣服，芳菲菲兮滿堂。五音

紛兮繁會，君欣欣兮樂康。

有酒有佳餚，音樂、歌舞、華美的衣裳，宴席與賓客同歡的形容，與唐宋妓女出現的飲宴場合十分相似。宋玉〈小招〉甚至說：「美人既醉，朱顏酡些……士女雜坐，亂而不分些……」如此行徑，莫怪乎巫女會被視爲妓女的濫觴。值得注意的是，這樣的現象不只是存在於古代中國，王書奴《中國娼妓史》引證古代印度、巴比倫、希臘等國家也都有同樣的現象，宗教、淫祀、巫女逐漸演變成妓女，但西方各國的妓女濫觴大多都有性交、賣淫行爲，與中國古代略有差異。〔註1〕

春秋戰國奴隸制度鼎盛，其中容貌美麗、富有才能的官婢，往往用來供貴族取樂。齊國管仲在宮中設「女市七，女閭七百」，收男子夜合之錢以佐軍資，這種作法與唐宋營妓相似；秦繆公以女樂贈戎王，使之「張酒聽樂，日夜不休，終歲婬縱，卒馬多死」；又齊國憂魯國稱霸，「選齊國中女子好者八十人，皆衣文衣而舞康樂……遺魯君……終日怠於政事」〔註2〕，諸如此類，先秦各國將女妓使用於政治用途，或禍害他國，或獎勵軍士，以使自己成爲強國的例子甚多。

二、漢魏六朝

漢武帝以春秋戰國「女閭」爲基礎，正式設立「營妓」，將罪犯妻兒組成樂戶，隨軍而行以取樂軍士，是以漢代「橫吹曲」、樂府詩之發展與營妓有關。君王和貴族開始流行蓄妓，連《後漢書．馬融傳》都說儒臣馬融「前接生徒，後列女樂」〔註3〕，蓄妓成爲一種權勢象徵，並以女樂爲興趣消遣。

魏晉戰亂，社會動盪不安，因此奴隸主要的來源有兩種，一是戰俘，二是罪人。然而魏晉妓女制度特殊之處，在於世家貴族，甚至有錢富豪都蓄養大量家妓。《太平御覽》引裴子野《宋略》說：「王侯將

〔註1〕王書奴：《中國娼妓史》，頁13～15。
〔註2〕〔漢〕司馬遷撰，瀧川龜太郎注：《史記會註考證》，卷43，頁733。
〔註3〕〔宋〕范曄：《後漢書》，冊6，卷60，頁3086。

相，歌妓塡室；鴻商巨賈，舞女成群。」〔註4〕《晉書‧石崇傳》:「崇有妓曰綠珠，美而豔，善吹笛」〔註5〕，石崇寵愛綠珠而得罪孫秀，綠珠爲之墜樓之典故，被唐詩宋詞借鑒。如杜安世〈剔銀燈〉:「孫武宮中，石崇樓下，多情怎生爲主」〔註6〕，即是借用此典；南朝宋‧劉義慶《世說新語‧識鑒》:「謝公在東山畜妓。」〔註7〕晉朝謝安在東山蓄妓，常以妓伴遊，晁補之〈憶秦娥‧和留守趙無愧送別〉:「清秋至。東山時伴，謝公攜妓。」〔註8〕謝公攜妓整句借鑒入詞。

魏晉六朝之家妓擅長歌舞樂曲，《南齊書》載:「殷仲文勸宋武蓄妓，宋武帝曰:『我不解聲』。仲文曰:『但畜自解』」〔註9〕，可知世人重聲色，好養妓以悅耳目。王書奴:《中國娼妓史》歸納魏晉聲妓發達的原因，一是因爲《列子》中楊朱利己主義的影響；二是國家之風與上級法令，北朝將相多無妾，南朝則鼓勵多妻，故聲妓之盛在南朝；朝野崇尚風貌而社會放浪修飾，貴游子弟好比風貌，喜愛美人，故蓄妓成風，以便欣賞〔註10〕。家妓成爲一種私有財產，地位比妾低下，然而貴族炫富愛美，妓女的衣著打扮也隨主人豪奢成風，儼然成爲滿足聲色之欲的觀賞物。這些婢妾、侍女雖得主人歡寵，但由於在家庭的地位卑下，無法違抗主人的命令，若遇上殘暴的主人，則有性命之憂，如《世說新語‧汰侈》石崇般「令美人行酒，客飲酒不盡者，使黃門校斬美人」〔註11〕，妓女命如螻蟻，

〔註4〕〔梁〕裴子野:《宋略‧樂志》，引見〔宋〕李昉《太平御覽》，收錄於《文津閣四庫全書》(北京:商務印書館，2005年)，冊298，卷569，頁8。

〔註5〕〔唐〕房玄齡等撰:《晉書》，冊8，卷33，頁4901～4092。

〔註6〕唐圭璋編:《全宋詞》，冊1，頁181。

〔註7〕〔南朝宋〕劉義慶著，余嘉錫注:《世說新語箋疏》(臺北:華正書局，1993年10月)，卷中，〈識鑒〉第7，頁403。

〔註8〕唐圭璋編:《全宋詞》，冊1，頁566。

〔註9〕〔南朝梁〕蕭子顯:《南齊書》，冊13，卷28，頁7955～7956。

〔註10〕王書奴:《中國娼妓史》，頁67～70。

〔註11〕〔南朝宋〕劉義慶著，余嘉錫注:《世說新語箋疏》，卷下，〈汰侈〉第30，頁877。

一生但憑主人喜惡而定。

在文學和音樂方面，這些美麗有才華的妓女，促成燕樂、吳歌西曲、宮體詩，以及歌詠美人的文學作品，如南朝梁・沈約〈儷人賦〉、樂府民歌。另外，此時的文人也開始創作作品贈與妓女，如宋・汝南王因寵愛其妾碧玉而作〈碧玉歌〉〔註12〕；晉・王子敬篤愛其妾桃葉所作〈桃葉歌〉〔註13〕。另外，妓女本身也開始創作詩文，據《樂府詩集》引《古今樂錄》考知，晉中書令王珉嫂婢謝芳姿作〈團扇郎歌〉。〔註14〕趙貴芬〈吳歌西曲的女性書寫特徵〉說：

> 無名的娼女之歌，自然流露出一股無法掌握自身愛情命運的無奈與傷悲，雖然追求愛情的期待落空，但是內心對眞愛無怨無悔的追求，卻始終未泯。〔註15〕

龔斌認為：

> 兩漢極少有獨立描寫聲妓的完整作品，僅僅在詞賦中偶爾有些片段寫道歌妓的歌聲和舞姿。魏晉南北朝聲妓極盛，同時，大城市的娼妓也開始產生……而文學開始擺脫了經學的束縛，自覺書寫情性，歌唱性愛。……青樓文學的開始，以江左的豔歌與詠妓艷詩爲突出標誌。〔註16〕

魏晉時期的社會動盪，貴族及時行樂寄情聲色，以豪奢炫富、愛美品評，由國君至貴族富商，都崇尚享樂，造成蓄妓之風鼎盛。此時期純文學開始盛行，文學慢慢擺脫經學的束縛，歌詠性情、遊仙、女性外貌等作品出現，尤以宮體艷詩與妓女最有關連性。魏晉六朝妓女少數亦通詩文，據說石崇寵妓綠珠作〈懊儂歌〉：

〔註12〕〔宋〕郭茂倩輯：《樂府詩集》（臺北：里仁書局，1981年3月），卷45，頁663～664。

〔註13〕〔宋〕郭茂倩輯：《樂府詩集》，卷45，頁664～665。

〔註14〕〔宋〕郭茂倩輯：《樂府詩集》，卷45，頁660～661。

〔註15〕趙貴芬：〈吳歌西曲的女性書寫特徵〉，收錄於《東海中文學報》（台中：東海大學中國文學系，2008年7月），第20期，頁121。

〔註16〕龔斌：《情有千千結—青樓文化與中國文學研究》（上海：漢語大辭典出版社，2001年），頁8。

絲布澀難縫，令儂十指穿；黃牛細犢車，遊戲出孟津。

〔註 17〕

此詩用語平淺，民間色彩濃厚，內容簡單明白。此詩的重要性在於，倘若此詩眞的是綠珠所作，則可視爲妓女創作文學的最早作品。綠珠不願連累石崇，自願跳樓而死，這種體貼又貞烈的性格深被唐人所喜愛，元稹、孟浩然、崔郊、李白、韓偓、杜牧、駱賓王等諸位唐代文人，紛紛寫作唐詩，或歌詠綠珠，或借鑒入詩，使綠珠成爲魏晉名妓代表之一。另一位比綠珠更具代表性的魏晉名妓，當屬南朝蘇小小，關於蘇小小的事蹟與詩詞，在本文第五章《詠妓詞》會特別另作討論敘述。

三、隋　唐

（一）隋唐妓女制度興盛之因

隋朝國祚短暫，然而不僅統一紛亂的六朝，隋煬帝還設立教坊，廣納歌舞藝人，縱情聲色，影響了唐代的教坊制度。隋朝最著名的妓，當屬楊素的家妓紅拂女，杜光庭所著唐人傳奇《虬髯客傳》寫她慧眼識李靖，主動示好一起私奔，遇見虬髯客，並稱「風塵三俠」。

唐代是妓女制度的完善期和興盛期，這種狀況並非突如其來的產生，除了承繼隋朝以前狎妓蓄妓的風氣，唐代無論在政治、社會、經濟、文化、心理等各方面的氛圍，都促成了妓女制度興盛的契機，使妓業較以往發達，妓女品質和管理規範也比以往各朝代來得高，所以唐代在中國娼妓史上，具有承先啓後的重要地位。

就經濟社會而言，唐代玄宗即位時，社會安定，百姓富裕，市井生活隨著經濟繁榮和商業貿易而發達，此爲妓女和妓業的發展的最大前提：民生飽暖後，方有多餘錢財和心力可花費在娛樂消遣上。長安和洛陽爲重要都城，皇親國戚、高官顯要、各地商人都具有高消費力，此二京娼業鼎盛，尤以長安狎妓之風居冠。

〔註 17〕〔宋〕郭茂倩：《樂府詩集》，頁 667。

就政治言，君王喜好宴遊聲色，宋·張端義《貴耳集》卷下說：「漢人尚氣好博，晉人尚曠好醉，唐人尚文好狎，本朝尚名好貪。」〔註18〕魏晉貴族豪奢的養妓之風在前文已有論述，然而張端義不寫晉人好養妓，卻寫唐人好狎妓，可見在他眼裡，晉人的狎妓之風還未能比得上唐人。唐代因爲國勢強盛，君王宴遊的機率也頻繁，君王好宴遊，並將自身的喜好提倡與民同樂，同時亦帶有誇耀和虛榮心態。爲了滿足這些享樂需求，唐朝成立左右教坊，提供耳目之娛；設置梨園，由皇帝教習喜愛之法曲，大大擴充宮妓的組織和人數。上有所好，下必從之，唐代百官宴集必有歌舞助興，文人詩中亦多不離歌舞妓樂，狎妓之風很快便成時尚。

放縱百官狎妓之外，唐玄宗還鼓勵蓄妓。唐初蓄妓數量是有規定的，據《唐會要·論樂、雜錄》載：

> 三品以上聽有女樂一部，五品以上女樂不過三人，皆不得有鍾磬樂師。〔註19〕

唐初這樣規定，是考慮到制度分級問題。如同先秦佾舞，天子八佾，諸侯六佾，大夫四佾，士二佾，擁有的舞者人數，象徵著權力地位的高低；同樣的，唐初對蓄妓數量的限制，也是爲了達到控制和封建分級的區分。然而唐玄宗卻放寬成爲無限制：

> 五品以上，正員清官，諸道節度使及太守等，並聽當家蓄絲竹，以展歡娛，行樂盛時，覃及中外。〔註20〕

唐玄宗此舉，無疑讓官妓、市井妓、家妓都有了更多發展的可能，數量也大幅增加。唐德宗以妓樂贈臣屬，等同於是在提倡以娼妓取樂。由此可知，君王的喜好是妓業鼎盛很重要的關鍵，倡導、縱容之下，狎妓之風自皇帝君臣到民間百姓，莫不受其影響。

唐代沒有宿娼的禁令，故文人狎遊而樂此不疲，如元稹、白居

〔註18〕〔宋〕張端義：《貴耳集》，（北京：中華書局，1985年），卷下，頁54。
〔註19〕〔宋〕王溥：《唐會要·論樂、雜錄》，收錄於文懷沙編：《四部文明》（西安：陝西人民出版社，2007年），卷34，頁346。
〔註20〕〔宋〕王溥：《唐會要·論樂、雜錄》，卷34，頁347。

易、杜牧等文人，皆與妓女關係密切。加上唐朝胡風鼎盛，男女地位較爲開放平等，禮教不如以往嚴謹，酒肆中的胡姬與文人調笑作樂，甚至留客陪宿，亦無大礙。

在世人心態方面，唐代與以往各朝一樣，婚姻重視門當戶對和家族利益，是以娶妻生子並非能由自己決定，青樓的妓女便成爲重要的慰藉和樂趣，將妓女當作婚姻的避風港，填補未曾有過的愛情；然而薄倖者多如牛毛，在時代風氣的壓迫下，妓女與文人幾乎都是悲劇。唐代傳奇《鶯鶯傳》、《霍小玉傳》、《李娃傳》，莫不描寫妓女和文人間的愛情，除《李娃傳》最後「違背常理」，讓文人與妓女成就美好姻緣，另外兩本傳奇都是悲劇結尾。另外，白居易〈琵琶行〉中的琵琶女，亦沒有好結果，由此觀之，文人雖然寫作詩、文以表深切同情，然而卻仍改變不了世人對妓女珍之愛之又棄之的矛盾行爲。

（二）唐代妓女的來源與制度

廖美雲《唐妓研究》將唐代妓女分成五類，分別爲：宮妓、官妓、營妓、家妓、民間職娼、女冠式娼妓。此五種分類，主要是針對服務對象而言，由於此部分影響宋代妓女甚鉅，以下試以《唐妓研究》爲根據，爬梳簡論之：

1、宮　妓

宮妓主要服務對象爲皇室，包括教坊妓和梨園妓。其來源爲：一、罪犯或叛將之妻女及家妓，如唐憲宗時吳文濟叛變失敗，家妓沈阿翹籍入宮人。二、選取民間樂戶或娼優女子，例如名妓徐永新。三、掠奪民間良家女子，如《舊唐書》說：「教坊忽稱密旨，取良家士女及衣冠別第妓人，京師囂然。」〔註21〕四、朝臣、外籓進貢之家妓女樂，如街頭妓女被納爲將軍姬妾，朝廷召入宜春院侍候君王。

唐代宮妓專屬於朝廷，負責飲宴盛會的各種表演，除被君王選

〔註21〕〔五代晉〕劉昫：《舊唐書》，冊28，卷164，頁15862。

中冊爲妃嬪外，要脫離只有三種方法：一、年老色衰，恩免歸家；二、裁汰冗員；三、轉爲官妓或臣屬家妓。無論何種脫離方式皆屬被動，何況脫離宮妓後待遇難與以往相比，卻也只能聽從安排，無法改變。

2、官妓、營妓

官妓、營妓服務對象爲官員，包含文官和武官。營妓應屬於官妓的一種，隸屬樂籍。營妓根源於漢代，但唐代的營妓指稱範圍較大，常常也包括官妓，兩者混淆使用；地方名妓往往會冠上地名。官妓、營妓的由來，大抵有三種：一、世代屬樂籍之賤民。二、罪犯妻女。三、良民落入樂籍，如名妓薛濤因家道中落，父母雙亡後入樂籍維生。

值得注意的是，唐代武將對官妓、營妓的支配和掌控權，比文人要來得高，可以任意調動妓女陪宴，亦可直接將妓女賞賜給部下。官妓一切供給由官方供給，但沒有長官許可，不許接客，限制寬嚴全看長官喜惡，幾乎成爲長官的私產，可以任意支配、占用和贈送，只是不能買賣；至於從良，只需長官點頭即可，或是其他下官祈求長官落籍，不能贖身。

3、家　妓

家妓被蓄養在家庭中，服侍主人，身分介於婢與妾之間，比妾身分低微。其來源有三：一、由宮妓轉爲家妓，唐代君王將宮中樂妓賜給臣下。二、贈送、以金錢購買或以物交換，妓女的身價按照才貌技藝而有高下之分，或是買小女孩從小親自調教；另外，裴度贈馬給白居易欲向他換妓，家妓的價值竟與牲畜相提並論。三、由贈送而得，如劉禹錫、杜牧，都曾在飲宴場合中獲贈家妓。

家妓的生活過得好不好，端看主人的富裕程度和品行而定待遇。通常家妓的物質生活會比市井妓優異，吃穿用度爲彰顯主人富裕和身分都會有所講究，多半學習歌舞音樂，部分還能學習讀書習字。家妓的工作在於滿足主人的需求，舉凡出門伴遊、宴會表演、款待賓客、侍奉主人等，一切依主人命令行事。

身爲主人的財產，家妓也有可能被轉送給其他人、年老色衰時被撤換、因爲主人貧病而遣散，是以一個家妓一生往往不只侍奉一個主人，守節殉死之事少有，著名代表者爲徐州名妓關盼盼。

4、民間職娼

民間職娼，即市井妓，服務對象爲平民百姓。唐代妓館發達，妓女多居於長安平康坊，依照妓女的素質高低分配環境。妓館由妓女和鴇母組成，鴇母多半爲年老的妓女，將妓女多以養女身分落籍妓館，少部分是鴇母親生之女，大部分爲貧家賣身或被拐賣淪爲妓女者。

爲了賺取錢財，鴇母會嚴格訓練妓女的才藝和待客之法，妓女的才色、應對的優劣，影響到她們在妓館內的身分地位和待遇，她們沒有外出自由，也禁止單獨外出；只有在受邀表演、鴇母全家踏青，或特定日子藉著聽佛寺說經才可暫時外出。

妓館設施經營嚴密，狎客不可隨意見妓女，但可用包銀形式暫時包下妓女。妓館收費因人、時、地有所不同，從500文到上萬文都有。若想替妓女贖身娶爲妾，除了要花費大筆金錢外，還容易遭騙，贖身費用全由鴇母制定。

市井妓女年老色衰後的出路較宮妓、官妓的選擇更少更卑賤，分別爲：一、轉任鴇母；二、繼續當妓女；三、出家爲女冠；四、落籍爲人妻妾。

5、女冠式娼妓

唐代盛行道教，女子因信道、家貧、不喜受拘束、避世等原因出家爲女冠，其中還包含公主。女冠生活浪漫放蕩，甚至與其他道士或男人風流快活，如同娼妓般供人狎玩；然而唐代社會文人反而對此津津樂道，視爲風流韻事，白居易、李商隱都曾寫過挑逗、讚美女冠的詩，足見雖然出家爲道，但是行爲舉止卻不受宗教清規規範。

這種女冠娼妓至宋朝仍存在，然而不如唐代這般興盛，再者，無法界定女冠是否有娼妓風流行爲。因此筆者在檢索《全宋詞》時，並未將女冠式娼妓列爲妓詞範圍，若是在唐詩中，則明顯可以看到許多相關詩作。因妓女歷史流變的完整性，仍整理以供理解唐代各種妓女的制度與來源。

（三）唐代妓女對詩詞的貢獻

唐代妓女活躍在宴席及各種社交場合，對於文化和藝術直接或間接產生了貢獻和影響，此部分與宋代妓女對詩詞的貢獻和影響相類，影響如下：

1、妓女對唐人詩詞的傳播

唐詩可入樂合唱，教坊、梨園樂妓時常演唱文人所作的作品，文人也會將作品獻與教坊，宮妓將這些作品傳唱於宮廷之中。至於官妓和其他妓女，則多在酒宴場合歌唱，以送別詩、怨情詩、邊塞詩爲主要演唱類型，不過這些妓女所歌之詩範圍比宮妓廣泛，在詩歌選擇上也有一定的自由。如王昌齡等人的「旗亭賭唱」，妓女們便自行選擇流行或自己喜歡的歌曲演唱。

妓女自身會選擇演唱什麼歌曲，甚至以自己能演唱好大師人的詩自豪，價值也倍增。《舊唐書・白居易傳》，有妓誇曰：「我誦得白學士〈長恨歌〉，豈同他哉？」〔註22〕無形間也刺激唐代詩人創作更好的詩歌，期望能受到妓女的傳唱，滿足自己的虛榮。妓女透過演唱傳播文人的詩作，文人因妓女演唱而出名，因而更加努力寫詩，形成良好的互利關係，唐詩的興盛和流傳，妓女在唐詩傳播方面促成了大作用，功不可沒。

2、詠妓詩的轉變

魏晉六朝宮體詩盛行時就已創作許多詠妓詩歌，唐人也寫作詠妓詩，但風格與魏晉略有差異。魏晉詠妓詩，將妓女當成物品般欣

〔註22〕〔五代晉〕劉昫：《舊唐書》，冊28，卷166，頁15879。

賞和歌詠，與宮體詩並無差異，妓女的特色並不明顯，只是純粹點綴宴席的觀賞物。

唐詩中的詠妓詩，雖然也歌詠妓女的美貌和才能，但是由於社會風氣的轉變和帝王鼓吹等因素，歌妓比以往更活躍在社會，與文人間的互動交往更加頻繁，唐代名妓由此而生。薛濤、魚玄機、譚意哥、公孫大娘、謝阿蠻、杜秋娘、灼灼、張紅紅、張好好、關盼盼等，她們在當時表現出眾，因此歷史洪流中，藉由文人的筆被記載了下來。部分妓女也會創作詩歌，而唐人詠妓詩依照廖美雲的說法「不下千百首之多」〔註23〕，且盛、中、晚唐都有不同的特色；從初期盛唐題材單純、情感淺淡，到內容豐富、情感濃烈，再變為描摹體態、旖旎浮艷，各期代表詩人分別為李白、白居易、杜牧等，在末流彷彿又回到魏晉六朝的艷詩，也反映了社會變動和文人及時行樂的態度。

此外，唐代歌妓活動對宋詞的產生也有影響，這部分筆者在本論文第六章《妓詞與音樂、傳播、文化心態》會提出說明。由唐代制度，我們已可看見宋代妓女制度的主要原型，其興盛原因、妓女分類、對詩詞的傳播貢獻；宋朝在擁有類似的環境條件下，發展出與唐代相似又不盡相同的妓女制度和環境，孕育的文學也從詩變成詞。

第二節　北宋妓女制度

一、北宋妓女制度與妓詞興盛之因

歷代各種文學的興起、流行和傳播，帝王的喜好和提倡往往佔了很重要的因素。有帝王的鼓吹，貴族士大夫自然也順應君心，紛紛應和，投入創作，相當於官方文學；上行下效，雖然帶有強勢意味，但經由官方推動，民間自然也會受到影響，若官方和民間都接

〔註23〕廖美雲：《唐妓研究》，頁390。

受並施行，則必成爲一時代之主流文學和風格，也就形成所謂的社會風氣。例如《漢書・藝文志》曰：「自孝武立樂府而采歌謠，於是有趙、代之謳，秦、楚之風，皆感於哀樂，緣事而發，亦可以觀風俗，知薄厚云。」〔註24〕西漢武帝因祭禮需要，設立樂府，管理歷代傳承的祭祀、慶典音樂，派人採集民歌，試圖體察人民憂樂，瞭解風俗民情，文人則繼續創作文人樂府；雖至哀帝裁撤樂府，鄭衛之聲不絕。又如魏晉時三曹父子喜好文學，塑造建安文學的風骨、南朝・梁太子蕭綱提倡宮體詩等，莫不證實了帝王是主導時代文學的指標性人物。

北宋亦不例外，妓詞的主體在「妓」，說明妓女扮演著重要的角色。宋太祖趙匡胤行杯酒釋兵權之策略，就先鼓勵官員們多養家妓。《宋史・石守信》中，宋太祖曰：

> 人生駒過隙爾，不如多積金，市田宅，以遺子孫，歌兒舞女，以終天年〔註25〕

「歌兒舞女」便是指畜養家妓以遣興，唐朝已有蓄妓之風，但由北宋開國皇帝鼓吹妓業娛樂，世人更是將養妓視爲理所當然，官員、文人等，只要稍有經濟能力，便可蓄養家妓，以供自己日常消遣或服侍。縱然宋太祖此舉是爲了重文輕武以利中央集權，意圖消磨志士，有政治目的存在，與唐朝君王以蓄妓宣示歌舞昇平的純粹行樂享受有所不同，但思維和心態上，都和帝王個人的喜好有關。

宋眞宗亦鼓勵官員養妓娛樂之行。在蘇轍《龍川別志》中記載：

> 眞宗臨御歲久，中外無虞，與群臣燕語，或勸以聲妓自樂。王文正公性簡約，初無姬侍。……上使內東門司呼二人者，責限爲相公買妾，仍賜銀三千兩。二人歸以告公。公不樂，然難逆上旨，遂聽之。蓋公自是始衰，數歲而捐館。〔註26〕

〔註24〕〔漢〕班固，《漢書》，冊3，卷30，頁1351。

〔註25〕〔元〕脫脫：《宋史》，冊39，卷250，頁22568。

〔註26〕〔宋〕蘇轍撰，俞宗憲點校：《龍川別志、龍川略志》（北京：中華書局，1997年12月），卷上，頁74。

讀此記載，可知皇上竟以一國之君的身分強迫臣下養妓，令人感到不可思議。北宋官員蓄養家妓，由於政治力量的推動，加上民間商業經濟繁榮，養妓如同唐朝一般蔚然成風。以北宋著名文人爲例，歐陽脩有歌妓「八九姝」〔註27〕，蘇軾「有歌舞妓數人」〔註28〕，將門清官李允則（953～1028）有「家妓百數十人」〔註29〕，彷彿沒有蓄養幾位家妓在當時才是令人詫異之事。

不同的環境因素和服務對象，使妓女彼此間的名氣、等級，或是整體塑造都會有所差異。妓女與官員、文人接觸後，在他們的調教或耳濡目染之下，對自身的氣質、文才、教育素質、眼界、打扮等各方面也大有提升，使她們有別於市井之妓，增添一股雅緻之風；有些妓女的教育和生活環境甚至勝過良家婦女，受到文人的薰陶，部分妓女甚至擁有與文人談詩作詞的本領，所以在全宋妓詞之中，也有不少妓女作品存在。

無論是妓女制度的興盛或妓詞的興起，前提都是大環境下容許這種現象產生，北宋初期國家政治尚強勢，加上君王的喜好與鼓吹推廣，乃至於民間商業經濟的繁榮，人民有餘裕從事娛樂活動等，都是促成妓女制度興盛的良好溫床。文人、官員也因爲長時間跟妓女相處，而有機會創作出爲數眾多的妓詞。簡而言之，宋朝制度和生活，本身孕育出十分適合妓女制度和創作妓詞的環境條件，詞與音樂受到帝王和百姓的喜愛，成爲日常普遍的消遣，北宋妓女也以歌唱曲詞作爲主要表演，文人歌詠時自然多填詞來形容妓女歌唱的狀態，累積一定數量之後，則成爲妓詞一類。

〔註27〕〔宋〕梅堯臣：《宛陵集》〈次韻和酬永叔〉，《景印摛藻堂四庫全書薈要》（臺北：世界書局，1986年），冊373，卷19，頁151

〔註28〕〔明〕陶宗儀：《說郛》引宋人呂本中《軒渠錄》：「東坡有歌舞妓數人，每留賓客飲酒，必云有箇搽粉虞侯欲出來祇應也。此書收錄於《筆記小說大觀》（臺北：新興書局有限公司，1985年3月），冊25，卷7，頁140。

〔註29〕〔宋〕蘇轍：《龍川別志、龍川略志》，卷下，頁95。

二、北宋妓女的來源

北宋承唐代的妓女制度，但略有變遷。妓女的來源，與唐代並無二致，只是數量多寡和主要來源不同。大約可以分成：

（一）戰爭俘虜

鄧之誠《骨董瑣記》載：

> 宋太宗滅北漢，奪其婦女隨營，是爲「營妓」之始，後復設「官妓」，已給事州郡官幕不攜眷者。「官妓」有身價五千，五年期滿，婦原察，本官攜去者，再給二千，亦取之勾欄也。「營妓」以勾欄妓輪值一月，許以資替，遂及罪人之孥，及良家繫獄候理者，甚或掠奪，誣爲盜屬以充之。

宋太宗滅掉北漢，將擄來的婦女充當「營妓」，後來因爲宋朝州郡官員通常都不帶家眷上路，朝廷另設「官妓」提供娛樂。

《宋史・樂志》：

> 平荊南，得樂工三十二人；平西川，得一百三十九人；平江南，得十六人；平太原，得十九人；餘藩臣所貢者八十三人；又太宗藩邸有七十一人，由是，四方執藝之精者，皆在籍中。〔註30〕

北宋初期平定荊南、西川、江南、太原，共得206名樂工，加上藩臣進貢和太宗藩邸的人數，這批樂工樂妓便高達360人之多，可以說是將各地精通表演技藝者，全都納入樂籍。

（二）罪人或罪人之妻兒

《宋史・張邦昌傳》載：

> 初，邦昌僭居內庭，華國靖恭夫人李氏數以果實奉邦昌，邦昌亦厚答之。一夕，邦昌被酒，李氏擁之曰：「大家，事已至此，尚何言？」因以赭色半臂加邦昌身，掖入福寧殿，夜飾養女陳氏以進。及邦昌還東府，李氏私送之，語斥乘輿。帝聞，下李氏獄，詞服。詔數邦昌罪，賜死潭州，李

〔註30〕〔元〕脫脫：《宋史》，冊37，卷142，頁20944。

氏杖脊配車營務。〔註 31〕

李氏之行爲本已逾矩，張邦昌沒有拒絕，最後皇帝下令賜死張邦昌，並將李氏發配做爲營妓。發配罪人或罪人之妻兒爲官婢、官妓，這樣的作法自古至南宋都仍實行，可說是固定的來源之一，但人數並不會增加太多。

（三）買良為娼

宋代雖有俘虜和罪犯可充作官妓，然而這兩項妓女的來源並不穩定。以戰俘言，北宋初期國家強勢，有能力南征北討，贏得戰爭或平亂之後，才有俘虜可以充作營妓；然而戰爭並非常有之事，加上宋朝獨特的重文抑武的政策，使宋朝很快便處於積弱且強國環伺的狀況，國家都自顧不暇，自然不可能再主動挑起征戰，戰俘來源自然也就斷絕。至於罪人跟罪人之妻兒部分，宋代文官大多是備受皇帝禮遇的，官員要想在朝爲官，亦須小心翼翼，犯罪者還是存在，然而數量上卻不至於過多。然若如此，宋代的妓業如此發達，妓女主要來源從何而得？徐士鑾《宋艷》引《武林紀事》載：

> 沈遘，字文通。嘉祐中以禮部尚書知杭州，令行禁止，人有貪無以葬、孤不能嫁者，悉用公府錢爲嫁葬者數百人。良家妾入娼優者，悉以錢贖歸其父母。〔註 32〕

北宋娼妓買賣盛行，竟連良家女也因家貧等因素，被賣入妓籍。對於此行，國家統治者如何看待？武周《中國妓女文化史》說：

> 對於城市妓院買良爲娼，宋代統治者不但不加制止，而且政府大力推行「設法賣酒」制度，等於是提倡以色輔助經商，這就導致頻間女子自賣或被掠賣的現象大量產生，至南宋時還出現了專門經營買賣娼妓的「牙儈」。〔註 33〕

〔註 31〕〔元〕脫脫：《宋史》，冊 43，卷 475，頁 24987。

〔註 32〕〔清〕徐士鑾：《宋艷》，收錄於《明清筆記史料叢刊》（北京：中國書店，2000 年），冊 170，卷 1，頁 24。

〔註 33〕武周：《中國妓女文化史》（上海：東方出版中心，2006 年 6 月），頁 122。

國家對買良爲娼行爲非但不制止，還以妓女作爲賣酒的宣傳服務人員，無疑是上位者帶頭助長買良爲娼的風氣。南宋程洵（1131～1196）《尊德行齋集》載：

> 勝洙爲人公儉好義……嘗有一二族女，年甫齠齔，家貧母病，父爲牙儈所欺，鬻之娼家。聞者不平，而莫敢誰何。君獨憤然一呼，倡儈許償直還女，倡陽諾而謀挾之遯。君廉知之，亟訴諸官，未決。娼與儈謀僞契，增其直累數倍。〔註34〕

據引文所示，宋朝買良家女爲娼已盛行，即使是被牙儈所欺騙，一般人除了不平外也無能爲力，不過也可得知，時人對於逼良爲娼的舉動是有所評議的。勝洙爲討公道，娼儈陽奉陰違，訴諸公堂討回公道竟無果，宋朝官廳默許此事，可見買良爲娼絕不僅止此案。爲了時人對妓女的需求，大量的良家婦女，變相被國家和牙儈賣入風塵之地變成賤籍，社會的黑暗面和不公平的制度可見一斑。

唐朝歷經幾位皇帝的太平之治，唐太宗甚至有「天可汗」之稱，政治勢力強大，使得國家沒有內憂外患，盛世持續多年，所以有能力去支撐這龐大的妓女制度和開銷。宋代開國之初，宋太祖趙匡胤乃是以武力取得王位，縱然他有統治者的魄力與霸氣，然而因爲害怕舊事重演，而重文輕武，鼓吹享樂避免下臣起了政治心思。這樣的作法固然達到效果，然而宋朝後繼君王卻不懂變通，持續採用宋太祖的作法，甚至爲了逃避國勢積弱，反而更倡導妓樂玩樂以粉飾太平，以民眾還能享樂塑造安居樂業作爲盛世的假象，但是在國家、社會、政治方面，卻不及唐代。然而宋代民間經濟貿易能力確實比唐代發達，百姓也有更多工作之外時間金錢從事娛樂消遣。人口販子、酒樓、瓦舍都與妓女沾染關係，孟元老《東京夢華錄》便對北宋娼妓的諸多盛況有所紀錄。從妓女主要來源並非戰俘和罪犯，對比宋代歷史也可看

〔註34〕〔宋〕程洵：《尊德行齋小集》（北京：中華書局，1991年），卷3，頁59。

出，宋代並不像唐代一樣是眞正實質意義上的強盛。

三、妓女的管理規範與限制

北宋妓女的管理機關，和唐代一樣仍是以「教坊」爲主。《宋史・樂志》說：「教坊本隸宣徽院，有使、副使、判觀、都色長、色長、高班、大小都之」〔註35〕，可見仍是有嚴密制度存在。但就官妓部分的規範比唐代嚴格，田汝成《西湖遊覽志餘》引《委巷叢談》說：

> 閫帥、郡守等官，雖得以官妓歌舞佐酒，然不得私侍枕席。熙寧中，祖無擇知杭州，坐與官妓薛希濤通，爲王安石所執。希濤榜笞至死，不肯承伏。〔註36〕

北宋御史祖無擇（1006～1085）得罪王安石（1021～1086），被控與官妓薛希濤私通，薛希濤被鞭打至死仍不認罪，祖無擇才得以脫身召妓罪。與妓女私通扯上關係，並不是每個人都能脫險，如：熙寧年間，「兩浙路張靚、王庭老、潘良器等，因閱兵赴妓樂筵席侵夜，皆黜責。」〔註37〕又如王洙（997～1057）權同判太常寺，在賽神會與女妓雜坐，就被御史彈劾，黜知濠州。〔註38〕最著名的例子，乃是南宋浙江天臺營妓嚴蕊與唐仲友：

> 天臺營妓嚴蕊字幼芳，善弈琴歌舞、絲竹書畫，色藝冠一時。間作詩詞有新語，頗通古今。善逢迎，四方聞其名，有不遠千里而登門者。唐與正（仲友）守臺日，酒邊，嘗命賦紅白桃花，即成〈如夢令〉……與正賞之雙縑。……其後，朱晦庵以使節行部至台，欲摭與正之罪，遂指其嘗與蕊爲濫，繫獄月餘。蕊雖備受棰楚，而一語不及唐，然猶不免受杖，移籍紹興。且復就越置獄鞫之，久不得其情。獄吏因好言誘之曰：「汝何不早認，亦不過杖罪，況已經斷

〔註35〕〔元〕脱脱：《宋史》，冊37，卷142，頁20948。

〔註36〕〔清〕田汝成：《西湖遊覽志餘》（臺北：木鐸出版社，1982年6月），卷21，頁390。

〔註37〕〔宋〕魏泰：《東軒筆錄》（北京：中華書局，1985年），冊2，卷11，頁79。

〔註38〕〔元〕脱脱：《宋史》，冊40，卷294，頁23058。

罪，不重科，何爲受之辛苦耶？」蕊答曰：「身爲賤妓，縱是與太守有濫，科亦不至死罪。然是非眞僞，豈可妄言以汙士大夫？雖死不可誣也！」其辭既堅，於是再痛杖之，仍繫於獄。三兩月之間，一再受杖，委頓幾死。〔註 39〕

如嚴蕊這般多才多藝，博學又善詩詞的妓女，文人、官員爲之傾心是再自然不過之事。周密所記是二人相處的一段過往，可以看出唐仲友對嚴蕊的欣賞。唐仲友反對朱熹理學，朱熹藉故以唐仲友與嚴蕊有姦情，刑求嚴蕊承認兩人有染，獄吏也勸她認罪不過杖罰，何必嘴硬？嚴蕊幾乎被毒打致死，卻不認罪，甚至傳說作〈卜算子〉一詞自陳清白。

姑且不論這件事究竟是虛構〔註 40〕，還是兩人被朱熹誣陷，或者嚴蕊爲了掩護唐仲友而甘心受罪，這則公案所反映的是，官員和官妓私通是犯法的，而且是嚴重的罪責。宋代雖然鼓勵從事妓業娛樂，允許官員與歌妓喝酒聊天，但是禁止官員和妓女有性關係。張舜民《畫墁錄》說：「嘉祐以前，惟提點刑獄不得赴妓樂。熙寧以後，監司率禁，至屬官亦同。」〔註 41〕宋仁宗時，才指定部分官員不得召妓；宋神宗則禁止監察官員嫖妓，所以許多官員都因爲召妓案被貶職判罪，但是並沒有詳盡規定法條，私通者、雜坐者皆有案例，犯罪與否屬判罪者主觀認定。

法律雖然如此規定，但是仍會有漏洞，只要官員不要被舉發，即使有召妓事實也不會被定罪，所以官員狹妓之風仍盛，官妓也未因此而衰落。這項規定被一些守法的官員遵守著，雖然人情無法以律法隔

〔註 39〕〔宋〕周密撰，朱菊如等校注：《齊東野語校注》（上海：華東師範大學出版社，1987 年 5 月），卷 20，頁 394～395

〔註 40〕余嘉錫：《四庫提要辨證》評《帝王經世圖譜》載：「夫唐宋之時，士大夫宴會，得以官妓承值，徵歌侑酒，不以爲嫌。故宋之名臣，多有眷懷樂籍，形之歌詠者，風會所趨，賢者不免。仲友於嚴蕊事之有無，不足深詰。」（昆明：雲南人民出版社，2004 年 11 月），下冊，卷 16，頁 833。

〔註 41〕〔宋〕張舜民：《畫墁錄》，收錄於《文津閣四庫全書》（北京：商務印書館，2005 年），頁 134。

絕，但謹慎的官員嚴守分際，對妓女以及妓詞的發展本身也有影響。

值得注意的是，唐代官妓除教坊妓外全屬樂營，官吏可以自由轉移樂籍或移交後任，武官具有特殊的權利指使、控制妓女。宋代官妓在教坊之外，則又分屬「州郡」和「軍營」，文官和武官平起平坐，文武官對妓女的處置權變成平等，同樣也有接受或拒絕妓女落籍的權力。

此外，宋代宮妓的資料並不多，依照王書奴《中國娼妓史》的說法，宋代妓女制度大概可分為：一、官妓之外有私妓。二、官酒庫設妓女數十人，也可以對外接客。三、酒樓除「買客」妓女外，又有「擦坐」、「焌漕」、「打酒座」等各式妓女。四、部分酒店可以性交。五、酒樓規模宏大，待遇周密。六：除瓦舍妓女外，又有下等「打野呵」妓女。七、部分茶坊可與妓女戲耍。〔註42〕從王書奴的歸納中可以發現，官妓和市井妓的種類和活動範圍都增加了。關於這種現象，嚴明《中國名妓藝術史》則認為：

> 宋代對樂籍的管理呈現出越來越放鬆的趨勢。管理機構越來越精簡，並且逐級下放；娼妓的行動越來越自由，管府的干預越來越少；娼妓落籍從良，文武官吏皆有權處置，越來越容易。事實上，這種越來越鬆的管理，非但沒有使娼妓人數減少，反而使宋代娼妓得以自由繁榮，並朝著不斷適應社會需要的方向發展。〔註43〕

嚴明的總括是就宋代整體而言，北宋妓女制度承襲唐制，雖有所放寬但仍井井有條，有一定的規範在。然而隨著妓女的增多、國家經濟無力負擔，故廢除教坊機構，精簡了對樂籍的管理，而演變成民間勾欄發達；儘管妓女樂籍都在官府，然而宋代官府對妓女的管理較鬆，妓女與官吏間的複雜關係，讓她們得到較大的自由和開放的思想，所以宋代名妓人數眾多，除了技藝精湛，她們也都被允許擁有自身的特色以相互競美，這也成為了宋代妓女的獨特之處。

〔註42〕詳參王書奴：《中國娼妓史》，頁117。

〔註43〕嚴明：《中國名妓藝術史》，頁61。

從殷商巫女到宋代妓女制度，妓女的身影似乎越來越充斥在人們的社會生活之中。她們在政治上扮演微妙的角色：以美色誤他國、協助官方賣酒、賞賜功臣；在生活上作爲娛樂消遣和表演者，具有一定的美色和才藝，下層妓女甚至是性服務者；在文人間成爲知己或被調教者，培養出中國具有藝術素養的女性代表；在文學藝術方面，她們是文人藝術靈感的泉源或描述的主體，她們與音樂、歌曲、詩詞的發展都有關聯。筆者以爲，這是妓女制度在中國文化史上最大的貢獻，以娼妓作爲研究議題，眼光不該只是在道德批判上去看待妓女制度；這些妓女在中國傳統社會扮演的角色和地位，以及做出的貢獻，可以令我們更了解並反思中國傳統的文學、社會、政治和文人的心態、生活及美學。

第三章　妓之詞

第一節　妓之詞的定義與創作內容

為避免跟本論文題目「妓詞」的名稱定義重名，本章節採用「妓之詞」稱之，定義為作者為妓女，由妓女本身書寫創作的詞。

「丈夫有德便是才，女子無才便是德」雖是明末陳繼儒的《安得長者言》〔註1〕才出現的語句，但傳統中國一直是重男輕女的父系社會，在《禮記・昏義》中強調了女性的「婦德、婦言、婦容、婦功」〔註2〕，卻未曾強調「才」。古代女子不似男子可以上私塾，貴族女子可能透過家長請老師來指點，或是自學，但這是少數女子才有的權利，能閱讀《女戒》、《女則》、《女論語》等，有識字的能力和機會已屬不易。

宋朝有姓名、詩集流傳於世的女詞人也不過李清照（1084～1155）、朱淑眞（1135～1180），以及魏玩（1040～1103）而已。李清照系出名門，其父李格非本就有名氣，母親亦是名門之後；朱淑眞婚後雖不如意，但她本來也是出身仕宦家庭；魏玩為魏泰之姐，曾布之

〔註1〕〔明〕陳繼儒：《安得長者言》，收錄於嚴一萍編：《景印百部叢書集成》（臺北：藝文印書館，1965年），第18部，函13，冊3，頁2。

〔註2〕王夢鷗註譯：《禮記今註今譯》（臺北：臺灣商務印書館，2009年9月），冊下，頁1050。

妻，封魯國夫人，自幼博覽群書。三人都受過良好的教育，吟詩寫詞，自然不是難事，作品在宋朝當時已負盛名。李清照可以跟趙名誠吟詩作對、賞玩金石，傳爲佳話，但這樣的才女妻子，並不是每個文人都能擁有的。

除了世家貴族或官宦家的女子，另一種最有可能識字和吟詩作詞的女子，就是妓女了。一般女子創作詩詞是爲了抒情遣懷，但對妓女而言，除了抒情外，懂得詩詞，甚至創作詩詞乃是她們生存的一種條件和優勢。妓女中官妓、家妓或少數市妓，即上等的妓，交往的對象是達官貴人，吟唱詩歌助興、聊天解悶、迎合應酬、侑觴勸酒，勢必要有一定的教育水準方能與這些文人對答如流，才比較能夠受到詞人的喜愛和另眼相看，藉此也能提高自己的身價、地位和名氣。在這種情況下，少數妓女也有可能是才女，自己會創作詩詞。

在《全宋詞》北宋部分，只收錄了 6 位妓女的詞，依收錄作品多寡分別是琴操二首、盼盼、陳鳳儀、聶勝瓊、蘇瓊、青幕子婦各一首，總計 7 首。雖然相較南宋而言，所錄妓女較少，所錄之詞也不多，但筆者以爲，這些妓的名字和詞既然有機會被收錄流傳於世，一方面也許是個人幸運因素，但更有可能的理由是，這些妓女在當時擁有一定的名氣跟地位和才氣，姑不論好壞，筆者以爲，要討論妓詞，那妓本身所作之詞，遺漏未免可惜，以下臚列並討論之。

一、琴　操

琴操（1073～1098），原姓蔡，名雲英，杭（今浙江杭州）妓。琴操本是官家千金，自小得到良好教育，但十三歲時父親受宮廷牽諸，其母氣激身亡，籍沒爲妓。「琴操」一詞本是傳爲東漢蔡邕所撰之書《琴操》而來，乃是介紹琴曲的著作，琴操以此爲其妓名，可見其文采絕非一般妓女所能及。琴操最有名的作品，當屬〈滿庭芳〉一詞：

山抹微雲，天連衰草，畫角聲斷斜陽。暫停征轡，聊共飲離觴。多少蓬萊舊侶，頻回首、煙靄茫茫。孤村裏，寒鴉萬點，流水繞紅牆。　　魂傷。當此際，輕分羅帶，暗解香囊。謾贏得，青樓薄幸名狂。此去何時見也，襟袖上、空有餘香。傷心處，高城望斷，燈火已昏黃。〔註3〕

原是就秦觀（1049～1100）的〈滿庭芳〉改作，原詞爲：

山抹微雲，天連衰草，畫角聲斷譙門。暫停征棹，聊共飲離樽。多少蓬萊舊事，空回首煙靄紛紛。斜陽外，寒鴉數點，流水繞孤村。銷魂。當此際，香囊暗解，羅帶輕分，漫贏得，青樓薄幸名存。此去何時見也，襟袖上空有啼痕。傷情處，高城望斷，燈火已黃昏。〔註4〕

這首詞並非爲琴操自身的創作，只是改作，之所以著名，與她的軼事有關。宋朝吳曾《能改齋漫錄》記載：

杭之西湖，有一倅閒唱（秦）少游〈滿庭芳〉，偶然誤舉一韻云：「畫角聲斷斜陽。」妓琴操在側云：「畫角聲斷譙門，非斜陽也。」倅因戲之曰：「爾可改韻否？」琴（操）即改作陽字韻云：「山抹微雲，天連衰草，畫角聲斷斜陽。……傷心處，長城望斷，燈火已昏黃。」東坡聞而稱賞之。〔註5〕

琴操將秦觀的眞文韻改爲江陽韻，稍加變動文字，然而無損其意境和風格，是這首詞的妙趣處。倘若記載爲眞，則琴操在片刻時間就能將一首詞改韻，足見她的才思敏捷，在詞的創作方面不輸給文人；若非眞實，此詞的存在依然獲得不少讚賞，才有蘇軾稱賞作結。

扣除掉以上這首改作，琴操尚有一首自創的詞作被記錄下來，〈卜算子〉：

欲整別離情，怯對尊中酒。野梵幽幽石上飄，搴落樓頭柳。　　不繫黃金綬。粉黛愁成垢。春風三月有時闌，遮不盡、

〔註3〕唐圭璋編：《全宋詞》，冊1，頁359。
〔註4〕唐圭璋編：《全宋詞》，冊1，頁458。
〔註5〕〔宋〕吳曾：《能改齋漫錄》（臺北：木鐸出版社，1982年5月），卷16，頁483。

梨花醜。〔註 6〕

書寫離情，首句借鑒杜牧〈贈別〉:「多情卻似總無情，唯覺樽前笑不成」〔註 7〕的意境，送別的對象傳聞是蘇軾，因爲烏臺事件而被貶離杭州，琴操遂做此詞。無論離別對象是否爲蘇軾，琴操對離別之人的不捨和難過都使她「不繫黃金綬。粉黛愁成垢」，無心整理對妓女職業來說最重要的儀容外貌。此詞先從自身情感寫起，再寫景，彷彿在整理思緒；下片又先從自身的狀態寫起，再寫實景，與情交織，分不清是春天梨花凋零，還是容貌因難過而憔悴不堪。〔註 8〕

琴操後出家爲尼之事，也跟蘇軾有關。吳曾《能改齋漫錄》、明朝王世貞《艷異編》曾記錄她與蘇軾的故事：

> 蘇子瞻守杭日，有妓名琴操，頗通佛書，解言辭。子瞻喜之。一日遊西湖，戲語琴操曰：「我作長老，汝試禪。」琴操敬諾。子瞻問曰：「何謂湖中景？」對曰：「落霞與孤鶩齊飛，秋水共長天一色。」「何謂景中人？」對曰：「裙拖六幅湘水，鬢鎖巫山一段雲。」「何謂人中意？」對曰：「隨他揚學士，鱉殺鮑參軍。」操問：「如此究竟如何？」子瞻曰：「門前冷落鞍馬稀，老大嫁作商人婦。」操於意下大悟，遂削髮爲尼。〔註 9〕

郁達夫〈西遊目錄〉曰：

> 這一段有名的東坡軼事，若不是當時好奇者之僞造，則關於琴操，合之前錄的馮詩，當有兩個假設好定，即一、琴操或係臨安人；二、琴操爲尼，或在臨安的這玲瓏山附近的庵中。〔註 10〕

〔註 6〕唐圭璋編：《全宋詞》，冊 1，頁 350。

〔註 7〕〔清〕清聖祖御定：《全唐詩》（臺北：明倫出版社，1971 年 5 月），冊 8，卷 523，頁 5988。

〔註 8〕朱德才編：《增訂注釋全宋詞》，認爲此詞似是後人僞作，疑出小說，然未有證據，故筆者仍將此詞視爲琴操所做。

〔註 9〕〔宋〕吳曾：《能改齋漫錄》，卷 16，頁 483。〔明〕王世貞編：《艷異編》，收錄於《古本小說集成》（上海：上海古籍出版社，出版年不詳），冊 79，卷 27，頁 1021～1022。

〔註 10〕郁達夫〈西遊目錄〉，收錄於《郁達夫遊記集》（臺南：大行出版社，明代譚遷《棗林雜俎》載：「臨安縣玲瓏山，秦操塚，殘碣。東坡居士書，萬曆十七年被發。」〔註11〕因此產生琴操爲蘇軾而出家玲瓏山的「琴操參宗」故事，玲瓏山因此得名，另外後世還替二人增添許多故事，例如明代陳汝元《紅蓮債》、本事小說《義倡傳》、《醒事恆言・蘇小妹三難新郎》等。民國文人郁達夫、林語堂、潘光旦同遊玲瓏山，更爲琴操抱不平：

> 一抔荒土，一塊粗碑，上面只刻著「琴操墓」的三個大字，翻閱新舊《臨安縣誌》，都不見琴操的事蹟，但云墓在寺東而已，只有馮夢禎的〈琴操墓〉詩一首：「弦索無聲濕露華，白雲深處冷袈裟。三泉金骨知何地，一夜西風掃落花。」抄在這裡，聊以遮遮《臨安縣誌》編者之羞。同游者潘光旦氏，是馮小青的研求者，林語堂氏是《桃花扇》裡的李香君的熱愛狂者，大家到了琴操墓下，就齊動公憤，說《臨安縣誌》編者的毫無見識。語堂且更捏了一本《野叟曝言》，慷慨陳詞地說：「光旦，你去修馮小青的墓罷，我立意要去修李香君的墳，這琴操的墓，只好讓你們來修了。」說到後來，眼睛就盯住了我們，所謂你們者，是在指我們的意思。因這一段廢話，我倒又寫下了四句狗屁：「山既玲瓏水亦清，東坡曾此訪雲英，如何八卷《臨安志》，不記琴操一段情。」……我們這一群狂人還在琴操墓前爭論得好久，才下山來。〔註12〕

不論歷史上琴操是否眞與蘇軾發生過這些故事，琴操與蘇軾的關係在後人眼中是密切的，琴操工於詩詞，聰慧反應快的應答，以及對蘇軾的情感，都藉由她自己的詞和這些故事塑造出她雖身爲妓女卻高潔、善詞的形象。傳聞蘇軾重葬琴操並題碑，並有人重修琴操墓。後世文人騷客到臨安，也會登玲瓏山，看蘇軾題字，並追溯起琴操與蘇軾的

1989年2月），頁70～72。

〔註11〕〔明〕譚遷：《棗林雜俎》，收錄於《筆記小說大觀》（臺北：新興書局，1987年6月），第22編，中集，頁3783。

〔註12〕郁達夫：《郁達夫遊記集》，頁70～72。

這段軼事。

二、陳鳳儀、聶勝瓊

同樣是送別，成都樂妓陳鳳儀則寫了一首〈一絡索・送蜀守蔣龍圖〉：

> 蜀江春色濃如霧。擁雙旌歸去。海棠也似別君難，一點點、啼紅雨。　　此去馬蹄何處。沙堤新路。禁林賜宴賞花時，還憶著、西樓否。〔註13〕

同樣是春天送別，陳鳳儀先寫景，再將自身「別君難」的情緒投射在海棠上，不言自己難捨離淚，而說海棠點點啼紅雨，上片看似寫景，實已寫情。下片先是祝願對方一路順風，並能受到皇家賞賜，末兩句才道出莫相忘的心聲。此詞含蓄婉轉，雖平易簡單，綿長情意卻藏於不言中。

文人官員改調其他地區，與之相好甚至相愛的妓女無法跟隨，爲此寫詞送別者還有都下妓聶勝瓊〈鷓鴣天・寄李之問〉一詞：

> 玉慘花愁出鳳城。蓮花樓下柳青青。尊前一唱陽關後，別個人人第五程。　　尋好夢，夢難成。況誰知我此時情。枕前淚共簾前雨，隔個窗兒滴到明。〔註14〕

上片寫離別，「玉」慘、「花」愁看似寫景，其實是聶勝瓊自身「無計留君住。奈何無計隨君去」〔註15〕的愁苦。在蓮花樓下送別，樓下柳色青，寫出送別的地點和景色，映著柳色唱著贈別的〈陽關曲〉，雖並非「西出陽關無故人」，但是聶勝瓊也清楚，心儀的「人人」李之問一旦啓程，路途遙遠，可能再也無法見面了。

下片寫離臨別及別後相思之情，「尋好夢，夢難成」輾轉反側，想做個好夢卻無法達成，一方面也指現實世界兩人終究無法在一起，美夢難成，沒有人能理解她離別之痛、思念之苦。末兩句將枕前、簾

〔註13〕唐圭璋編：《全宋詞》，冊1，頁168。

〔註14〕唐圭璋編：《全宋詞》，冊1，頁1046。

〔註15〕此爲聶勝瓊所作，失調名，全詞只剩兩句殘句，故筆者未列入計算，參見唐圭璋編：《全宋詞》，冊1，頁1046。

前的淚和雨連結起來，以雨聲烘染自身的孤獨和難過，無論是窗內窗外，雨滴和淚滴都一起滴到天明。此句與溫庭筠〈更漏子〉（玉爐香）：「梧桐樹，三更雨，不道離情正苦。一葉葉，一聲聲，空階滴到明。」〔註16〕意境相似，但聶勝瓊末兩句的用語更顯淺白直接。

這樣的相思是否能得到回報呢？《全宋詞》唐圭璋寫她「歸李之問」。梅鼎祚《青泥蓮花記》載：

> 李之問儀曹解長安幕，詣京師改秩。都下聶勝瓊，名倡也，質性慧黠，公見而喜之。李將行，勝瓊送別，餞飲于蓮花樓，唱一詞，末句曰：「無計留春住，奈何無計隨君去。」李復留經月，爲細君督歸甚切，遂飲別。不旬日，聶作一詞以寄李云：「玉慘花愁出鳳城。蓮花樓下柳青青……枕前淚共簾前雨，隔個窗兒滴到明。」蓋寓調〈鷓鴣天〉也。之問在中路得之，藏於篋間，抵家爲其妻所得。因問之，具以實告。妻喜其語句清健，遂出妝奩資夫取歸。瓊至，即棄冠櫛，損其妝飾，委曲以事主母，終身和悅，無少間隙焉。〔註17〕

以此記載看來，贈別時聶勝瓊寫的是已失調名的「無計留春住，奈何無計隨君去」，而〈鷓鴣天．寄李之問〉則是別後聶勝瓊又另外寄信給李之問，上片寫別情，下片寫別後種種辛酸和煎熬，令李之問感動，沒有銷毀，而是藏於篋間。歸家後被妻子發現，一問之下李之問據實以告，而李妻「喜其語句清健」已屬難得，沒想到更是主動「出妝奩資夫取歸」。不管因爲何種原因，總之聶勝瓊最後因正妻的接受，而得以嫁給李之問當小妾，她並非被李之問贖身，而是被李妻出資贖回，故妻妾之間相處和樂，沒有嫌隙。以這樣的結果看來，在諸多妓女中，聶勝瓊是十分幸運的，得以從良，並有其幸福歸宿，此詞間接促成了這個機會。《歷代名媛詩歸》評曰：「寄別之作，語氣流暢，不

〔註16〕〔五代〕趙崇祚編：《花間集》，頁32。

〔註17〕〔明〕梅禹金纂輯：《青泥蓮花記》，收錄於《明清筆記史料》（北京：中國書店，2000年），冊60，卷8，頁227～228。

落俗別。」〔註 18〕

三、盼盼、蘇瓊、青幕子婦

送別詞外，歌妓所書之詞，大抵是應酬勸觴，迎合客人與宴席場合之作，如瀘南（今四川瀘州）官妓盼盼〈惜花容〉：

> 少年看花雙鬢綠。走馬章臺管弦逐。而今老更惜花深，終日看花看不足。　坐中美女顏如玉。爲我一歌〈金縷曲〉。歸時壓得帽檐欹，頭上春風紅簌簌。〔註 19〕

關於此詞，徐釚《詞苑叢談》記載：

> 山谷〔註 20〕過瀘帥，有官妓盼盼，帥嘗寵之，山谷戲以〈浣溪紗〉贈之云：「腳上靴兒四寸羅，唇邊朱麝一櫻多。見人無語帶回波。　料得有心憐宋玉，只因無奈楚襄何。今生有分向伊麼。」盼盼即席前唱〈惜春容〉詞侑酒。詞云：「少年看花雙鬢綠，走馬章臺管弦逐。……歸時壓倒帽簷歌，頭上春風紅簌簌。」〔註 21〕

黃庭堅到雲南瀘南拜訪瀘帥，以詞戲弄盼盼，黃庭堅上片寫的是盼盼的形象，首句敘述她的穿著，穿著用羅作的靴子，次句寫她的紅唇像櫻桃而略大，末句寫她雖沒有開口說話，回眸眼波卻動人。下片「料得」兩句，借鑒李商隱〈席上作〉：「料得也應憐宋玉，一生惟事楚襄王」〔註 22〕，隱喻巫山雲雨典故，末句直白輕佻地戲弄。身爲瀘帥官妓的盼盼，自當聽主之命，即席作詞回應以求賓主同歡。黃庭堅寫盼盼，盼盼反過來作〈惜花容〉寫黃庭堅的形象。盼盼上片用少年對老年，寫出兩種不同生命階段的情狀。下片則寫在飲宴場合的歡快，欣賞美女、耳聽〈金縷曲〉，宴罷回家時壓著帽沿，怕被春風給吹走了。

〔註 18〕轉引李劍亮《唐宋詞與唐宋歌妓制度》，頁 205。

〔註 19〕唐圭璋編：《全宋詞》，冊 1，頁 418。

〔註 20〕黃庭堅（1045～1105），字魯直，號山谷，嘗謫涪州，因稱涪翁。

〔註 21〕〔清〕徐釚編，王百里校箋：《詞苑叢談校箋》（北京：人民文學出版社，1998 年），卷 7，頁 401。

〔註 22〕〔清〕清聖祖康熙御製：《全唐詩》，冊 8，卷 539，頁 6166～6167。

這首〈惜花容〉爲盼盼所作，然而盼盼與黃庭堅這段軼事筆者查閱之餘，發現有兩點疑處。其一，盼盼所作詞牌爲〈惜花容〉，而該則記載誤植爲〈惜春容〉；其二，〈浣溪紗〉（腳上靴兒四寸羅）唐圭璋認爲作者是秦觀，將它列入秦觀詞，但此傳聞卻記爲黃庭堅〔註 23〕，此則軼事主角和詞的歸屬便有爭議。

勸酒侑觴之時，妓女們也要吹捧一下客人，作詞酬唱，以迎合賓客。例如蘇州官妓蘇瓊所作〈西江月〉：

> 韓愈文章蓋世，謝安情性風流。良辰美景在西樓。敢勸一卮芳酒。　　記得南宮高第，弟兄爭占鼇頭。金爐玉殿瑞煙浮。高占甲科第九。〔註 24〕

吳曾《能改齋漫錄》記云：

> 姑蘇官妓姓蘇名瓊，行第九。蔡元長道過蘇州，太守召飲。元長聞瓊之能詞，命即席爲之，乞韻，以九字。詞云：「韓愈文章蓋世，謝安情性風流……金爐玉殿瑞煙浮。高占甲科第九。」蓋元長奏名第九也。〔註 25〕

蔡京（1047～1126）經過蘇州被太守款待，聽說官妓蘇瓊善詞，便命她即席創作，指定九字爲韻。蘇瓊開頭先以韓愈磅礴古文、謝安儒雅風流切入，將蔡京和兩人相提並論，趁此良辰美景，勸他喝酒。下片用記得開頭，訴說當年在「南宮」尚書省那麼多優等進士選官，蔡京和蔡汴都爭狀元，御殿香如煙裊，蔡京占了進士甲科第九名。蘇瓊在詞中極力讚揚吹捧蔡京，並無特別的情感或互動，純爲酬唱之作。

關於此詞，陳元靚《歲時廣記》、梅鼎祚《青泥蓮花記》亦載類似紀錄，然而妓名爲尹溫儀，而字句略有不同，未見詳細證據，此處筆者依全宋詞爲主。〔註 26〕

〔註 23〕唐圭璋編：《全宋詞》，冊 1，頁 462，註此首別誤作黃庭堅詞，又誤作張孝祥詞。

〔註 24〕唐圭璋編：《全宋詞》，冊 1，頁 447。

〔註 25〕〔宋〕吳曾：《能改齋漫錄》，卷 16，頁 476～477。

〔註 26〕此詞別作尹詞客詞，見《歲時廣記》卷 35 引《蕙畝拾英集。《花草粹編》卷 4 又作尹溫儀。或尹溫儀即尹詞客。詳參任日鎬：《宋代女最後一位要討論的妓女青幕子婦，原爲妓〔註 27〕，子婦是媳婦的意思，這位妓女沒有留下藝名，後世以青幕之媳婦稱之。她的作品只留下〈減字木蘭花〉〔註 28〕半闋，陳師道《後山詩話》卻將她記載下來：

往昔青幕之子婦，妓也，善爲詩詞。同府以詞挑之，妓答曰：「清詞麗句。永叔子瞻曾獨步。似恁文章。寫得出來甚當強。」〔註 29〕

此詞乃是青幕子婦用來吹捧恩客的文彩詞章堪比歐陽脩和蘇軾，不管對方是否有眞材實料，經此誇讚難免高興，自然就達到應酬的目的。

第二節　妓之詞的創作背景與特色

一、妓之詞的創作背景與動機

（一）環境與時代風氣造成

蕭國亮《中國娼妓史》曰：「妓女詞人宋代爲最，據載，宋代娼妓能詞者十有七八。」〔註 30〕根據唐圭璋《全宋詞》統計，共收錄妓女 22 人，詞作 28 首〔註 31〕，以此數量看來，在《全宋詞》中所

詞人評述》（臺北：臺灣商務印書館，1984 年），頁 51。

〔註 27〕任日鎬：《宋代女詞人評述》，頁 53。

〔註 28〕唐圭璋編：《全宋詞》，冊 1，頁 592。

〔註 29〕〔宋〕陳師道：《後山詩話》，錄於《文津閣四庫全書》（臺北：商務印書館，1985 年，冊 494，頁 430。

〔註 30〕蕭國亮：《中國娼妓史》，頁 76。

〔註 31〕依照唐圭璋編《全宋詞》本共收錄二十二名妓女及其詞作：1、陳鳳儀（〈一絡索・送蜀守將龍圖〉）；2、琴操（〈滿庭芳〉、〈卜算子〉）；3、盼盼（〈惜花容〉；4、蘇瓊（〈西江月〉）；5、青幕子婦（〈減字木蘭花〉）；6、王幼玉（〈失調名〉殘缺）；7、譚意歌（〈極相思令〉、〈長相思令〉）；8、樂婉（〈卜算子・答施〉）；9、聶勝瓊（〈失調名〉殘缺、〈鷓鴣天・寄李之問〉、）；10、趙才卿（〈燕歸梁〉）；11、都下妓（〈朝中措・改歐陽脩詞〉）；12、僧兒（〈滿庭芳〉）；13、張珍奴（〈失調名〉殘缺）；14、洪惠英（〈減字木蘭花〉）；15、儀玨（〈失調名〉殘缺）；16、蜀妓（〈鵲橋仙〉）；17、嚴蕊（〈卜算子〉、〈如夢

佔比例很少，未能看出「據載，宋代娼妓能詞者十有七八」的現象。但是沒有姓名、詩詞留存，未必代表這些能詞的妓女在當時不多或不出色。中國古代社會，女性本就地位不如男性，更何況妓女是連女性也認爲低下的身分〔註 32〕，許多人辱與她們爲伍或相提並論，由此看來，就算有驚世之才，作品也不會有太多人願意爲之流傳抄錄。另一個可能的原因，則是唐圭璋《全宋詞》未收錄。如北宋吳淑姬有《陽春白雪詞》五卷，黃昇《唐宋諸賢絕妙詞選》選錄三首，並評曰：「淑姬，女流中慧黠者，有《陽春白雪詞》五卷，佳處不簡易安。」〔註 33〕將妓女與名門閨秀李清照相提並論，肯定其詞作。以所見資料看來，我們仍不可否認，除去李清照、朱淑貞等諸位女性詞家外，詞壇中善於作詞的多是身爲妓女的女性。筆者以爲，如果蕭國亮此處「能爲詞者」，解爲能吟唱詩詞而非能作詞者，應較合理。

妓女之所以能進行詩詞文章等創作活動，有其特殊的環境背景，與妓女的制度息息有關。並非所有的妓女都有具備自己寫作詞章的才藝，以服務對象分官妓、市妓、家妓而言，市妓服務的多是一般市井百姓，雖不乏有文人、官員，但也因如此，教育資源並不如官妓多，其素質自然參差不齊，教育機會不多，難以和其他兩類相比。官妓、家妓服務的對象多是仕宦官員，或是有錢文士等，其談吐和妓女形象的塑造，自不能粗鄙或無才。

與今日一般大眾印象中的賣身妓女不同，中國古代上等的妓女，

令〉、〈鵲橋仙〉）；18、平江妓（〈賀新郎．送太守〉）；19、尹詞客（〈西江月〉、〈玉樓春〉）；20、蜀中妓（〈市橋柳．送行〉）；21、某邑妓（〈漁家傲〉殘缺）；22、蘇小小（〈減字木蘭花〉）。

〔註 32〕不論是社會風氣或傳統教育灌輸，妓女即代表是墮落的女子，良家婦女以墮入娼門爲恥。詳見蕭國亮《中國娼妓史》第六章〈娼妓的社會角色與社會地位〉，頁 147。

〔註 33〕黃昇：《唐宋諸賢絕妙詞選》（臺北：臺灣商務印書館，1967 年），頁 75～76。

家妓是爲主人服務，相當於侍妾，其色藝要求取決於主人，此處不列入討論範圍。官妓本就被明令禁止與官員有染，大多數都是賣藝不賣身的，並非中國古代男人只重妓女的內涵和才藝，只是光有美貌不足以令人激賞。

蕭國亮說：

> 在唐代，妓女多以色爲副品，而以才著名，嫖客最重「詼諧言談」、「音律」次之，曲中居住及飲食條件更次之。這自然爲妓女們提供了一個努力的方向；同時，妓女們多與一些風流詩人、詞人來往，這又爲妓女們提高詩技詞藝提供了一個得天獨厚的條件。〔註 34〕

貌美固然是妓女的優勢之一，但是以時代風氣看，光是貌美、妓院環境優美等基本視覺外在條件，並不能吸引這些顧客，徒具外表沒有才藝和詼諧言談，在文人眼中是不夠風雅的。李劍亮針對歌妓的色藝亦曾曰：

> 唐宋時期品評歌妓的標準，大都是以「色藝」來衡量，注重對歌妓容貌、儀態的品評，也注重對其歌舞及詩文修養的評價。一般來說，在唐宋時代能出名的歌妓，都享有「色藝俱佳」的評語。〔註 35〕

由此可見古代妓女必須色藝兼具，以及良好的交際能力，才有機會成爲受這些風雅文士青睞的名妓。生活在這樣的環境要求下，妓女唯一能做的，就是努力讀書識字，增加才學，再兼以歌舞等其他技藝等，以期提昇自我價值和個人的素質，最重要的就是能在文人、官員間知情識趣，尚風雅的態度讓她們抬高身價，日子自然也能好過一些。

王書奴《中國娼妓史》說：

> 我看古今最不守舊、隨時代風氣爲轉移者，莫如娼妓。時代尚詩，則能誦詩；時代尚詞，則能歌詞、作詞；時代尚曲，則能歌曲、作曲。我看了唐宋元詩妓、詞妓、曲妓，

〔註 34〕蕭國亮：《中國娼妓史》，頁 75。

〔註 35〕李劍亮：《唐宋詞與唐宋歌妓制度》，頁 41。

多如過江之鯽，乃知娼妓，不但爲當時文人墨客之膩友，
且爲贊助時代文化學術之功臣。〔註 36〕

王書奴這段話重點有三：其一，肯定妓女在文化學術方面促成的貢獻；其二，說明妓女與文人間的緊密關係；其三，妓女能隨時代風氣而習得不同文體。這第三點，正是說明了，妓女作詞的最大動機，就是因爲時代風氣使然，更直接地說，妓女習詞、作詞具有目的，即爲迎合討好騷人墨客；同時這也是必須條件，身爲妓女並沒有拒絕被上層管教的權利。

文采風流、詞章風雅、吟詩作詞、歌舞才藝並非一夕可成，不論是管理嚴密的教坊妓，或是各地州府由私妓強加入樂籍的官妓，妓女大多都從年幼開始被教坊或妓院調教。柳永詠妓詞〈迷仙引〉上闋寫道：

才過笄年，初綰雲鬟，便學歌舞。席上尊前，王孫隨分相許。算等閒、酬一笑，便千金慵覷。常只恐、容易蕣華偷換，光陰虛度。〔註 37〕

《禮記・內則》:「十有五年而笄，二十而嫁。」〔註 38〕妓女才剛成年，就開始學習歌舞，而後才能入席招攬王孫貴客。張先〈天仙子・觀舞〉中的妓女年紀更小：

十歲手如芽子筍。固愛弄妝偷傅粉。金蕉並爲舞時空，紅臉嫩。輕衣褪。春重日濃花覺困。〔註 39〕

年僅十歲，尚未及笄就開始梳妝打扮，表演舞蹈。宋詞中另有提及「垂螺」一詞出現，明朝楊慎《升菴詩話》曰：「垂螺、雙螺，蓋當時角妓未破瓜時額飾，今搬演淡色猶有此制。」〔註 40〕如張先〈醉垂鞭・贈琵琶娘，年十二〉〔註 41〕年僅十二已表演琵琶受張先青睞

〔註 36〕王書奴：《中國娼妓史》，頁 192。

〔註 37〕唐圭璋編：《全宋詞》，冊 1，頁 22。

〔註 38〕王夢鷗註譯：《禮記今註今譯》，冊上，頁 521。

〔註 39〕唐圭璋編：《全宋詞》，冊 1，頁 73。

〔註 40〕〔明〕楊慎：《升菴詩話》，收錄於周維德集校《全明詩話》（濟南：齊魯書社，2005 年 6 月），冊 2，卷 4，頁 916。

〔註 41〕唐圭璋編：《全宋詞》，冊 1，頁 55。

贈詞、〈減字木蘭花〉:「垂螺近額。走上紅裀初趁拍」〔註 42〕;晏幾道〈采桑子〉:「垂螺拂黛清歌女,曾唱相逢」〔註 43〕、「雙螺未學同心綰,已占歌名」〔註 44〕;秦觀〈滿江紅・姝麗〉翠綰垂螺雙髻小,柳柔花媚嬌無力」〔註 45〕,這些妓女都是年紀未滿十六,已能表演歌曲、舞蹈、樂器,足見當時妓女在更早之前就學習這些技能,雖是因爲要謀生而遭環境所迫,但一方面也讓妓女們擁有充足的時間來學習詩詞書畫等文學修養,比一般女子擁有較多且較完善的才藝教養,具備這些條件後,她們才能長袖善舞,擁有社交生活,以及與男性文人切磋詩詞的機會。

(二)妓女作詞的目的

依前面所述,妓女之所以學習創作這些詞,最大的原因和目的是因爲他們身爲妓女,必須接受教坊或妓院的教養,培養足夠的才貌、才藝後,能和客人有良好的互動,滿足風雅、娛樂、賞心悅目等各種需求,而宋代的流行文體是詞,妓女自然也作詞。然而,爲何非以作詞爲手段呢?唱歌跳舞表演樂器也能助興,妓女創作詞作是否有更直接的理由?依第一節分析,筆者歸納幾項作詞之目的:

1、抒發情感,送別離情

琴操〈卜算子〉、陳鳳儀〈一絡索・送蜀守蔣龍圖〉、聶勝瓊〈鷓鴣天・寄李之問〉三首詞作都是在書寫送別離情。詩詞歌賦本是爲了抒發情志而生,妓女在歌詞之外,自然也與普通詞人一樣,作詞抒發自身的情感。

由於中央集權,宋代官制規定地方縣令爲臨時委派,並非正式官員,皆以文人出任。官員可直接上奏皇帝,一切權力、財富皆屬中央,即是爲中央辦事,不重視地方建設;即便如此,爲免地方官

〔註 42〕唐圭璋編:《全宋詞》,冊 1,頁 68。
〔註 43〕唐圭璋編:《全宋詞》,冊 1,頁 251。
〔註 44〕唐圭璋編:《全宋詞》,冊 1,頁 251。
〔註 45〕唐圭璋編:《全宋詞》,冊 1,頁 471。

員專權，地方官三年一調，無法長久待在原地任職。《堯山堂外紀》：「唐宋間郡守新到，營妓皆出境而迎，既去猶得以鱗鴻往返，靦不爲異。」〔註 46〕當官員乍到時，官妓們即必須相迎；而官員離開，這些妓女除了應邀前往送別，也有出於自己意願到場相送。

妓女交往的對象多是士大夫，也是文人，官員在任期間，總有相熟的妓女，這些妓女跟文人間，即使沒有產生愛情情愫，但在長久的相處下，也有一定的情感分量存在，也許是友情，也許引爲知己，雙方都會有不捨之情。不管是否有情感成分，官員離開，等於妓女勢必要重新與新官員或其他恩客培養穩定來往關係，就現實面而言，官員不打算攜帶妓女離去，足夠令妓女傷感了，自然會回憶與官員相處的這短時間的美好，不捨兩人之間穩定的情感關係就這樣緣滅，卻又別無他法，只能作詞送別以抒發離情。是故琴操送別詞寫自己因送別而憔悴難受不顧儀容；陳鳳儀希望對方一路平安，並能記得自己；聶勝瓊則寫送別前後自己的思念之情狀。

俗話說：「戲子無情，婊子無義」〔註 47〕，妓女的身分特殊，愛情對她們而言是種奢望，卻還是抱持對愛情的幻想，期待良人出現。然而現實社會，能讓她們遇到知音、好的恩客，甚至是萌生愛情，但是對方願意與之結爲連理，順利擺脫妓籍得到善終者很少。宋之問對聶勝瓊雖然心動，也有愛情情愫存在，但他並沒有打算將她娶回家，只收藏她的送別詞，若非宋妻發現，又願意接納，宋之問跟聶勝瓊之間根本不會有結果，如同杜牧「十年一覺揚州夢，贏得青樓薄倖名」〔註 48〕者，絕非少數，然而沒有人會譴責，妓女的情感和相思，最後

〔註 46〕〔明〕蔣一葵：《堯山堂外紀》（上海：上海古籍出版社，2002 年），卷 32，頁 291。

〔註 47〕「婊子無情，戲子無義」本是俗話，用來譏諷貶損古代演員和妓女無情無義。李碧華：《霸王別姬》，開篇：「婊子無情，戲子無義。婊子合該在床上有情，戲子，只能在台上有義。」（臺北：皇冠文學出版有限公司，1993 年 7 月），頁 3。

〔註 48〕〔清〕清聖祖康熙御製：《全唐詩》，冊 8，卷 524，頁 5998。

只能以一闋離別詞畫下句點。

2、迎賓酬唱，勸酒侑觴

前文已提過，妓女得以讀書識字、吟詩唱曲，是環境培養所致，而這些投資最大的目的，是要讓賓客盡歡。在飲宴場合，不論是市妓、家妓或官妓，都必須使出渾身解數來博得熱鬧的宴會氣氛。

觀賞歌舞、欣賞樂器演奏，固然是一大美事，然而對市妓而言，客人多買茶買酒可以增加收入；對私妓和官妓而言，茶酒助興，賓客酒足飯飽之後，滿意而歸，表示宴會的成功，也彰顯了主人待客的熱情和美事。

這樣藉由詩詞曲迎賓酬唱的作法，並非妓女獨有，就連文人在飲宴場合，也需吟詩作對，應酬唱和；只是對文人而言是社交的活動，到了妓女身上，就多了一點工作壓力。歌妓會在賓客旁邊煮茶、溫酒，不管烹茶延客，或溫酒勸飲，「歌妓皆以唱詞來侑觴勸酒、娛賓譴興，這是宋代社會重要的文化生活方式。」〔註 49〕黃庭堅〈木蘭花令〉云：「樽前見在不饒人，歐舞梅歌君更酌。」歐、梅，當時二妓也。〔註 50〕一個跳舞一個唱歌勸酒。

妓女歌詞勸酒，多是歌其他詞人的詞，但也有少數歌自己所作之詞的，如盼盼、蘇瓊、青幕子婦所作之詞，即爲宴飲酬唱之作。這種類型的詞，不像送別、抒情的詞那樣擁有各種抒情情思或情景情感描寫，主要是稱讚賓客的才華、詞章、地位等，吹捧客人多是誇讚之語，但人都喜歡被稱讚的，即便知道這是應酬拍馬之語，客人多半仍是得意高興，自會多飲幾杯。唯盼盼的〈惜花容〉，乃是描寫賓客的形象，藉以回應調戲之詞，而如何拿捏分寸，對妓女而言也是極重要的；在妓女地位卑下的狀態，不論是主或客，都有權利發落懲罰妓女。

〔註 49〕陳中林、徐勝利〈論歌妓在宋詞發展中的作用〉，《平原大學學報》（鄂州：鄂州大學校報編輯部，2005 年 8 月），第 4 期，卷 22，頁 49。

〔註 50〕此黃庭堅自注。

二、妓之詞的創作特色

（一）與故事軼聞有關

北宋妓女不多，但是她們所寫的詞，探析之下，背後都有一段民間流傳的故事，或有詩話筆記等記載。如蘇軾與琴操之間，扣除掉筆記所引之外，尚有許多軼事流傳，甚至還寫明是宋哲宗元祐五年（1090）春天，琴操至蘇府品茶論詩，而後琴操出家，然而翻查蘇軾年譜皆未見，即使眞有此事，也未必會被記載。

聶勝瓊跟李之問之間的戀情，則是有較完整的詩話筆記記載，梅鼎祚《青泥蓮花記》將聶勝瓊的送別詞前因後果都記錄，唐圭璋亦是寫她歸李之問，與琴操和蘇軾的傳說相形之下，似乎是比較可靠有根據的眞實事件。

盼盼所作之詞和黃庭堅有關，詞牌名稱有出入，又故事中的詞實是秦觀所寫而非黃庭堅所作，那麼究竟是將秦觀誤植爲黃庭堅，或是這段故事純是虛構，在此處並不是特別重要，世人提及盼盼這首詞，所熟知的是徐釚《詞苑叢談》中記載的盼盼和黃庭堅之間的趣事。

蘇瓊〈西江月〉款待吹捧的是鼎鼎有名的蔡京，然而陳元靚《歲時廣記》、梅鼎祚《青泥蓮花記》亦有類似記載，而字句或名字不同，孰是孰非而今亦無證據資料。

北宋這六位妓女中，就有四位和富有名氣的官員和文人傳出故事，而且這些故事跟她們所作的詞亦有關聯，除了本身的才氣和在當時的知名度外，這些和著名文人官員間互動的故事，等於是替這幾位妓女和她們的詞做最好的宣傳，也才有更多的機會被保留至今。

（二）南北宋妓女詞人比例與妓詞白話現象

《全宋詞》輯錄兩宋詞人之作，筆者統計共有 22 位妓女詞人，北宋只有 6 位，南宋卻有 16 位，北宋只佔了全宋妓女詞人的三分之一。胡雲翼《宋詞研究》：

> 南宋的民間詞，尤以妓女的詞爲興盛。詞話所載，妓女之

作居多。本來妓女通文，隋唐已然、南宋尤善此風氣。大概當時的官妓與營妓，只以歌舞爲職業。所謂妓者技也，歌妓容易通文則妓益矜貴，因爲這種關係，南宋妓女之能詞者特多，而且多半是白話詞。……一般平民妓女，稍習文字，做做白話詞，那是比較容易的。並且那時的妓女，只是歌妓，爲應歌的需要容易通文。她們通文的目的，並不妄想在文學裡面砌上依些古典，只要能表情達意，人人聽得懂便夠了。〔註51〕

這段話概述了幾樣觀念：

1、妓女雖然通文能寫詞，但是仍屬於民間詞，並不能與文人詞相提並論。

2、官方妓女只以歌舞爲職業，並不提供薦席服務，貌美之餘，她們的榮華和被看重之關鍵，取決於技藝高下，而能通文又可創作詩詞者，因此更顯矜貴。

3、一般妓女也學習文字，只是「稍習」程度。

4、妓女學文的目的，並不似文人要考科舉或在文學上下工夫，妓女之所以被允許學文，是因爲她們必須以此來跟文人溝通、周旋。即便是創作詞曲，也不似文人擅於引經據典、堆疊華美文字，能寫得工整合律已是難得，妓女創作只是一種賣點，變成一項招牌。

儘管如此，不可否認部分妓女確實以詩詞來表情意，或是以文人一樣視爲消遣，但這些「才女型妓女」寫出來的詞，要與文人比美仍是頗有難度。況且陽春白雪雖好，但是妓女並非純粹服侍上層知識份子，比如官方妓女款待的對象，也包含了武將，唱詞過於駢麗，以效果來說並沒有比流行樂曲來得容易受到讚賞，這也是她們所處環境所造成的侷限。

〔註51〕胡雲翼：《宋詞研究》（上海：中華書局，1926年3月），見錄於《民國時期文學研究叢書》（台中：文閣圖書有限公司，2011年12月）第一編，冊26，上篇，頁60～63。

至於爲何北宋跟南宋的妓女詞人數量會有如此懸殊的差異？筆者以爲，是時代環境因素造成。北宋初期沿襲唐制，加上帝王的鼓吹，使得宮妓、官妓數量可觀；與唐代的差別在於，唐代宮妓多而市妓數量少，宋代卻相反，北宋汴京的妓館、酒店和瓦舍等，都充斥著許多妓女。隨著國勢漸衰，北宋後期縱然狀況不佳，國君爲了掩飾繼續鼓吹娛樂。到了北宋末和南宋時，國家動盪不安，戰亂時宮廷藝人大量流入民間，如同孔子將貴族所依侍的教育教給平民一般，這批宮廷藝人被民間所吸收，並將技藝傳播開來。南宋甚至取消了教坊減輕財政負擔，需要時從民間聘請表演。簡而言之，官方妓女的式微，乃是因爲國家實力的衰弱，無力再像以前一樣教養大量官妓做爲消遣；市井妓女的興盛，卻表示著南宋都市的繁榮和民間經濟的繁榮。〔註 52〕

如此說來，南宋的宮妓、官妓、市妓是可以互相流通轉換的，唐代以來的妓女制度被改變甚至被破壞了。但不管妓女身分再如何轉換，也脫離不了跟牲畜一樣的奴婢賤人地位，可是由於妓女制度的混亂，使得南宋妓女較北宋能從混亂中偷得一些自由。

在這樣的背景下，南宋的妓女詞人大增也是合理的，一來受到宮廷詞人的調教；二來上層素養、技藝皆高的宮妓和官妓都流入民間。與其認定南宋的妓女詞人變多或較有文采，更客觀的來說，由於環境、背景、身分改變，使得這些有詩文之才的妓女，有機會接觸到更多人，所作詩詞才有機會在傳唱間被重視並記錄下來。

由此可見，南北宋妓女詞人的多寡，牽涉的是國家社會的政治、經濟和文化；妓女詞作的白話詞現象，是因爲她們培養的環境、寫作的目的、接受的對象和一般文人詞不同，若就此論斷妓之詞實力或修辭之不足，有失公允。

清代章學誠在〈婦學〉中雖以禮教爲主，但也說：「名伎工詩，亦通古義，轉以因女慕悅之實，託於詩人溫厚之詞，故其遺言，雅而

〔註 52〕詳見沈松勤：《唐宋詞社會文化學研究》（杭州：浙江大學出版社，2001 年 1 月），頁 61～62。

有責，貞而不穢，流傳千載，得耀簡編，不能以人廢也」〔註 53〕，雖不是特別指稱宋妓，所論爲詩非詞，但「不能以人廢」卻是公允之論，妓之地位雖卑下，與其作品本身優劣並無絕對關係，這些作品之流傳亦有其特色和意義，也爲北宋的民間詞增添了一項特色與成果。

〔註 53〕〔清〕章學誠：《婦學》，收於《筆記小說大觀五編》（臺北：新興出版社，1974 年），頁 3263。

第四章　贈妓詞

贈妓詞，乃是文人作來贈予妓女的詞，通常有特定對象，意即不管基於何種原因，詞的受贈者爲妓，在此統稱爲贈妓詞。

第一節　贈妓詞的對象與內容

筆者檢索《全宋詞》，統計北宋妓詞中，共有 32 首在詞序寫明或提及贈妓對象，依照作者作詞數量分別統計爲：蘇軾 14 首、黃庭堅 5 首、張先 4 首、晁補之 3 首，李之儀 2 首、以及晏殊、舒亶、趙令畤、陳師道各 1 首。獲贈的對象，則有舞妓、樂妓、歌者、侍人、家妓、地方官妓等，因妓的職業技能、服務對象不同，贈妓詞的內容也不盡相同。

一、依職業技能分：歌妓、樂妓、舞鬟

（一）贈歌妓

妓女大半都會唱詞曲，而其中唱得特別好的，即有機會得到詞人的贈詞，如：

> 豔色不須妝樣。風韻好天眞，畫毫難上。花影灩金尊，酒泉生浪。鎭欲留春，傍花爲春唱。　　銀塘玉宇空曠。冰齒映輕唇，蕊紅新放。聲宛轉，疑隨煙香悠揚。對暮林靜，

寥寥振清響。〔註1〕（張先〈慶春澤．與善歌者〉）

這闋詞上片先描寫歌妓的美貌，是天眞自然，無須妝點；再寫一邊喝酒，歌妓一邊唱歌，好似要用歌聲把春天留住。下片開始寫歌妓唱歌的情形，「冰齒輕唇」準備開唱，張嘴的樣子好像蕊紅的花一樣綻放，而歌唱的情形，搭配著地點「空曠銀塘」、「暮林」，將婉轉的歌聲轉化成像煙香的繚繞悠揚形象，從聽覺移覺到視覺，最後再以振動安靜暮林來映襯，表現歌聲清響。

詞人以第三者、被款待者的角度來欣賞、描寫歌妓及其演唱的表現，這是大多數詞人妓詞的寫法。唯張先在此處不僅描寫到歌妓外貌、地點、時間，甚至連歌者的聲音是何種表現都入詞，可謂面面俱到。詞人和歌妓的交往狀況，展現在妓詞中，大約也是歌舞飲宴場合，觀妓、賞妓，多爲應酬往來。然而另一方面，也有部分詞人與妓女有機會更進一步地交往認識，此時所寫給妓女的詞，就有更多的情感共鳴或更豐富的內容，展現在贈妓詞中。如晏殊〈山亭柳．贈歌者〉：

家住西秦。賭博藝隨身。花柳上、鬥尖新。偶學念奴聲調，有時高遏行雲。蜀錦纏頭無數，不負辛勤。　數年來往咸京道，殘杯冷炙謾消魂。衷腸事、托何人。若有知音見采，不辭遍唱陽春。一曲當筵落淚，重掩羅巾。〔註2〕

此詞題目雖是寫「贈歌者」，然而內容卻非單純描寫歌妓的美貌、姿態或飲宴場合的熱鬧，而是描述一個歌妓的生平與今昔對比的歌妓生涯。這位家住西秦（陝西長安）的歌妓，有一副好歌喉可與別人一賭高下，較量歌藝，偶爾學習唐代念奴，許多聽眾都因她的歌聲受到感動，那時的她相當受到歡迎。數年後，吃的是剩飯剩菜，早已不是當初的盛況。此處借鑒杜甫〈奉贈韋左丞丈二十二韻〉：「殘杯與冷炙，到處潛悲辛」〔註3〕句。如果有人可以賞識，她一定好好演唱如〈陽

〔註1〕唐圭璋編：《全宋詞》，冊1，頁77～78。
〔註2〕唐圭璋編：《全宋詞》，冊1，頁106。
〔註3〕〔清〕清聖祖御定：《全唐詩》，冊4，卷216，頁2251～2252。

春白雪〉般的絕妙好歌。然而一曲唱著，筵前卻無人欣賞，讓她流下了眼淚。

此詞手法有如白居易〈琵琶行〉中「自言本是京城女……夜深忽夢少年事，夢啼妝淚紅闌干」〔註4〕一段，差別在於〈山亭柳〉並無前面的場景描寫，亦無後面的江州司馬一番直書感慨。然而，晏殊將歌妓的生平和感慨描寫如此，有沒有可能是他自己的心情而有所寄託抒情呢？業師王偉勇在《詞學面面觀》中的「意逆」提到：

> 所謂「意逆」就是讀者要用自己的心意來揣度作品的意思……當作者完成作品後，詮釋權已經在讀者手上了。但你絕對不能妄解……貼近作者去揣度他寫作的心意。〔註5〕

這與西方羅蘭巴特提出「作者已死」（The death of the author）的概念有點類似，羅蘭巴特認爲，不管作者意圖爲何，只要創造出文本，讀者即可自文本中自行詮釋，作品內容再與作者無關。前者與「意逆」相同，但「與作者無關」則有所差異。「意逆」之前提，乃是在讀者本身懂得識字、知人、論世、詩法的前提下，才能從文本揣測出最接近作者原本心意的詮釋。

王師偉勇從晏殊生平考證，並論與此詞的關係，結論如下：

> 對晏殊來說，從神童晉身到朝廷，就像這名年輕的歌妓備受肯定一樣。沒想到一貶謫，就在外頭飄盪十年……離開權力中心，心情自然十分低落，就像詞中年老色衰的歌妓面對冷清的場面一般。〔註6〕

鄭騫先生《詞選》亦言：

> 同叔罷相後歷知穎州、陳州、許州、永興君。此詞云西秦、咸京，當是知永興時作。時同叔年逾六十，去國已久，難免抑鬱；此詞慷慨激越，所謂借他人酒杯澆胸中塊壘者也。〔註7〕

〔註4〕〔清〕清聖祖御定：《全唐詩》，冊7，卷435，頁4821。

〔註5〕王偉勇、薛乃文：《詞學面面觀》（臺北：里仁書局，2012年10月），上冊，頁181。

〔註6〕王偉勇、薛乃文：《詞學面面觀》，頁181～182。

〔註7〕鄭騫：《詞選》（臺北：文化大學出版社，1982年），頁28～29。

明明是贈妓詞，所寫也是妓的經歷，然而鄭騫先生卻提及晏殊的經歷，可見他認爲，這闋詞並不是單純贈歌妓，此中寄託晏殊的個人生命感慨。

同樣都是代歌妓言，卻不是每位詞人都能寫出這樣貼切吻合的生命情懷，如舒亶〈木蘭花．次韻贈歌妓〉：

> 十二欄杆褰畫箔。取次穿花成小酌。
> 彩鸞舞罷鳳孤飛，回首東風空院落。
> 杳杳桃源仙路邈。晴日曉窗紅薄薄。
> 傷春還是懶梳妝，想見綠雲垂鬢腳。〔註8〕

舒亶這首詞名爲「次韻贈歌妓」，但內容卻並無寫到「歌」的部分，而是似花間詞一般，以詞人身分代入女性，描寫歌妓的生活情態，然而若非題旨點明，從此詞中，要與歌妓直接做聯想，實屬不易。首句「十二欄杆褰畫箔」，「褰」是揭開之意，而「畫箔」是只有畫飾的簾子，說明此處裝飾華美。「取次穿花」借鑒唐代元稹〈離思〉「取次花叢懶回顧」〔註9〕，「花叢」指的是眾多女性，此處不是「懶回顧」而是「成小酌」，表示詞人在女性群體中飲酒。「彩鸞舞罷鳳孤飛」一句，「鳳」是鳳凰，雄性稱「鳳」；「鸞」是似鳳的神鳥，此是以鸞鳳借喻顛鸞倒鳳後，男子離去，只剩女子一人。由上片已可推論出是描寫妓女，下片「桃源仙路」借喻妓院，在部分文人的想法中，妓院就像仙境一樣，妓女置身其中，一派疏懶，讓頭髮散落在鬢邊，是詞人想像中悠閒之美的情態。

舒亶這闋詞，以男子作閨音，卻盡是以詞人本身的立場在「想像」妓女的生活和情態，亦未點出歌妓「歌」的特色；此處的歌妓，只是一般的妓女。與晏殊〈山亭柳．贈歌者〉相較之下，無論在情感或是代女性抒情的方面，都沒有那麼深刻動人的描述。

〔註8〕唐圭璋編：《全宋詞》，冊1，頁365。
〔註9〕〔清〕清聖祖御定：《全唐詩》，冊6，卷422，頁4643。

（二）贈樂妓

北宋承襲唐代制度，以「教坊」作爲專門管妓女的機構，亦是官妓主要的培養地，另有屬於軍營的營妓或州郡的官妓，在教坊的女妓或稱爲「樂妓」、「教坊妓」。

樂妓中亦有分工，根據《教坊記》記載：

> 妓女入宜春院，謂之內人，亦曰前頭人。常在上前，若其家猶在教坊，謂之內人家。……樓下戲出隊，宜春院人少，即以雲韶添之，雲韶謂之宮人，蓋賤隸也，非直美惡殊貌，居然易辯明。內人帶魚，宮人則否，平人女以容色選入內者，教習琵琶三弦箜篌箏等者，謂搊彈家。……凡樓下兩院進雜婦女，上必召內人姊妹入內賜宴。〔註10〕

言下之意，樂妓共分四類：一、內人，又曰前頭人，常在上前者也。二、宮人，亦稱雲韶，較內人等級低。三、搊彈家，平民女子以容色選入宮內而教習琵琶、三絃、箜篌、箏等樂器。四、雜婦女，非正式從事樂妓之樂妓也。筆者此處定義的樂妓，即爲第三類，主要以表演樂器爲主的「搊彈家」，簡而言之，即以表演樂器爲技藝的妓女。

北宋贈妓詞中，有三首是直接點明贈給琵琶妓的。琵琶這種彈撥樂器，秦漢時就存在，不過是琴柄筆直的「直項琵琶」，琴身是圓形，西晉時，阮咸擅長彈奏的就是這種琵琶，今稱「阮咸」。而魏晉南北朝時從龜茲傳入中國北周的琵琶，乃是「曲項琵琶」，《隋書·音樂志》：「周武帝時有龜茲人，曰蘇祇婆，從突厥皇后入國，善胡琵琶，聽其所奏，一均之中，間有七聲。」〔註11〕這種琵琶是橫抱式，彈奏方式自由，現今南管和日本的琵琶即是這種形式。

唐代時，琵琶是當時的主要樂器，各種節慶宴會都以琵琶來助興，詩人自然也喜愛聽琵琶，如白居易作〈琵琶行〉、元稹有〈琵琶歌〉等，琵琶因爲樂師們的改良而衍生出多種派別，不管是直抱橫

〔註10〕〔唐〕崔令欽：《教坊記》（臺北：宏業書局，1973 年 1 月），頁 19～25。

〔註11〕〔唐〕魏徵編：《隋書》，卷 9，頁 11721。

抱，彈奏手法等，都有差異。到了宋代，雖不似唐朝胡風鼎盛，但琵琶這種樂器仍是保留下來，琵琶妓也依然存在。張先〈醉垂鞭．贈琵琶娘，年十二〉：

朱粉不須施，花枝小。春偏好。嬌妙近勝衣。輕羅紅霧垂。
　　琵琶金畫鳳。雙條重。倦眉低。啄木細聲遲。黃蜂花上飛。〔註12〕

琵琶絕藝。年紀都來十一二。撥弄麼弦。未解將心指下傳。
　　主人瞋小。欲向東風先醉倒。已屬君家。且更從容等待他。〔註13〕（蘇軾〈減字木蘭花．贈小鬟琵琶〉）

張先所描寫的琵琶妓和蘇軾所寫的家妓琵琶鬟，年紀都約十一、二歲，皆是未及笄的少女，已能獨奏琵琶，可見琵琶妓學琵琶的年齡，當在十二歲之前。張先〈醉垂鞭．贈琵琶娘，年十二〉上片主要以春、花、嬌來描繪琵琶妓的年輕與青春姣好；下闋寫琵琶外型，畫金鳳，繫雙繩。末句「啄木細聲遲。黃蜂花上飛」則是透過借喻，用形象化語言，來描寫妓女所彈奏的琵琶聲之美妙。

蘇軾則是在上片一開頭就稱讚「琵琶絕藝」讚嘆琵琶妓技藝之精妙，然而「未解將心指下傳」又說明了琵琶妓技巧雖好，但年紀不大，體會不深，無法將內心的感情寄託於曲調中，徒具華美的琴技。下片「主人嗔小」再次強調她太年輕，既然這琵琶妓都是家妓了，那就再等幾年讓她成長再收爲侍妾不遲。蘇軾雖常常與妓有所來往，可是他對妓女是帶著欣賞態度，絕非只爲了色慾等需求。這首詞編年不詳，不過值得一提的是，蘇軾身邊的侍妾朝雲（1062～1095），本是名妓〔註14〕，被他收爲侍女帶在身邊時，恰好也是十二歲左右，他在〈朝雲墓誌銘〉：「敏而好義，事先生二十有三年，忠敬若一。」〔註15〕蘇

〔註12〕唐圭璋編：《全宋詞》，冊1，頁55。

〔註13〕唐圭璋編：《全宋詞》，冊1，頁313。

〔註14〕孔凡禮：《蘇軾年譜》載：「《燕石齋補》謂朝雲乃名妓，蘇軾愛幸之，納爲常侍。」孔凡禮認爲好事者附會。（北京：中華書局，1998年2月），冊上，卷13頁286。

〔註15〕〔宋〕蘇軾：《蘇軾全集》（上海：上海古籍出版社，2000年5月）

軾〈和述古舍人九日登高〉:「江潮帶月來雲外,天籟和琴歷耳傍。小妓不知君倦起,歌眉猶作遠山長。」〔註16〕這裡的小妓指的就是朝雲,在首句已暗喻,並在詩中描述朝雲不僅擅長唱歌還擅琴,至於擅長演奏的是什麼琴?黃庭堅(1045～1105)〈和曹子方雜言〉:「盡是向來行樂事,每見琵琶憶朝雲」〔註17〕,點明了朝雲擅彈的正是琵琶。蘇軾一直到黃州才將朝雲從侍女改爲侍妾,未曾提前「醉倒」。

黃庭堅也寫了一首詞贈琵琶妓:

> 薄妝小靨閒情素。抱著琵琶凝佇。慢撚複輕攏,切切如私語。轉撥割朱弦,一段驚沙去。　　萬里嫁、烏孫公主。對易水、明妃不渡。淚粉行行,紅顏片片,指下花落狂風雨。借問本師誰,斂撥當心住。〔註18〕(黃庭堅〈憶帝京‧贈彈琵琶妓〉)

首句描述琵琶妓淡妝小臉的模樣,站著不動,看起來像淡淡悠閒地抱著琵琶。「慢撚複輕攏……一段驚沙去」一段,以及末句「斂撥當心住」借鑒白居易〈琵琶行〉:「輕攏慢撚抹復挑」、「小弦切切如私語」、「曲中收撥當心畫」〔註19〕。烏孫公主劉細君遠嫁昆彌,使工人作琵琶以行馬上之樂;明妃王昭君亦帶琵琶和親,一邊流淚一邊彈琵琶,撥弦節奏也越來越快。演出完後,黃庭堅才問琵琶妓師承何處。黃庭堅運用其「奪胎換骨」的方法寫作,此詞使用借鑒、倒裝修辭、借喻,單就修辭藝術上,比晏殊和蘇軾有更多文字上的細緻之處;但就內容而言,只是借琵琶妓的演奏想起同樣彈琵琶的女性們,對琵琶妓本人

冊中,卷15,頁963。

〔註16〕蒲積中編:《古今歲時雜詠》(陝西:三秦出版社,2009年10月),頁426。傳說此詞是蘇軾好友陳襄(1017～1080)在熙寧七年(1073)邀他登高吟詩,蘇軾以身體不適爲由辭謝,卻遭陳襄調侃而作此詞,但出處不詳,謹註記以供參考,在孔凡禮:《蘇軾年譜》只記錄「蘇軾以病不赴陳襄重九之會,作詩」,上冊,卷12,頁261。

〔註17〕北京大學古文獻研究所編:《全宋詩》(北京:北京大學出版社,1999年12月),冊17,卷1014,頁11577。

〔註18〕唐圭璋編:《全宋詞》,冊1,頁393。

〔註19〕〔清〕清聖祖御定:《全唐詩》,冊7,卷435,頁4821。

卻沒有太多著墨，自然也沒有令人深刻的印象。

除聽琵琶外，另有聽琴妓奏琴，如李之儀〈清平樂・聽楊姝琴〉：

> 殷勤仙友。勸我千年酒。一曲履霜誰與奏。邂逅麻姑妙手。
>
> 坐來休歎塵勞。相逢難似今朝。不待親移玉指，自然癢處都消。〔註20〕

雖沒有在詞序直接寫贈與楊姝，但內容卻是明白地只對楊姝而作，楊姝奏樂府琴曲〈履霜操〉〔註21〕。李之儀將楊姝彈琴比喻爲貌美的女仙麻姑，其妙手彈琴之美妙，「不待親移玉指，自然癢處都消」，光是聽琴聲就令人飄飄然舒暢。明明沒有寫出聲音，卻藉由譬喻和誇飾，以觸覺代替了聽覺，李之儀對楊姝琴聲的讚賞可見一斑。李之儀另有一首〈浣溪沙・爲楊姝作〉，則讚她是「道骨仙風雲外侶，煙鬟霧鬢月邊人」〔註22〕將她比作天仙嫦娥，「清和佳思」的高雅性情，令李之儀欣賞而爲之作詞。

（三）贈舞妓

《詩經》說：「詠歌之不足，不知手之舞之，足之蹈之也。」〔註23〕舞蹈，比起作詩、歌唱，是更明顯的一種抒發情志方式，在藝術表演中則是最直接的視覺感官刺激。從先秦時期，《尚書・舜典》：「擊石拊石，百獸率舞」〔註24〕以示帝王修德；楚巫祭祀「信鬼而好祀，其祠必作歌樂鼓舞以樂諸神」〔註25〕，這種舞蹈是用來祭神娛神，而人們因此聚集一起飲酒歌舞，與天同樂。在夏啓以前，並沒有用舞娛人享樂的紀載，世襲制產生，統治者和奴隸階級明顯區分，對享樂

〔註20〕唐圭璋編：《全宋詞》，冊1，頁342。

〔註21〕〈履霜操〉爲古樂府琴曲，東漢蔡邕認爲是伯奇所作。

〔註22〕唐圭璋編：《全宋詞》，冊1，頁344。

〔註23〕李學勤主編：《毛詩正義》（臺北：臺灣古籍出版社，2001年10月），冊1，卷1，頁7。

〔註24〕江灝、錢宗武譯注：《今古文尚書全譯》（貴陽：貴州人民出版社，1990年12月），頁33。

〔註25〕〔漢〕王逸注：《楚辭章句》，收錄於《景印文淵閣四庫全書》（臺北：臺灣商務印書館，1983年），冊1062，卷1，頁17。

要求也提高，今本《竹書記年》稱：「夏帝啓十年，帝巡狩，舞《九韶》于大穆之野。」〔註 26〕夏啓公開把娛神的《九韶》拿來供自己享樂。而後，宮廷饗宴也開始用舞蹈娛人，表演給貴族觀看，周朝產生樂治風格的舞蹈。

> 運用舞蹈這一藝術形式來達到明政治、紀功德、成教化、助人倫的政治趣味。樂治是西周時期舞蹈的主導旨趣……在西周，舞蹈被賦予了極強的功能性……如按州里規定，天子、諸侯、大夫和士等不同的官階所享用的舞蹈在演員隊伍陣容等方面的規格就是不一樣。〔註 27〕

周朝的舞蹈表演，分政治地位、場合，以樂舞教導貴族子女，以培養儀態和氣質，亦即樂舞從神權移到王權。至禮壞樂崩，滿足人的生色欲的「娛人」舞蹈才體現出來。《禮記・樂記》說：「詩，言其志也；歌，詠其聲也；舞，動其容也。三者本於心，然後樂器從之」〔註 28〕，中國的詩、歌、舞、樂器的關係十分緊密，上至宮廷饗宴舞蹈，下至平民俚俗之舞，其實舞蹈就是重要的娛樂，自娛、娛神也娛人。

唐代時期，教坊興起，雖沒有禁止一般人舞蹈，然而身分階級差距還在，唐代君王大量培養從事舞蹈娛樂工作的女子，即「舞妓」，他們觀賞的是其排場之奢華與舞法隊形之變化，另有劍器舞、柘枝舞、北旋舞、綠腰舞等。〔註 29〕這些能歌善舞的教坊妓，在安史之亂後，或死或傷或流入民間，宋代的官私妓自然也承襲了這些技藝，宋代的官員、文人亦喜愛觀賞歌舞，在宋詞中，飲宴場合少不了這些舞妓的蹤影，若將妓詞定義爲，有提到妓女，特別是跟歌舞有關的隻字片語都算妓詞，那麼全宋詞十之八九都涵蓋在內，因爲這些妓女早已融入官員和文人的生活中，難以分割或迴避。

〔註 26〕雷學淇撰：《竹書記年義證》（臺北：藝文印書館，1977 年 5 月），卷 7，頁 76。

〔註 27〕方英敏：〈先秦舞蹈的審美風格類型〉，收錄於《陽山學刊》（包頭：包頭師範學院，2007 年 10 月），第 20 卷，第 2 期，頁 11。

〔註 28〕王夢鷗註譯：《禮記今註今譯》，冊下，頁 680。

〔註 29〕詳見廖美雲：《唐妓研究》，頁 256～268。

舞妓同時也可能是某人培養的家妓，這部分與下文二要論述的贈家妓、侍人身分重疊，因爲主要是贈舞妓的身分，故筆者劃分在此。宋代詞人中，蘇軾就寫了三首詞來贈給舞妓。〈南鄉子‧用前韻贈田叔通家舞鬟〉：

> 繡鞅玉環遊。燈晃簾疏笑卻收。久立香車催欲上，還留。更且檀唇點杏油。　　花遍〈六么毬〉。面旋回風帶雪流。春入腰肢金縷細，輕柔。種柳應須柳柳州。〔註30〕

此詞是元豐八年（1085）四月，寫給田叔通家的舞鬟，但上片寫的卻是乘車出遊的狀況，下片才開始描寫舞妓。「花遍六么球」是何種舞呢？王灼《碧雞漫志》卷三〈六么〉載：「六么，一名綠腰、一名樂世、一名錄要……此曲內一疊名花十八，前後十八拍，又四花拍，共二十二拍。樂家者流，所謂花拍，蓋非其正也。曲節抑揚可喜，舞亦隨之。而舞築球〈六么〉，至花十八益奇。」〔註31〕舞築球是一種像舞蹈的球戲，乃是急曲。「面旋回風帶雪流」，可見舞妓必須快速旋轉如旋風，腰像柳條那樣細，給人輕柔纖細之感。末句則突然帶到柳州刺史柳宗元，舞妓是柳，種柳之人自然是指田叔通，蘇軾藉此誇讚田叔通家的舞妓培養頗佳。

同年九月，蘇東坡到楚州（今江蘇清江市）時，見州守周豫，並作詞贈其舞鬟。

> 紺綰雙蟠髻，雲欹小偃巾。輕盈紅臉小腰身。疊鼓忽催花拍、鬥精神。　　空闊輕紅歇，風和約柳春。蓬山才調最清新。勝似纏頭千錦、共藏珍。
>
> 琥珀裝腰佩，龍香入領巾。只應飛燕是前身。共看剝蔥纖手、舞凝神。　　柳絮風前轉，梅花雪裏春。鴛鴦翡翠兩爭新。但得周郎一顧、勝珠珍。〔註32〕（蘇軾〈南歌子‧楚守周豫出舞鬟，因作二首贈之〉）

〔註30〕唐圭璋編：《全宋詞》，冊1，頁321。
〔註31〕〔宋〕王灼：《碧雞漫志》（北京：中華書局，1991年），頁26～27。
〔註32〕唐圭璋編：《全宋詞》，冊1，頁294。

從詞中看不出具體人數，不過兩闋詞在上片都描寫了舞妓的裝扮。頭髮用深青色的帛繫住雙蟠髻，又稱龍蕊髻，髻心大，濃密的黑髮斜靠在因舞蹈而飄動揚起的帛巾；領巾上有龍涎香的香味，腰間配著褐色的琥珀。而舞妓本身擁有紅紅的臉蛋，纖細潔白如剝蔥的手，以及像漢朝趙飛燕般腰身細小，李白詩〈陽春歌〉：「飛燕皇后輕身舞」〔註 33〕，正是這種纖瘦的體態，跳起舞來更顯輕盈。

伴奏的樂器是快而急的鼓聲，花拍乃是樂曲外的附加拍子，可見跳的是快曲，舞妓必須凝神、鬥精神。下片前三句先寫風景，「柳絮」、「梅花」、「轉」實則寫的是舞妓舞姿動作，整體給人像春天一樣清新有朝氣的舞蹈；最後兩句，則又寫人，第一首是賞賜給舞妓的財物，第二首用「曲有誤，周郎顧」之典，認爲舞妓跳的好受到如周郎般賞識，比起賞賜來的更珍貴。

除蘇軾外，陳師道也有一首贈舞妓詞，名爲〈木蘭花減字．贈晁無咎舞鬟〉：

> 娉婷娜嫋。紅落東風青子小。妙舞逶迤。拍誤周郎卻未知。
>
> 花前月底。誰喚分司狂御史。欲語還休。喚不回頭莫著羞。〔註 34〕

上片描寫舞妓身姿娉婷挪嫋，姿態柔婉，年紀甚小；跳起舞來舞姿優美，即使拍子誤了，認眞欣賞周郎都沒發現。在花前月下，誰還像御史一樣去告訴她拍子有誤？想說卻說不出口，舞妓大約也是發現自己的失誤，舞罷害羞地不敢回頭張望。陳師道這首贈妓詞，將舞妓嬌羞的可愛姿態，盡現詞中。

這四首贈舞妓詞，都是贈給家妓中的舞妓，都沒有注明妓名。在贈舞妓的詞方面，妓的外貌、服飾、舞姿、細腰是引人注目的焦點，並且喜用春天、春柳等景物來形容舞妓，詞人在贈妓詞中，將舞妓的形象塑造出來，使讀者尚能從詞中窺見舞妓的美好與表演方式。

〔註 33〕〔清〕清聖祖御定：《全唐詩》，冊 3，卷 163，頁 1690。
〔註 34〕唐圭璋編：《全宋詞》，冊 1，頁 88。

二、依服務對象分：地方官妓、家妓

（一）贈地方官妓

官妓是由官方管理的機構培養，服務的對象是官員，故包含隸屬於軍營的營妓，以及隸屬州郡的地方官妓。

1、贈胡楚草、龍靚

近鬢綵鈿雲雁細。好客豔、花枝爭媚。學雙燕、同棲還並翅。我合著、你難分離。　　這佛面、前生應布施。你更看、蛾眉下秋水。似賽九底、見他三五二。正悶裏、也須歡喜。〔註35〕（張先〈雨中花令・贈胡楚草〉）

胡楚是杭州名妓，《後山詩話》載：「杭妓胡楚、龍靚，皆有詩名，胡云：『不見當年丁令威，年來處處是相思。若將此恨同芳草，卻恐青青有盡時』。」〔註36〕首句將陶潛《搜神後記》人物：「丁令威，本遼東人，學道於靈虛山。後化鶴歸遼，集城門華表柱」〔註37〕，借喻爲情人。難以見到的情人，就好像丁令威化鶴，使人徒生相思之念。如果拿心中相思苦楚與芳草相比的話，芳草無邊無際，可青草終有盡時，沒有說出的是，相思則到地角天涯，恐怕永無窮盡！此詩深婉，活用譬喻和轉化，將深刻的情感和傷心的話語都隱藏其間。

這樣的一個女子，北宋風流詩人張先會想寫詞贈與她，當是再自然不過了。上片描述胡楚頭戴彩鈿雲雁等首飾，容貌嫵媚堪與花枝相爭艷。張先願與她燕雙飛「同棲、並翅」，兩人不分離。下片則寫應是前生有布施，才能認識胡楚這女子，再看她蛾眉下的如秋水般的動人水眸。「布施」乃佛教用語，及施捨財物或救人。「似賽九底、見他三五二」，此用語前所未見，依據吳熊和、沈松勤《張先詞編年校注》，以爲「賽九底」、「三五二」是骰子點數，此詞是張先投骰勸飲之作〔註38〕；另外

〔註35〕唐圭璋編：《全宋詞》，冊1，頁83。

〔註36〕〔宋〕陳師道：《後山詩話》，冊494，頁432。

〔註37〕〔晉〕陶潛：《搜神後記》（北京：中華書局，1985年），卷1，頁13。

〔註38〕吳熊和、沈松勤：《張先詞編年校注》注1說：「《詞譜》卷九謂此詞每句下皆自注骰子格名……張先此詞爲投骰勸飲之作，所注大雲

則是襯字問題，上下片第三句押韻，上片段結句「我」，下片「這」、「下」、「正」，皆為襯字，若都減去，亦是此調正格，結果如下：

> 近鬢綵鈿雲雁細。好客豔、花枝爭媚。學雙燕、同棲還並翅。合著、你難分離。　　佛面、前生應布施。你更看、蛾眉秋水。賽九底、見他三五二。悶裏、也須歡喜。

在張先作詞與胡楚調情時，其實當場還有另一位名妓龍靚在座陪客，《後山詩話》載：

> 張子野老于杭，多為官妓作詞，與胡而不及靚。靚獻詩云：「天與群芳十樣葩，獨分顏色不堪誇。牡丹芍藥人題遍，自分身如鼓子花。」子野於是為作詞也。〔註39〕

龍靚見張先贈胡楚詞，自己卻沒有，便作詩說自己如鼓子花般容色不佳，不如牡丹芍藥有那麼多人作詞題詠。龍靚故意這麼說，其實是變相在向張先乞詞，張先果然為她做了一首〈望江南・與龍靚〉：

> 青樓宴，靚女薦瑤杯。一曲白雲江月滿，際天拖練夜潮來。人物誤瑤臺。　　醺醺酒，拂拂上雙腮。媚臉已非朱淡粉，香紅全勝雪籠梅。標格外塵埃。

青樓宴會中，靚女勸酒，靚女是裝飾美麗的女子，指的自然是龍靚。一曲唱完，滿月滿潮，夜晚的潮水如連天白絹而來，好像仙女下凡一般。下片開始形容龍靚，她醉態盎然，濃重的醉意顯現在臉上，嫵媚的臉已經不是淡粉色，而是一片火紅，點綴在白皙的雙頰上，其風姿超塵動人。

與贈胡楚的詞相較，這首贈妓詞正經許多，誇讚並塑造龍靚如天仙下凡，可是又以醉酒的樣子把她的嬌美形象拉下人間。根據龍沐勛《唐宋詞格律》載：

雁、小雲雁、花枝十二、雙燕子、合著、金浮圖、眉十、胡草、悶子，皆為骰子格名。」又，所注8：「三五二相加為十，賽九逢十，合下文『也許歡喜』」，筆者以為張先雖然在寫骰子，同時有描述妓女形貌的雙關之意。（上海：上海古籍出版社，2012年），頁53～55。

〔註39〕〔宋〕陳師道：《後山詩話》，冊494，頁432。

憶江南又名〈望江南〉、〈江南好〉。……段安節《樂府雜錄》：「〈望江南〉始自朱崖李太尉鎮浙日，爲亡妓謝秋娘所撰，本名〈謝秋娘〉，後改此名。」〔註40〕

〈望江南〉在敦煌詞中單雙調並存，《樂府雜錄》所記未必是眞，〈謝秋娘〉今已亡佚，後白居易改名〈憶江南〉，唐代時多用單調，宋代則多用雙調。晚唐五代時，李煜又以〈望江南〉寫了四首關於「南國」的詞，而北宋用詞牌〈望江南〉來寫贈妓詞，張先是首開先例者。

2、贈陳湘

陳湘，一作陳相，湖南衡陽的官妓。崇寧三年（1104），已屆耳順之年的黃庭堅由於蔡京等人的陷害，被貶謫至宜州（今廣西宜山縣）。文人官員若遭得勢官員排擠被貶，離開政治中心，所受到的待遇自然不可同日而語。然而黃庭堅的詩詞，以及書法等文學藝術，在民間或其他文人間也有頗高的聲譽，還是有很多欣賞官員想結交。途中經過衡陽，衡陽太守曾敷文欣賞黃庭堅，就留宴數日熱情款待，並召衡州營妓陳湘出席表演。黃庭堅作〈阮郎歸・曾敷文既眄陳湘，歌舞便出其類，學書亦進，來求小楷，作阮郎歸詞付之〉贈之：

盈盈嬌女似羅敷。湘江明月珠。
起來綰髻又重梳。弄妝仍學書。
歌調態，舞工夫。湖南都不如。
它年未壓白髭鬚。同舟歸五湖。〔註41〕

上片將陳湘明喻爲羅敷，又借喻並誇飾她是湘江的明月珠，明亮動人。借鑒呂渭老（生卒年不詳）〈燕梁歸〉詩：「起來重綰雙羅髻」〔註42〕，「弄妝」打扮之餘，還學習書法。下片寫陳湘現場表演歌舞絕佳，湖南的其他妓女都比不上陳湘的表演。甚至還用范蠡與西施退隱泛舟之事，希望能與陳湘一起歸隱。

陳湘擁有青春美貌，又擅長歌舞書法，黃庭堅甚爲欣賞，在離開

〔註40〕龍沐勛：《唐宋詞格律》（臺北：里仁書局，2006年7月），頁3。
〔註41〕唐圭璋：《全宋詞》，冊1，頁402。
〔註42〕呂渭老，一作濱老，見唐圭璋：《全宋詞》，冊2，頁1119。

衡陽時，另又作了一首詞贈與陳湘，即〈驀山溪・贈衡陽妓陳湘〉：

鴛鴦翡翠，小小思珍偶。眉黛斂秋波，盡湖南、山明水秀。娉娉嫋嫋，恰似十三餘，春未透，花枝瘦，正是愁時候。

尋花載酒，肯落誰人後。只恐遠歸來，綠成陰，青梅如豆。心期得處，每自不由人，長亭柳，君知否，千里猶回首。〔註43〕

「鴛鴦翡翠」代指陳湘，陳湘當時年方十三、四歲，正是荳蔻年華，以湖南山明水秀，來比喻她的眉眼如山水之秀麗。借鑒杜牧〈贈別〉詩「娉娉嫋嫋十三餘，豆蔻梢頭二月初」〔註44〕，將她的美好身段及年輕貌美用春花勾勒出來，這年紀正是情竇初開多愁善感之時。下片寫歸期未定，猶恐歸時陳湘已經心有所屬，儘管內心是如此希望，但人生實在是有許多由不得自己的選擇。末句則寫出心裡的無奈和依戀，已別千里之外，仍然頻頻回首，希望能見到折柳送別的陳湘。

黃庭堅此詞委婉曲折，語淡而情深，除了相見恨晚外，也體認到長相廝守之不可得，無論原因爲何，黃庭堅並未帶走陳湘，那麼詞中對陳湘的這種情感是否是眞實呢？到了宜州，他又再作〈驀山溪・至宜州作，寄贈陳湘〉〔註45〕，黃庭堅所作跟妓有關的詞不只如此，依他的名氣和性格，實不必連續作三首贈妓詞討好陳湘，青春貌美又多才的陳湘，讓這位年紀已大的詞人傾心難忘，遂有「夢來空，只有相思是」〔註46〕誠然眞情形於詞中。

（二）贈家妓

所謂的「家妓」，即蓄養在家中的妓女，服務的對象爲自己的家主。從本質上說，家妓是屬於家庭奴婢的一種。早在春秋戰國時代就有了家妓的存在，但蓄妓成風則是到了南北朝以後才普遍出現

〔註43〕唐圭璋：《全宋詞》，冊1，頁388。
〔註44〕〔清〕清聖祖御定：《全唐詩》，冊8，卷523，頁5988。
〔註45〕唐圭璋：《全宋詞》，冊1，頁402。
〔註46〕唐圭璋：《全宋詞》，冊1，頁402。

的。〔註 47〕家妓的身分藉於婢與妾之間，兼帶伶人性質，其來源由宮妓轉爲家妓，或以金錢買、或以物交換，或由贈送所得。家妓的別稱頗多，妾、姬、侍人、侍兒、鬟等，端看主人如何分配工作而稱，也沒有一定的統稱。如蘇軾身邊的朝雲，被他收作家妓，卻是在擔任了許久的侍女後，才正式收爲小妾，並有資格替蘇軾生子。

贈家妓的部分，統計數量爲：蘇軾 7 首、趙令時 1 首、晁補之各 2 首、黃庭堅 1 首。

1、蘇　軾

論及蘇軾的贈家妓詞 7 首中，〈殢人嬌〉，或云「贈朝雲」，無疑是最特別的一首，因爲這是寫給他身邊侍妾朝雲的作品。

> 白髮蒼顏，正是維摩境界。空方丈、散花何礙。朱唇箸點，更髻鬟生彩。這些個，千生萬生只在。　好事心腸，著人情態。閑窗下、斂雲凝黛。明朝端午，待學紉蘭爲佩。尋一首好詩，要書裙帶。〔註 48〕

朝雲（1062～1096）姓王，蘇軾爲她作〈朝雲詩〉的詩序曾提及她的姓氏與戶籍：

> 余家有數妾，四五年相繼辭去。獨朝雲者，隨予南遷。因讀《樂天集》，戲作此詩。朝雲，姓王氏，錢塘人。嘗有子曰幹兒，未期而夭云。〔註 49〕

關於她本是妓的記載，孔凡禮《蘇軾年譜》說：「《燕石齋補》謂朝雲乃名妓，蘇軾愛幸之，納爲常侍。」〔註 50〕蘇軾家妓不少，年老遣散，獨留朝雲陪伴在身邊，朝雲隨他生活了二十多年，度過了貶謫黃州和惠州兩段艱難歲月，即使蘇軾對前夫人「十年生死兩茫茫，不思量，

〔註 47〕嚴明：《中國名妓藝術史》（臺北：文津出版社，1992 年 8 月），頁 39～46

〔註 48〕唐圭璋：《全宋詞》，冊 1，頁 309。

〔註 49〕蘇軾：《蘇軾全集》，冊上，卷 38，頁 472。

〔註 50〕孔凡禮：《蘇軾年譜》（北京：中華書局，1998 年 2 月），冊上，卷 13，頁 286。

自難忘」〔註51〕，亦無法忽視與朝雲彼此之間的情感。

〈殢人嬌〉寫於紹聖二年（1095），蘇軾被貶惠州，此時的他已六十歲，所以首句「白髮蒼顏，正是維摩境界」一來說明他已年老，二來佛家語「維摩」，說明歷經風波，到了這把年紀，他已清淨無欲。「空方丈、散花」亦是佛教天女散花之典故，若花不沾身，則表示能通悟佛法，達到色戒的境界；在〈朝雲詩〉中，蘇軾亦將朝雲比喻為天女，故有「天女維摩總解禪」〔註52〕一句。蘇軾不以色為礙，依舊欣賞朝雲的紅唇和髻環，「千生萬生」，是佛教中要人真心全意信佛的借鑒用語，信與不信有時與善緣有關。蘇軾和朝雲都信佛，兩人與佛有緣，與彼此也有緣分。

下片稱讚朝雲的善良，並描述朝雲在窗前閉眼的情態。下句忽轉明天是端午，要學屈原「紉秋蘭以為佩」，感激所有德澤，而後找一首好詩，寫在她的裙帶上。裙帶及腰帶，材質好一點的又稱羅帶。書裙帶是將腰帶作為書寫的媒介，將詩詞寫在裙帶上面，這是文人與妓女間交由往來的一種情趣遊戲，無論是文人主動為之，或是妓自己乞書，或作為紀念等原因，既能娛情，又不失風雅，也可見兩人之間的親暱情感。〔註53〕這闋詞可見蘇軾和朝雲間有共同信仰愛好，日常生活亦頗悠閒自得。

其餘贈妓詞，都是贈與別人的家妓。如：〈減字木蘭花・贈徐君猷三侍人嫵卿〉

> 嬌多媚𡅅。體柳輕盈千萬態。殢主尤賓。斂黛含顰喜又瞋。
> 　　徐君樂飲笑謔從伊情意恁。臉嫩敷紅。花倚朱闌裹住風。
>
> 雙鬟綠墜。嬌眼橫波眉黛翠。妙舞蹁躚。掌上身輕意態妍。
> 　　曲窮力困。笑倚人旁香喘噴。老大逢歡。昏眼猶能仔細看。

〔註51〕唐圭璋：《全宋詞》，冊1，頁300。
〔註52〕蘇軾：《蘇軾全集》，頁472。
〔註53〕關於更詳盡的書裙帶的資料，請參考〔清〕徐士鑾：《宋艷》。

天眞雅麗。容態溫柔心性慧。響亮歌喉。遏住行雲翠不收。
　　妙詞佳曲。囀出新聲能斷續。重客多情。滿勸金卮玉
手擎。〔註 54〕

徐君猷是黃州太守，這三首詞，分別贈予嫵卿、勝之、慶姬三位家妓。三位家妓各有特色，嫵卿嫵媚嬌娜，纖瘦輕盈，眉眼間宜喜宜嗔，詼諧有趣，小臉嫩紅；勝之頭髮綁成雙鬟綠墜，擅長跳舞，體態比嫵卿更輕盈，下片還故意寫她跳完無力的地笑喘，生動活潑；慶姬天眞雅麗，容貌溫婉，性格溫柔賢慧，她擁有一副響遏行雲的清脆歌喉，尊重客人，並殷勤勸酒。三人之中，蘇軾對慶姬的描寫是最多面向也最詳細的，足見他對柔和的慶姬較爲欣賞。這三首詞作於元豐五年（1082）十二月，同時蘇軾又寫〈減字木蘭花・贈君猷家姬〉：

柔和性氣。雅稱佳名呼懿懿。解舞能謳。絕妙年中有品流。
　　眉長眼細。淡淡梳妝新綰髻。懊惱風情。春著花枝百
態生。〔註 55〕

家姬和侍人都是家妓，唯侍人又指隨身女侍。這名家姬名懿懿，性情柔和，歌舞皆善，在家妓中是很好的流別。眉長眼細，淡妝新髻，臉上帶著微煩惱的韻味，頗有一種別樣的美感。

有時候贈妓詞，也是詞人對妓的共鳴與肯定，蘇軾曾贈詞給王定國的家妓，〈定風波・南海歸贈王定國侍人寓娘〉：

常羨人間琢玉郎。天應乞與點酥娘。盡道清歌傳皓齒。風起。雪飛炎海變清涼。　　萬里歸來顏愈少。微笑。笑時猶帶嶺梅香。試問嶺南應不好。卻道。此心安處是吾鄉。
〔註 56〕

琢玉郎是指王定國，名鞏（957～1017）；點酥娘即寓娘，名柔奴。蘇軾羨慕上天將柔奴賜給王定國，柔奴善唱歌，歌聲使人心境安定。上片描寫柔奴的外貌和才能，她的歌聲如風起雪飛，能讓炎熱之地也變舒爽清涼。下片萬里歸來，自何處歸？自是炎海之地。王定國

〔註 54〕唐圭璋：《全宋詞》，冊 1，頁 323。
〔註 55〕唐圭璋：《全宋詞》，冊 1，頁 322。
〔註 56〕唐圭璋：《全宋詞》，冊 1，頁 299。

因受「烏臺詩案」牽連，被貶到嶺南的賓州（今廣西賓陽縣）監酒稅，柔奴也隨行；三年後北歸經過黃州，蘇軾當時爲團練副使，沒想到從遠方歸來，王定國仍是面紅如玉，柔奴也更顯年輕，甚至還能「微笑」，在蘇軾看來，這種笑帶著「嶺梅香」，他以傲骨鬥雪的梅花比喻柔奴的堅強。蘇軾問她嶺南感想如何，末句卻陡然一轉，答曰：「此心安處是吾鄉」，此句使得這首詞曠遠清麗了。從末句可以看見柔奴的美好，她不只有貌有才，心境更是曠達樂觀，願陪伴主人遠赴蠻荒之地同甘共苦，熬過來後也未見風霜痕跡，並不是一般的弱女子，令蘇軾感到敬佩。

「此心安處是吾鄉」句，恰與蘇軾的遭遇和心境吻合，足以引起他的共鳴，並寫詞贈與這位知音。他一生屢受貶謫，還牽連朋友，他的家妓朝雲亦是陪他共患難。人生至此，他已經從「老夫聊發少年狂」〔註 57〕，進入到「也無風雨也無晴」〔註 58〕的境界，改用從容淡定的態度，通達地度過人生。「此心安處是吾鄉」是句平淡簡易的話，相當於「隨遇而安」，但是說得容易，做起來甚難；這是蘇軾經歷過那些淒厲風雨後，才體悟的，是眞正的曠達與豪邁，恰如唐朝白居易〈初出城留別〉所寫的：「我生本無鄉，心安是歸處」〔註 59〕，唯有心靈的安定，才是眞正的超然瀟灑。蘇軾也藉由柔奴這句話，更加地確定自己樂觀曠達的自在。

蘇軾還有一首贈妓詞，〈水龍吟〉：

> 楚山修竹如雲，異材秀出千林表。龍須半翦，鳳膺微漲，玉肌勻繞。木落淮南，雨晴雲夢，月明風嫋。自中郎不見，桓伊去後，知孤負、秋多少。　　聞道嶺南太守，後堂深、綠珠嬌小。綺窗學弄，梁州初遍，霓裳未了。嚼徵含宮，泛商流羽，一聲雲杪。爲使君洗盡，蠻風瘴雨，作霜天曉。〔註 60〕

〔註 57〕唐圭璋：《全宋詞》，冊 1，頁 299。
〔註 58〕唐圭璋：《全宋詞》，冊 1，頁 288。
〔註 59〕〔清〕清聖祖御定：《全唐詩》，冊 7，卷 431，頁 4754。
〔註 60〕唐圭璋：《全宋詞》，冊 1，頁 277。

此詞贈予的對象未定，有二說。「詠笛材。公舊序云：時太守閭丘公顯已致仕居姑蘇，後房懿卿者，甚有才色，因賦此詞。一云贈趙晦之。」《貴耳集》則載：

> 東坡〈水龍吟〉詠笛詞，傳有八字謚，「楚山修竹如雲，異材秀出千林表」，此笛之質也。「龍鬚半翦，風膺微漲，玉肌勻繞」，此笛之狀也。「木落淮南，雨晴雲夢，月明風弱」，此笛之時也。「自中郎不見，將軍去後，知孤負、秋多少」，此笛之事也。「聞道嶺南太守，後堂深、綠珠嬌小」，此笛之人也。「綺窗學弄，涼州初試，霓裳未了」，此笛之曲也。「嚼徵含宮，泛商流羽，一聲雲杪」，此笛之音也。「爲使君洗盡，蠻煙瘴雨，作霜天曉」，此笛之功也。嚼徵含宮，泛商流羽，五音已用其四，惟少一角字，末句「作霜天曉」，歇後一角字。〔註61〕

下片聚焦在妓本身以及她的表演，家妓陪同主人謫遷，「爲使君洗盡，蠻煙瘴雨，作霜天曉」，用她清澈脆響的笛音，而使蠻煙瘴雨全消，忘卻身處蠻荒之地的愁苦；這種面對逆境的曠達作樂，與蘇軾本身的豪邁相同。這闋贈寄詞對「妓」本身的描寫不多，卻透過詠笛襯出其音樂之才，全詞使用烘托手法，不似其他贈妓詞著重外在容貌，寫笛子是好笛，吹笛的人也是妙人。

2、黃庭堅、趙令畤、晁補之

家妓的工作，不只是唱歌跳舞表演樂器，還包括送湯煮酒等侍女奴僕的工作。黃庭堅〈定風波・客有兩新鬟善歌者，請作送湯曲，因戲前二物〉：

> 歌舞闌珊退晚妝。主人情重更留湯。冠帽斜欹辭醉去，邀定，玉人纖手自磨香。　　又得尊前聊笑語。如許。短歌宜舞小紅裳。寶馬促歸朱戶閉，人睡。夜來應恨月侵床。
>
> 〔註62〕

〔註61〕〔宋〕張端義：《貴耳集》，卷下，頁53。
〔註62〕唐圭璋編：《全宋詞》，冊1，頁403。

這首詞開頭就說明他是在宴會後，被主人留下來直到送湯之時，黃庭堅已有醉意，連帽子都傾斜了，可是主人身邊的家妓已開始磨藥煮湯。下片寫他邊喝湯邊與主人聊著有趣的話題，一邊欣賞著唱歌跳舞的家妓，直到夜深人靜時，月已中天才離去，一般人早已入睡了。

宋人湯詞並非茶詞，宋人往往在飲宴結束之後，飲茶解酒猶嫌不足之際，又飲用甘草藥材煮成的湯或熟水，以達到養生的目的。在宴會中，飲茶與飲湯都在飲酒之後，有解酒之意，湯與茶的差別在於內容物不同，此外，飲湯總在飲茶之後，飲茶意在留客，飲湯意在送客。〔註 63〕這闋詞反映了宋人飲宴場合的習慣文化、送湯者爲家妓，以及妓女乞詞的現象。

贈妓詞雖然大多都贈予一個對象，但也有一首贈予很多妓女的，如趙令畤（1051～1134）〈浣溪沙・劉平叔出家妓八人，絕藝，乞詞贈之。腳絕、歌絕、琴絕、舞絕〉

穩小弓鞋三寸羅。歌唇清韻一櫻多。燈前秀豔總橫波。

指下鳴泉清杳渺。掌中迴旋小婆娑。明朝歸路奈情何。

〔註 64〕

依序上片寫腳絕、歌絕；下片寫琴絕、舞絕。三寸羅、一櫻多、鳴泉、掌中舞，都是透過譬喻的方式將妓女的特色寫出來，使得此詞柔婉清麗而不俗豔。

最後一位要介紹是蘇門四學士之一的晁補之（1053～1110），字無咎，出身文學世家，曾獲進士，試開封禮部別院皆第一，這樣的標準仕途順利的文人官員出身背景，卻也寫贈妓詞，不以此舉爲俗鄙。〈江城子・贈次膺叔家娉娉〉：

娉娉聞道似輕盈。好佳名。也堪稱。楚觀雲歸，重見小樊

〔註 63〕詳參黃杰：〈論宋人湯詞與熟水詞〉，《宋學研究》（浙江：浙江大學學報，2005 年 11 月），第 35 卷第 6 期，頁 152～160。

〔註 64〕唐圭璋編：《全宋詞》，冊 1，頁 496。

鶯。豆蔻梢頭春尚淺，嬌未顧，已傾城。　章臺休詠舊青青。惹離情。恨難平。無事飛花，撩亂撲旗亭。不似劉郎春草小，能步步，伴人行。〔註65〕

娉娉乃是晁補之族叔曹端禮（1046～1113）的家妓；輕盈則是指宰相韓忠彥（1038～1109）的家妓，擅彈琵琶。唐朝杜牧〈贈別詩〉說：「娉娉裊裊十三餘，荳蔻梢頭二月初」〔註66〕，晁補之認爲娉娉沒有辜負這個名字，合乎輕盈柔美。「楚觀雲歸」用宋玉〈高唐賦〉事典；小樊是白居易（772～846）的侍女樊素，擅長唱歌，以樊素爲譬，娉娉亦是擅長歌唱。娉娉的年紀不大，但是已頗具傾城美貌，可是她只活了十三、四歲就過世了。下片傷其早亡，章臺是妓院的代稱，借鑒韓翃〈寄柳氏〉：「章臺柳，章臺柳，昔日青青今在否。縱使長條似舊垂，也還攀折他人手」〔註67〕與柳氏〈答韓翃〉：「楊柳枝，芳菲節，苦恨年年贈離別，一葉隨風忽報秋，縱使君來豈堪折。」〔註68〕末句又借鑒劉禹錫〈寄贈小樊〉句：「終須買取名春草，處處將行步步隨」〔註69〕。詩中春草也是妓女名，劉禹錫拿樊素來比春草；晁補之拿娉娉來比樊素，感傷樊素早逝。此外，尚有〈青玉案・傷娉娉〉〔註70〕一詞，因無贈予之意，故筆者將它列入詠妓詞範圍，在此不作討論。

晁補之的另一首贈妓詞爲〈永遇樂・贈雍宅璨奴〉：

銀燭將殘，玳筵初散，依舊愁緒。醉裏凝眸，嬌來縱體，此意難分付。憐伊只似，風前輕燕，好語暫來還去。重樓靜，珠簾休下，待掃畫梁留住。　青娥皓齒，雲鬟花面，見了綺羅無數。只你厭厭，教人竟日，一點無由訴。如今拚了，縈眠惹夢，沒個頓身心處。深誠事，驂鸞解佩，是許未許。〔註71〕

〔註65〕唐圭璋編：《全宋詞》，冊1，頁576。
〔註66〕〔清〕清聖祖御定：《全唐詩》，冊8，卷523，頁5988。
〔註67〕〔清〕清聖祖御定：《全唐詩》，冊4，卷245，頁2759。
〔註68〕〔清〕清聖祖御定：《全唐詩》，冊11，卷800，頁8998。
〔註69〕〔清〕清聖祖御定：《全唐詩》，冊6，卷365，頁4122。
〔註70〕唐圭璋編：《全宋詞》，冊1，頁5。
〔註71〕唐圭璋編：《全宋詞》，冊1，頁577。

雍宅是誰的宅邸未詳，從詞中可以看到晁補之參加一場華貴的筵席，見到了一位叫燦奴的家妓，她黛眉皓齒，年輕貌美，見識過繁華的生活和貴人。只是她安逸慵懶的樣子令人朝思暮想，欲解佩贈與一起當神仙伴侶，不知答應不答應。張惠民對家妓詞內容特點的說明：「這類詞必須合於儒家的家庭倫理規範，可以歌於閨門之內，發乎情止乎禮義，雖涉風月但清新雅正，不容有淫蕩放縱的色彩。」〔註72〕晁補之對這些家妓除了享受與欣賞外，尚有些許的情意與對他們遭遇的憐惜與同情，工於言情而雅化妓詞。〔註73〕

第二節　歌妓乞詞與文人贈詞

一、妓女乞詞之因

在上一節贈妓詞中，曾提到妓女乞詞的現象。何謂乞詞？李劍亮曾在《唐宋詞與唐宋歌妓制度》說：

> 所謂「乞詞」，是指歌妓在某種特定的場合，如歌筵舞席或公司宴會等，向在場的詞人乞請作詞的行爲。唐宋時期，歌妓制度盛行，詞人與歌妓交往密切。歌妓請求詞人做詞，也就成了當時普遍現象。〔註74〕

其實妓女乞詞，就是向詞人索詞，場合並不一定，只是一般大多是飲宴場合，那也是妓女比較有機會見到有名詞人的地方。妓女乞詞的行爲並非由宋開始，唐朝白居易曾作〈盧侍御小妓乞詩，座上留〉；明朝唐寅（1470～1524）曾作倣唐人仕女圖〔註75〕，題材一說取自唐代名妓李端端向張祐（？～853）乞詩的故事。

〔註72〕張惠民：〈宋代士大夫歌妓詞的文化意蘊〉，《海南師院學報》（海口：海南師範學院，1993年3月），第3期，頁23。

〔註73〕詳參林宛瑜：〈晁補之及其詞研究〉，國立中央大學中國文學碩士論文（臺北：國立中央大學，2001年6月）有詳細解說。

〔註74〕李劍亮：《唐宋詞與唐宋歌妓制度》，頁99。

〔註75〕國立故宮博物院編輯委員會：《故宮書畫圖錄》（臺北：故宮出版，1989年），冊17，頁17～18。

宋秋敏〈從流行歌曲的視角看唐宋詞的社會功能〉載：

> 歌妓是曲子詞最主要的傳播者，她們與詞人的交流往往以詞爲紐帶，在索詞與贈詞過程中不知不覺地展開。唱詞乃歌妓的立身之本，她們必須不斷創新，以新曲新詞吸引客人或抬高身價，但大多數歌妓本身並不具備創曲塡詞的能力，因而「索詞」現象時有發生……無論是歌妓索詞，還是詞人贈詞，都說明了詞體創作及其功能生成過程中，詞人與歌妓之間的良性互動。〔註 76〕

由此看來，妓女乞詞的動機主要就是爲了生存需求。在文人世界中，唐代李白〈與韓荊州書〉寫道：「一登龍門，則聲價十倍」、「一經品題，便作佳士」〔註 77〕，妓女的處境也是如此。宋代柳永（約 987～1053）精通音律，流連妓坊，與市妓交往甚密，故爲妓女爭相乞詞的對象。羅燁《醉翁談錄》載：

> 耆卿居京華，暇日遍遊妓館。所至，妓者愛其有詞名，能移宮換羽，一經品題，身價十倍，妓者多以金物資給之。〔註 78〕

葉夢得《避暑錄話》亦云：

> 柳永字耆卿，爲舉子時，多遊狹邪，善爲歌詞。教坊樂工每得新腔，必求永爲詞，始行於世，於是聲傳一時。〔註 79〕

妓女若得柳永讚賞，則「能移宮換羽，一經品題，身價十倍」，後代評論雖稍嫌柳永歌詞俗艷，但仍不可否認，在當時柳永是引導詞曲流行的重要推手，且深受世人喜愛。葉夢得《避暑錄話》引西夏歸朝明官之言：「凡有井水飲處，皆能歌柳詞」〔註 80〕，妓女們自然希

〔註 76〕宋秋敏：〈從流行歌曲的視角看唐宋詞的社會功能〉，《寧波：寧波大學學報》（寧波大學學報編輯部，2007 年 11 月）第 20 卷，第 6 期，頁 15～20

〔註 77〕〔唐〕李白：《李太白全集》（臺北：世界書局出版社，1997 年 5 月），冊下，卷 26，頁 1308～1312。

〔註 78〕〔宋〕羅燁：《醉翁談錄》（臺北：世界書局，1972 年 5 月）丙集，卷 2，頁 32。

〔註 79〕〔宋〕葉夢得：《避暑錄話》，卷下，頁 49。

〔註 80〕〔宋〕葉夢得：《避暑錄話》，頁 49。

望能得到獨家詩詞，最好是歌詠自己的詞更具宣傳效果。或者只要成爲第一個唱詞者，也足夠提升她們的經濟和藝術價值，而且是「十倍」水漲船高；不僅市井妓坊，就連官方的教坊也希望可以得到柳永的詞作，以期傳唱四方。又如李之儀〈跋山谷二詞〉：

> 魯直自放廢中起吏部郎，再辭不起，遂請無爲當塗……既到七日而罷，又數日乃去。其章句字畫所不能多，而天下固已交口傳誦，到其地，想見其眞跡及其所及之人物，皆不可得焉。……如蘇小、眞娘、念奴、阿買輩，不知其人物技能果如何，而偶偕文士，一時筆次夤緣，以至不朽。則所謂幸者，詎不諒哉？而歐與梅者，斯又幸之甚者焉。〔註81〕

黃庭堅在當塗時留下的章句字畫，受天下人傳頌，當初蘇小小等妓女，在文人使用筆墨描寫、贈送詩詞的宣傳之後，皆成爲名妓。歐、梅是當塗的官妓，能得到黃庭堅的贈詞乃是大幸。

妓女乞詞，一方面當然是緣於演唱之需求，才藝表演是謀生之手段，好壞影響的是生活條件；另一方面，生活之外也希望通過座中的文人名士在詞中對自己的贊詠，擴大名聲以此提高身價，成爲名妓在未來也可能會有相對比較好的出路。

在容貌和歌聲實力都相當的狀態下，有沒有得到著名詞人的贈詞，變成表演加分的關鍵要素。因此，只要有適當的機會，妓女就會主動向詞人乞求作詞。

> 東坡在黃岡，每用官妓侑觴，群姬持紙乞歌詩，不違其意而予之。有李琦者，獨未蒙賜。一日有請，坡乘醉書：「東坡五載黃州住，何事無言贈李琦」後句未續，移時乃「卻似城南杜工部，海棠雖好不吟詩」足之，獎飾乃出諸人右。其人自此聲價增重，殆類子美詩中黃四娘。〔註82〕

此則案例蘇軾作的雖是詩，但是「群姬持紙乞歌詩，不違其意而予

〔註81〕〔宋〕李之儀：《姑溪居士前集》，收錄於《景印文淵閣四庫全書》（臺北：臺灣商務印書館，1986年），冊374，卷39，頁576。

〔註82〕〔宋〕周輝：《清波雜志》（北京：中華書局，1985年），卷5，頁41。

之」，說明妓女向詞人乞詞的盛況，以及詞人面對妓女乞詞時，都是非常樂意配合的，通常不會拒絕。蘇軾〈水調歌頭〉（昵昵兒女語）詞序載：

> 歐陽文忠公嘗問余：「琴詩何者最善？」答以退之聽穎師琴詩。公曰：「此詩固奇麗，然非聽琴，乃聽琵琶詩也。」余深然之。建安章質夫家善琵琶者，乞爲歌詞。余久不作，特取退之詞，稍加檃括，使就聲律遺之云。〔註83〕

妓女向蘇軾乞詞，蘇軾「久不作」，仍然寫了這首詞，檃括借鑒韓愈所作的詩，並使之合乎音律，贈給好友章質夫家的琵琶妓。除了柳永、蘇軾外，張先「風流瀟灑，尤擅歌詞，燈筵舞席贈妓之作絕多」〔註84〕，而其餘詞人也有贈妓詠詞之作。

二、詞人贈詞之因

妓女基於生存需求向詞人乞詞，文人爲什麼要配合？在情理上，詞人有資格拒絕乞詞的要求，當然，這些被拒絕的部分，由於沒有詞作傳世，便無法留下文字讓後人加以討論。相較於妓女，文人贈詞所能得到的實質利益並不多，如柳永般流連秦樓楚館，且接受妓女資金接濟的詞人是少數個案，那其他詞人爲何不拒絕？藉由乞詞跟贈詞的互動過程中，詞人究竟得到了什麼？

（一）得到關注或認可

在中國傳統文人的觀念裡，學而優則仕，務期在政治上伸展抱負。相較於政治，文學不過是陶冶性情的休閒或興趣消遣，其中文賦尚可實用於政治文章；詩的社會作用和價值也逐漸重於《詩經》原本的抒發情志，尤其到了宋代，宋詩說理和美刺功能受到重視。詞作爲一種新興的文體，相較於詩，它被視爲小道、詩餘，也因此成爲宋代文人傾吐心事和情感的文體，但是卻始終處於輕視詞體的

〔註83〕唐圭璋：《全宋詞》，冊1，頁280。

〔註84〕〔清〕葉申薌《本事詞》（北京：古典文學出版社，1957年9月），上卷，頁42。

狀態；直至李清照《詞論》提出詞體「別是一家」，以及蘇軾等作者「以詩爲詞」，詞體才逐漸受到重視。

想從事政治活動，以期受到君王重用乃至於光宗耀祖，是大部分文人的理想志願。然而現實是，官位數量有限，君心難測易變，想在官場平安順遂或風生水起，並不是每個文人都能做到的易事。考不上科舉、考上了科舉卻謀不到好缺、謀到缺卻不受重用；或因天災或人脈關係經營不善，導致遠離政治中心、被貶官至蠻荒之地等，這是沒有權勢背景的文人共同的困境。

當仕途遭遇困難，立功不成，立德又難以具象成果彰顯的情況下，最能看到實際效益的便是立言了。不論是私人或公開的筵席場合，主人會邀請自己的好友，以及一些有名氣的大人物或官員來參加，若有機會在這種場合內大放文采，一來可以宣揚自己的名氣；二來在場也許有高官，因詞采引起注目，藉此爲跳板，結交人脈，對仕途也有幫助。

如此看來，妓女的乞詞，無疑就是文人在筵席場合嶄露頭角或宣傳自己的大好機會。洪邁（1123～1202）《夷堅志・西津亭詞》載：

> 葉少蘊左丞初登第，調潤州丹徒尉。郡守器重之，俾檢察征稅之出入。務亭在西津上，葉嘗以休日往，與監官并欄杆立。望江中有采舫。傃亭〔註 85〕而南，滿載皆婦女，嬉笑自若，謂爲貴富家人。方趍避之。舫已泊岸。十許輩袨服而登。徑詣亭上，問小史曰：「葉學士安在，幸爲入白。」葉不得已出見之。皆再拜，致詞曰：「學士雋聲滿江表，妾輩乃眞州妓也，常願一侍尊俎，愜平生心，而身隸樂籍，儀眞過客如雲，無時不開宴，望頃刻之適不可得。今日太守私忌，郡官皆不會集，故相約絕江此來，殆天與其幸也。」……「願得公妙語持歸、誇示淮人，爲無窮光榮，志願足矣。」顧從奴挈榼而上饌品皆精潔，迭起歌舞，酒數行，其魁奉花箋以請，葉命筆立成，不加點竄，即今所

〔註 85〕「傃」是向著的意思，故「傃亭」是指向著亭子。

傳〈賀新郎〉詞也。其詞曰：「睡起聞鶯語，點蒼苔簾櫳晝掩……重爲我，唱金縷。」卒章蓋紀實也。此詞膾炙人口，配坡公乳燕華屋之作，而葉公自以爲非其絕唱，人亦罕知其事云，葉晦叔說。〔註86〕

葉少蘊即葉夢得（1077～1148），此段記載的是葉夢得受官妓乞詞的前因後果與後續發展。這段記載揭示了幾樣重點：一、宋代官員間聚會頻繁，「無時不開宴」，官妓自言必須在各官員宴會上唱詞助興，能和葉夢得相見，乃因太守私家忌日，才得空閒，可見官妓的應酬工作十分繁重。二、官妓乞詞，用詞文雅，誠摯而推崇之情甚濃，詞人被如此誇讚其詞可以「誇示淮人，無窮光榮」，自然樂意寫作贈與。三、贈詞寫作速度很快，「酒數行，其魁奉花箋以請，葉命筆立成，不加點竄」，可見葉夢得對自己的詞頗有信心。四、此詞經過官妓傳唱，達到膾炙人口的效果，熱門程度而且還可以跟蘇軾的〈賀新郎・乳燕飛華屋〉相提並論。〔註87〕此舉看來，葉夢得的詞極好，但也是藉由官妓傳播演唱，才有可能被那麼多人知曉，成爲絕唱實是妓女與詞人合作之功。

除了葉少蘊外，精通音律的周邦彥（1056～1121），能夠揚名也多虧了市井名妓的宣傳。《詞林遺事》說：

周美成與名妓李師師相好，常贈之詞。會徽宗命師師唱詞，即歌美成〈六醜〉，徽宗聞而驚賞，於是人皆知新知路州周邦彥。〔註88〕

〔註86〕〔宋〕洪邁：《夷堅志》（南京：江蘇古籍出版社，1998年），卷12，頁1714～1716。

〔註87〕〈賀新郎〉調始於蘇軾，蘇軾詞「乳燕飛華屋」句，名〈乳燕飛〉，有「晚涼新浴」句，名〈賀新涼〉，有「風敲竹」句，名〈風敲竹〉。葉夢得〈賀新郎〉詞，有「唱金縷」句，名〈金縷歌〉、〈金縷曲〉，又名〈金縷詞〉。詳見〔清〕王奕等編：《御定詞譜》（臺北：世界書局，1986年）

〔註88〕《詞林遺事》，轉引自王永煒：〈歌妓拓廣宋詞傳播範圍的研究〉，見錄於《新余學院學報》（新余：新余學院編輯部，2009年6月），第3期，卷14，頁14。

周邦彥固然有自創新曲、新詞的才華，且集北宋婉約詞之大成，然而若非贈詞給李師師，再經由李師師唱給皇帝聽後得到賞識，他的仕途不會從「太學士」輕易變成升爲「徽猷閣待制」〔註 89〕，並提舉爲「大晟府」〔註 90〕主管，發揮其在音樂上的長才，而後獨步文壇揚名天下。也許在創作與贈送詞曲之時，周邦彥本身未曾想過事情的發展會是如此，只是單純地贈與李師師，可是從中獲得的利益、關注和認可，卻是眞正得到的結果。其他詞人未必有周邦彥的幸與不幸，然而透過贈詞給妓女傳唱，最少能得到妓女的感激，以及作品被歌詠、宣傳的機會，就現實利益來說，當然是不會推卻的。

（二）妓女的推崇引發創作慾望

文人在官場失意，然而就像柳永〈歸朝歡〉說：「歸去來，玉樓深處，有個人相憶」〔註 91〕，在飽受仕途及人情應酬的疲憊後，玉樓上始終有人含笑等待著，文人走入溫柔鄉希望獲得片刻放鬆和慰藉。

妓女們多半能歌善舞，善解人意，又擁有各種風情。她們受過一些教育，比起一般婦女更多了點文化、文學的薰陶，能與文人吟詩作對、紅袖添香；也能扮演一個解語花的角色，靜靜聽著文人在仕途上不滿的牢騷抱怨，或給予言語上的支持。這些妓女沒有背景，地位也低賤，沒有對自己命運的自主權，必須逢迎過日；然而這樣的身分，正是讓文人最放心相交的原因，沒有利害關係，在熟識的妓女面前，文人的許多不平之氣皆可放心盡吐，妓女變成爲紅粉知己，甚至是眞正意義上的戀愛對象。

事實上，宋代文人是把現實和風花雪月分得很清楚的，文人不會把詞內的自己帶到現實生活。賀佳妍《宋代贈妓詞研究》說：

〔註 89〕徽猷閣是宋徽宗建置，用來保存宋哲宗御書之地，置學士、直學士、待制管理。

〔註 90〕宋朝初年，禮及樂舞事宜均屬太長四掌理，至崇寧元年（1102）大晟樂作成後，設大晟府，掌管樂舞事宜，下設六部門，以大司樂爲主管。

〔註 91〕唐圭璋：《全宋詞》，冊 1，頁 22。

> 男性詞人們在詞內詞外的角色是分裂的，社會公眾對詞內的文人不作苛求；但同樣的，文人也不會把詞內的那個自己帶入現實生活。兩者彼此妥協，彼此寬容，時人也把這種分裂視爲理所當然，只要互不越界，就開眼閉眼了。〔註92〕

文人可以在歡場中、在詞中與妓荒唐調笑，然而只要影響到現實前途，則會被世人所不齒。拋棄崔鶯鶯的元稹不無自責，然而時人，甚至他的朋友白居易都未曾以他薄倖來評論他；但柳永卻因得罪朝官，貶爲平民後時時出入煙花之地，不管現實或詞中都與妓女糾纏不清，部分詞作描寫露骨，不僅被世人當作輕浮無行，甚至連文人都以學柳七作詞爲恥。

這點在文人對待妻子與對待妓女的方式亦可看出端倪，文人要求娶妻娶賢，不要求讀書識字，但求以「德」、「家族」爲重。《禮記・昏義》:「昏禮者，將合二姓之好，上以事宗廟，而下以濟後世也。故君子重之。」〔註93〕講求的是相敬如賓的和諧夫妻關係。他們寫給妻子的寄內詞、壽內詞數量不多，雖也會在詞中顯現較尊重、真摯的夫妻之情，然而妻子通常不等於愛人，那些對容貌的讚美、對才藝的欣賞、對愛情的歌詠和調情、深情款款的詩詞，甚至是心事心情的共鳴，卻都贈給了妓女。賀佳妍《宋代贈妓詞研究》提到：

> 在贈妓詞中，歌妓於詞人雖然只是一個描寫的客體，然而在事實上，詞中歌妓的情感體驗與詞人卻不是截然分離的，二者之間存在著深層的隱密的聯繫。〔註94〕

文人寫詞贈與妓女，往往暢所欲言地誇讚她們，她們總是擺出最美好的姿態和狀態來款待著些「恩客」。她們明明是卑微低賤的身分，卻穿著華麗打扮時尚，甚至引導潮流；她們分明是弱勢的一群，卻享受著比平民百姓更豐盛的好酒美饌；她們被迫送往迎來，卻總是含笑服侍。

〔註92〕賀佳妍：《宋代贈妓詞研究》，頁33。
〔註93〕王夢鷗註譯：《禮記今註今譯》，頁964。
〔註94〕賀佳妍：《宋代贈妓詞研究》，頁38。

這樣的環境、這樣的人、這樣的氛圍，讓文人覺得她們是仙人、住的是仙鄉、桃源。而當美麗討喜的妓女開口向他們乞詞，這些不得志於朝，或小有文采的文人，渴望被誇讚的心態頓時得到滿足；因爲有人願意重視，成爲他們創作的動力來源之一，引發他們的創作慾。仕途上的不順遂，在與妓女的互動中讓他們覺得自己是重要的、有才能的，無關乎現實是否改善，至少在那時他們感到快樂與自信。

由此看來，詞便具有實用功能，在單純的文學創作之外，還包括了「以詞作爲答應歌妓之請、酬答他人宴請的設想得以滿足」。〔註 95〕可以求取名聲，甚至「還表現爲一種把自己的胸懷、抱負、情感擴散傳播到周圍世界的強烈願望和責任感」〔註 96〕，他們滿足了妓女的需求，是有能力施捨、主導的一方；在公私場合贈詞之時，自我價値也得到了提升。

（三）對知音情感之回應

起初只是欣賞、觀賞，可是當文人跟妓女越走越近，透過詩詞、談心慢慢成爲知己，如詠妓詞中，柳永說：「緣情寄意。別有知音。」〔註 97〕、張先「心事兩人知」〔註 98〕，這樣的知音不是妻子也不是朋友，而是妓女，可是不管是文人還是時人，都不覺得有何不妥。儘管願意納妓爲妾，如聶勝瓊和李之問這樣修成正果的例子很少，但是妓女和文人之間從知己，很有可能發展成愛情；即使沒有，也會處於一種曖昧近似於愛情的情感，間雜著一點同情，這關係是文人從別的地方無法得到的。若要以妓女的結局論，十之八九的文人都只逢場作戲，無論在詞中多麼深情，於現實仍然只是薄倖〔註 99〕；然而歡場中，

〔註 95〕李劍亮：《唐宋詞與唐宋歌妓制度》，頁 103。

〔註 96〕李劍亮：《唐宋詞與唐宋歌妓制度》，頁 104。

〔註 97〕唐圭璋編：《全宋詞》，冊 1，頁 49。

〔註 98〕唐圭璋編：《全宋詞》，冊 1，頁 58。

〔註 99〕蕭國亮《中國娼妓史》第十二章〈娼妓的歸宿〉便有歸納妓女的種種下場：從良爲妾、入空門爲女尼、轉爲老鴇等妓業相關職位、殉情而終、淪爲乞丐等。從良爲妾者，失去自由，必須遵守一般婦女的規範，

假作眞時眞亦假，透過互動、交心、贈妓、詠妓的過程，情感究竟是不是假象，也許文人和妓女都分不太清，但也不會捅破這扇窗。

在互利且複雜的情感之下，歌妓的乞詞或文人主動贈詞，都合乎情理之中。李劍亮說：

> 詞人往往借歌妓乞詞的時機，傾吐自己心中的塊壘，由歌妓的身世聯想到自己的遭遇，從歌妓的地位反觀自己的處境，由此而感慨自己漂泊不定和任人擺佈的命運。〔註100〕

誠然，在先秦就有屈原就有「香草美人」意象寄託的傳統，文人對於自己的處境，包括功名、政事、君王等感想或期盼，通過女性的容貌、裝扮、春怨秋思、對愛情和良人的期待與愛慕等形式，來抒發自己的情感、性格、信念、失意、惆悵、士不遇等身世和經歷的感慨。委婉又隱晦的抒情方式，避免了誤入司馬遷說屈原「信而見疑，忠而被謗，能無怨乎」〔註101〕的怨君之說，也可避開言官的批判告狀。

一來文人在贈妓詞中所寫之事不易成爲把柄，盡可推說寫的是風花雪月；二來部分文人確實在同情妓女的同時，也頗有「同是天涯淪落人」之感。在第一節已提及的晏殊〈山亭柳・贈歌者〉〔註102〕，晏殊表面寫西秦歌妓盛衰時期的差異，實則也抒發了自己從宮中詞人淪落到外地飄零之感慨；蘇軾〈定風波・南海歸贈王定國侍人寓娘〉〔註103〕、〈水龍吟〉〔註104〕，亦從妓女身上獲得共鳴，想起在嶺南的歲月感受和心境的曠達的轉折。而在南宋，如李南金〈賀新郎・感懷〉:「流落今幾許。我亦三生杜牧，爲秋娘著句。先自多愁多感慨……佳人命薄君休訴。若說與、英雄心事……」〔註105〕，從妓

日子常常也不比當妓女時過得好。詳見《中國娼妓史》，頁318～345。

〔註100〕李劍亮：《唐宋詞與唐宋歌妓制度》，頁104。

〔註101〕〔漢〕司馬遷撰，瀧川龜太郎注:《史記會註考證》，卷84，頁1010。

〔註102〕唐圭璋編：《全宋詞》，冊1，頁106。

〔註103〕唐圭璋編：《全宋詞》，冊1，頁299。

〔註104〕唐圭璋編：《全宋詞》，冊1，頁277。

〔註105〕唐圭璋編：《全宋詞》，冊4，頁2875。

女身上看見人生的荒謬、苦悶與無常，亦是將妓女與自身的際遇重合。

簡而言之，文人書寫贈妓詞，尚有回應情感的理由在。回應的是這個歌妓和自己的情分、回報主人的款待而炒熱宴會氣氛，以及回頭審視自己的經歷與心態，這種富含情感和體悟的贈妓詞，往往較單純讚美歌妓容貌歌舞的詞，要來得內容豐富，藝術價值也較高。

詞人的創作動機和行為，當然比以上概括的三種原因還要複雜，尤其在心理層面的變化與考量，就有不同的可能性，文人且對妓女的看法也會影響到贈妓詞的創作內容。而妓女更是看中這點，乞詞的行為也成為一種與文人交往的活動之一，更可以從所獲贈詞顯示妓女與文人的交好，相互宣傳。文人不會輕易拒絕妓女乞詞，卻是可以明確肯定的現象，也是兩種身分交往時的應然結果。

第三節　贈妓詞的特色

一、贈詞對象為妓女，明確寫於詞序

不論在賀佳妍《宋代贈妓詞研究》，或李劍亮《唐宋詞與唐宋歌妓制度》，甚或其他期刊文章，在論及妓詞時，大多是妓詞、贈妓詞、詠妓詞混為一談，而統稱贈妓詞或詠妓詞等；或是幾首詞反覆使用，沒有更多其他詞例，使得妓詞的定義、數量十分混亂不明確。

筆者檢索《全宋詞》後，亦深知妓詞之龐雜以及難以統計的困境。按理說，將詠妓、贈妓全部歸為詠妓詞範圍之內，亦不為過，這樣書寫論文，分類上也較方便不易出錯。然而筆者整理之後發現，部分妓詞在標題或內容已有明確的「贈」字，贈詞的對象也十分明確，筆者以為應擇選後另歸為贈妓詞一類予以探析較為妥當。

直接點出妓名，或是屬於誰家的妓女，使這些贈妓詞有別於一般的詠妓詞。贈妓詞所寫的，並非過眼雲煙般的妓女，與詠妓詞相較之下，是有明確身分與針對性的「客製化」妓詞，儘管妓女們在

許多才藝上都略有涉獵，可是總是有較出類拔萃的擅長項目與個人特色，而贈妓詞便是強調出了這些妓的個人特色，「贈妓」及實爲妓獨家創作的詞篇，即使內容一樣寫歌舞，然而光是詞序，就能凸顯出被贈妓女的存在，也能讓這些妓女的名字和特色有機會流傳在當時以及千百年之後，這是贈妓詞所能賦予的價值意義。

二、喜用人與物爲譬喻

黃慶萱修辭學說：「譬喻是一種「借彼喻此」的修辭法，凡二件或二件以上的事物有類似知點，說話作文時運用『那』有點類似點的事物來比方說明「這」件事物的，就叫譬喻。」〔註 106〕

譬喻通常是以易知的事說明難知，以具體說明抽象，利用人已知的舊經驗去說明未知的新事物。譬喻是由喻體、喻依、喻詞三者配合而成，黃慶萱將譬喻分爲明喻、隱喻、略喻、借喻、假喻五種。

在中國傳統文學中，很早就出現譬喻手法。《詩經》六藝中賦比興的「比」；劉勰《文心雕龍・比興》的「比」，都是譬喻，只是「比」不似今日我們使用的譬喻修辭格對各種用法細分而後下定義。

從第一節贈妓詞的內容分析中，可以看出贈妓詞使用許多的譬喻修辭，列舉如下：

1、以人譬喻人

詞人慣用這種以人譬喻人的手法來寫贈妓詞，尤其喻體多以古代的美女、仙女或名妓爲主。這樣的手法，在唐代已被詩人廣爲運用，如白居易〈鄰女〉：「娉婷十五勝天仙，白日嫦娥旱地蓮」〔註 107〕；萬楚〈五日觀妓〉：「西施謾道浣春紗，碧玉今時鬥麗華」〔註 108〕以西施譬喻妓女，都是運用譬喻手法，將身邊的女子比做美人、仙女。

適當鮮明的喻詞，倘若運用得當，確實能加深讀者的印象。詞人

〔註 106〕黃慶萱：《修辭學》（臺北：三民書局，1986 年 12 月），頁 227。
〔註 107〕〔清〕清聖祖御定：《全唐詩》，冊 7，卷 442，頁 4947。
〔註 108〕〔清〕清聖祖御定：《全唐詩》，冊 2，卷 145，頁 1469。

所見的妓女究竟如何花容月貌、技藝多麼精湛，用許多形容來鋪陳，有時尚覺不足，所以使用譬喻，始即使不能親眼所見的人，也能透過拿來比喻的對象，而較具體的想像喻體本身的樣貌。例如：

> 聞道嶺南太守，後堂深、綠珠嬌小。（〈水龍吟・贈趙晦之吹笛侍兒〉，頁 277）
>
> 只應飛燕是前身。……但得周郎一顧、勝珠珍。（〈南歌子・楚守周豫出舞鬟，因作二首贈之〉，頁 294）
>
> 殷勤仙友。勸我千年酒。一曲履霜誰與奏。邂逅麻姑妙手。（〈清平樂・聽楊姝琴〉，頁 342）
>
> 盈盈嬌女似羅敷。湘江明月珠。（〈阮郎歸・曾數文既眄陳湘，歌舞便出其類，學書亦進，來求小楷，作阮郎歸詞付之，頁 402〉）
>
> 娉娉聞道似輕盈。……楚觀雲歸，重見小樊驚。……不似劉郎春草小，能步步，伴人行。（晁補之〈江城子・贈次膺叔家娉娉〉，頁 576）

綠珠美而艷，善吹笛，是石崇寵姬，還爲她蓋梳妝樓；趙飛燕貌美腰細，瘦弱輕盈，傳說能作掌上舞；羅敷美貌善打扮，對自己丈夫絕對忠誠；樊素文采高，有張櫻頭小嘴和一副好歌喉；麻姑是女壽仙，貌美善良；輕盈是指韓忠彥的家妓，擅彈琵琶；春草是妓名，劉禹錫拿她來比樊素，可見春草應是年輕善歌的妓。藉由這些有特色又有一定名氣的女子，襯托出文人眼前所見的妓女足以媲美或不分軒輊的評價，使在場的人評鑑肯定，並讓讀者聯想時方便塑造形象，同時等於又捧了妓女和宴席的主人，能邀請或培養出如此絕色或絕藝的美人。

在譬喻男性方面，則喜用周瑜（175～210）、劉郎來相比。周瑜人稱「美周郎」，貌美英雋，有奇才，成就卓越，也擅長音律；劉郎則在歷史上有很多人都被簡稱劉郎，如宋武帝劉裕、漢高祖劉邦等漢朝帝王，不過在詩詞中使用「劉郎」，通常是劉義慶（403～444）《幽明錄》所載的劉晨：

> 漢明帝永平五年，剡縣劉晨、阮肇，共入天臺山取穀皮。迷不得返，經十三日，糧乏盡，饑餒殆死。……出一大溪邊，有二女子，姿質妙絕。見二人持杯出，便笑曰：「劉、阮二郎捉向所失流杯來。」晨、肇既不識之，緣二女便呼其姓，如似有舊，乃相見忻喜。而悉問來何晚，因邀還家。……食畢行酒。有一群女來，各持三五桃子，笑而言：「賀汝婿來。」酒酣作樂。劉、阮忻怖交并。至暮，令各就一帳宿，女往就之。言聲清婉，令人忘憂。至十日後，欲求還去。女云：「君已來是，宿福所牽，何復欲還耶？」遂停半年。……既出，親舊零落，邑屋改異，無相識。問訊得七世孫，傳聞上世入山，迷不得歸。至晉太元八年，忽復去，不知何所？〔註 109〕

儘管離家半載已過七世，然而劉晨遇到仙女，並與之成就良緣在文人眼裡是使人欣羨的事情，所以後來「劉郎」在詩詞中，也被拿來借指情郎。此外，唐朝詩人劉禹錫在〈元和十一年自朗州召至京戲贈看花諸君子〉詩中說：「玄都觀裡桃千樹，盡是劉郎去後栽」〔註 110〕，也自稱劉郎。

以人譬人的例子中，「盈盈嬌女似羅敷」、「娉娉聞道似輕盈」「不似劉郎春草小」，喻體、喻依、喻詞三者皆具備，爲「明喻」。其他則皆爲省略喻體、喻依，只剩下喻詞的「借喻」，簡而言之，文人在寫作時，不用「像」、「似」等喻依，也不把主角名字寫進詞中，而直接寫出譬喻的角色來加強妓女的特色，在字數較少的贈妓詞中，是比較常被運用的手法，但中國傳統文學觀念中，皆統一認知爲「比」。

2、以物譬喻人

贈妓詞中以物譬喻人，包含了動物和一般的物體，取其相似點來作譬喻聯想。舉例說明如下：

〔註 109〕〔宋〕劉義慶：《幽明錄》，收錄於《中國文言小說百部經典》（北京：北京出版社，2001 年，6 月），頁 1349～1350。

〔註 110〕〔清〕清聖祖御定：《全唐詩》，冊 6，卷 365，頁 4116。

張先〈雨中花令・贈胡楚草〉有：「學雙燕、同棲還並翅」〔註 111〕句，乃是以雙飛的燕子作爲喻詞，同棲並翅作爲喻解。其實在《詩經・燕燕》就有類似的用法：「燕燕于飛，差池其羽」〔註 112〕，以此來顯示兩者的愛暱之情。蘇軾〈南香子・用前韻贈田叔通家舞鬟〉：「春入腰肢金縷細，輕柔。」〔註 113〕金縷乃是柳條的借代，此處用柔韌的柳枝，來譬喻舞妓腰肢之纖細。比較特別的，還有蘇軾的〈定風波・南海歸贈王定國侍人寓娘〉：「常羨人間琢玉郎。天應乞與點酥娘。」〔註 114〕

《貞觀政要》中說：「玉雖有美質，在於石間，不值良工琢磨，與瓦礫無別。」琢玉郎，本指雕琢玉器的工匠，這裡借指王鞏，與下一句點酥娘相對。王鞏乃是工部尚書王素之子，琢玉郎指的是他像玉一樣被歲月或經歷雕琢。羅大經《鶴林玉露・王定國、趙德麟》說：「東坡於世家中得王定國……在瘴煙之地五年，面如紅玉，尤爲蘇軾所敬服。」〔註 115〕中國古代玉石不似現代有多種分類，和田玉中的紅玉珍貴稀有，只有皇家權貴才有可能擁有；但羅大經此處也有可能是指較常見紅瑪瑙。中國文人一般習慣形容男子溫潤如玉，並不會特別指紅玉，使用紅玉來譬喻，應是強調出王鞏氣色好，臉色紅潤。

點酥娘是指柔奴，然而何謂點酥？唐代和凝〈宮詞百首〉：「暖金盤裡點酥山，擬望君王仔細看。更向眉中分曉黛，岩邊染出碧琅玕。」〔註 116〕宋代梅堯臣〈余之親家有女子能點酥爲詩，并花果麟鳳等物，一皆妙絕，其家持以爲歲日辛盤之助。余喪偶，兒女服未除，不作歲，因轉贈通判。通判有詩見答，故走筆酬之〉：「瓊酥點出探春詩，玉刻

〔註 111〕唐圭璋：《全宋詞》，冊 1，頁 277。
〔註 112〕李學勤主編：《毛詩正義》，冊 1，卷 2，頁 142。
〔註 113〕唐圭璋：《全宋詞》，冊 1，頁 321。
〔註 114〕唐圭璋：《全宋詞》，冊 1，頁 290。
〔註 115〕〔宋〕羅大經：《鶴林玉露》（北京：中華書局，1985 年），冊 2，卷 7，頁 69。
〔註 116〕〔清〕清聖祖御定：《全唐詩》，冊 11，卷 735，頁 8394。

小書題在牓。」〔註 117〕可見點酥是一種食品，酥酪、酥山都是奶製品點心，入口即化，甜蜜柔滑，美味可口。蘇軾用點酥來譬喻柔奴，喻解有幾種可能：其一，以點酥的柔滑來形容柔奴肌膚有如點酥一般；其二，柔奴的溫柔婉約，正如清涼柔滑的點酥，能讓王鞏在嶺南也感受到清涼，且字面上，嶺梅與酥山一嶺一山相互映襯；其三，皇都風月主人《綠窗新話》下引《古今詞話》載：

> 一日，王定國置酒與東坡會飲，出寵人點酥侑尊。而點酥善淡笑，東坡問曰：「嶺南風物，可煞不佳。」點酥應聲曰：「此身安處是家鄉。」坡歎其善應對，賦〈定風波〉一闋以贈之，其句全引點酥之語……

此處將點酥和柔奴畫上等號，如此說爲眞，那點酥等於是柔奴的暱稱或小名。即使是小名，也是柔奴的特徵，則又與第一解柔奴肌膚滑嫩，膚如凝脂相同。

即使點酥意義未明，然而蘇軾使用點酥一詞作爲譬喻的喻詞，立即就讓人聯想到柔奴的特色，肌膚光潔細膩；加上堅貞陪同主人到嶺南，以及曠達的對話，使一個家妓的形象，跳脫出飲宴場合陪襯的妓女角色，而顯得美好珍貴。

以物譬人的例子不勝枚舉，如雲鬢、蛾眉等用法，在「三、營造華美之氛圍——描寫妓女外貌與用品」中，會再作論述。

三、營造華美之氛圍——描寫妓女外貌與用品

贈妓詞所贈的對象是妓女，寫作的內容是妓本身，以及圍繞著妓周圍的人事物地，尤以描寫妓的外貌爲主，其次爲才藝。至於其他則或多或少融合在其中，而全詞別有寄託如晏殊、蘇軾者甚少。

贈詞本是一種美意與互動，但周煇《清波雜志》卷九說：

> 士大夫昵裙裾之樂，每苦侍巾櫛輩得之維難，或得一焉，不問色藝如何，雖資至凡下，必極加以美稱，名浮於實，類有可笑者，豈故爲是矜衒，特償平日妄想，不足則夸爾。

〔註 117〕傅璇琮等編：《全宋詩》，卷 246，頁 2877。

〔註118〕

雖然所舉乃是負面的批判，然而這正說明贈妓詞中「極加以美稱」的現象，並解釋了文人「特償平日妄想」的心態。這樣的「名浮於實」令人詬病，但事實上，贈妓詞也屬應酬詞，文人在公眾飲宴場合要贈詞給妓女，自然是溢美之詞；不論是妓女、主人、其他客人，在酒酣耳熱之妓，所需要的是在熱鬧輕鬆的氛圍來些錦上添花的娛樂，而非嚴肅且破壞氣氛的批評，文人在做贈妓詞時，自然不可能說妓醜，而是針對美好的事物加以渲染、誇飾。再說詞與詩不同，不用背負太多的教化之用，從隋唐五代花間詞在文人認知裡便是「艷科」，也是抒發情感的遊戲之作，贈予妓之詞，即使誇大，亦不以爲忤。就上一節贈妓詞之內容，歸納文人摹寫之字詞，臚列如下：

容貌：媚臉、臉嫩敷紅、薄妝小靨、花面

眉眼：蛾眉、倦眉、凝黛、斂黛、秋水、嬌眼、橫波、眉黛翠

唇齒：檀唇、朱唇、輕唇、皓齒、冰齒

體態：春入腰肢金縷細、體柳輕盈千萬態、娉婷娜嫋

手：剝蔥纖手、玉手、玉指、玉肌

髮式：雲鬟、髻鬟、雙蟠髻、雙鬟、煙鬟、霧鬢

髮飾：雲雁、紺綰、偃巾、鳳釵

衣裝：輕羅、綺羅、蜀錦、霓裳、紅袖、弓鞋

裝飾：綠墜、彩鈿、翡翠、琥珀、腰佩、領巾。

妓女中才貌並重而善於應酬者，自然讓文人喜愛；有貌無才者，恐怕無法獲得文人青睞；有才無貌者，有一技之長，稍加裝飾外貌即可。妓女的美貌並非最重要，可是不等於不重要，市井妓也許良莠不齊，但官妓、家妓能引起文人青睞者，多半有中上之姿，具有一定水平。先天的外貌優勢，臉上鋪上淡妝胭紅，即可增添美色；眉型也是欣賞的重點，妓女們需畫眉，詩詞中常見的「蛾眉」、「黛

〔註118〕〔宋〕周煇：《清波雜志》，卷9，頁81。

眉」即可為證；眼睛雖然沒辦法裝飾，但眼神可以訓練成盈盈目光或嬌眼；紅唇、白齒因為要唱歌說話也會受到注目；手則譬喻為玉手、玉指，肌膚是玉肌，要溫潤潔白如凝脂；腰要細，柳腰，以及如趙飛燕般的輕盈體態。

妓女的容貌和身體已占了多數，加上眾多的衣裳、髮式、髮飾、裝飾，這些炫人的裝飾品，更加襯托出妓女的美麗、華貴、富麗與如仙的夢幻。再看看她們使用的物品和場合：

使用物品：琵琶、金尊、金卮、金獸、金盤、銀屏、銀燭、瑤杯、繡鞅、玉環、香車、龍香、疊鼓、笛、錦屏、妝臺、鉛華出入場所：玉室、金堂、銀塘、十二欄杆

使用的物品和場合同樣都是驚人的華美燦爛，材質和顏色以金色、銀色、玉色為主，凸顯金玉滿堂又富麗堂皇的環境。極盡奢華的環境與美人，可以想見身處其中，與美人共樂的人，身分是尊貴的、出手是闊綽的，即使身家不夠豐厚，在這種虛榮情景下也容易一擲千金；被邀請來的客人，自然覺得主人的款待十分令人滿意。

從贈妓詞使用的這些詞彙中，可以歸納幾種現象：

1、詞人描繪妓女姿貌時喜用譬喻，如蛾眉、玉手、冰齒。

2、詞人喜用誇飾手法，將人、事、物寫得華貴炫麗，如金尊、玉堂、香車。

3、妓女身分和待遇的矛盾。妓家生活是除了皇宮、貴族外，是整個社會最豪奢的地方，如同蕭國亮《中國娼妓史》說：「就社會地位而言，妓女屬於「賤民」一類，低於平民，近於奴隸，沒有獨立戶籍，或者屬於宮廷、官府、軍營，或附籍於侍主，一代為娼，世代相襲。但由於妓女在社會生活中特殊的角色，其生活卻很奢華。」〔註119〕妓女屬於賤民，卻可享受平民也不一定能享受到的佳餚、穿著華麗的衣服、戴著華

〔註119〕蕭國亮：《中國娼妓史》，頁163。

貴的飾品，住在華美的房子裡，又可讀書識字，又能學習才藝，還有許多表現自我的機會與社交生活，擁有享受生活、受教育、禮教自由等各種優勢，這與她們的身分形成極大的矛盾。然而比起擁有這些在文人眼中看似美好的事物，妓女們始終更希望能脫離賤籍，成爲良家婦女。

四、窺見文人之宴飲生活

贈妓詞反映出文人整體與個別的喜好。整體方面，舉凡喝酒、飲茶、飲湯、音樂、舞蹈都出現在贈妓詞中，宴會中不可或缺，表示當時文人或官員普遍的喜好也是如此。

（一）酒

飲酒本是祭祀典禮之一，傳說爲儀狄或杜康所造，商紂酒池肉林後，商朝嚴禁官吏縱酒，但飲酒之風自古即存在，且向來跟文人息息相關。魏國曹操說：「何以解憂，唯有杜康」，認爲酒可以暫時讓人忘記憂愁。魏晉劉伶以酒爲名，還作〈酒德頌〉，其餘七賢如阮咸、阮籍等亦嗜酒，以此澆心中塊壘；陶淵明自言好酒，並有酒聖之亞好，酒成爲避世隱士的必備良伴和慰藉。唐朝更多人好酒，《全唐詩》中就有許多與酒有關的詩句，如李白作〈將進酒〉：「五花馬，千金裘，呼兒將出換美酒，與爾同消萬古愁」〔註 120〕，酒能令詩人抖酒詩百篇，並能消除萬古愁；白居易自稱醉吟先生，書法家張旭也好酒，《舊唐書》說：「吳郡張旭善草書，好酒。每醉後，號呼狂走，索筆揮灑，變化無窮，若有神助。」〔註 121〕，杜甫將他列爲飲中八仙，可見酒對文人有增加創作欲望的心理功效，促進創作靈感產生。

到了宋代，喜愛飲酒的宋人還發明了藥酒，蒸餾酒也開始流行，大大小小的宴會酒必定是要準備的。司馬光〈訓儉示康〉提到待客未嘗不置酒，通常約三五巡，多不過七巡，可見宴會用酒多少仍有

〔註 120〕〔清〕清聖祖御定：《全唐詩》，冊 3，卷 162，頁 1682～1683。
〔註 121〕〔五代晉〕劉昫：《舊唐書》，冊 28，卷 190，頁 16079。

所節制。宋代文人擅飲，蘇軾甚至知酒、釀酒；石曼卿（992～1040）酒量佳酒品好，被稱爲「酒怪」；歐陽脩號醉翁，酒量不佳，卻釀泉爲酒，邀請友人到醉翁亭飲酒。

由此看來，無酒不成禮儀，把盞言歡，在家宴、遊樂宴是人與人之間社交的潤滑劑。但在皇宮、官場，就是官與官的聯誼了，舉凡選舉宴、曲江宴（瓊林宴）、開喜宴、鹿鳴宴等，都是封建科舉時代皇帝、主考官、地方長官與其他官員的重要聯誼宴會，文人官員藉著喝酒與彼此聯繫情感。〔註122〕若是官員間要談論事情，有美人、音樂、酒，酒酣耳熱，自然容易放鬆對方戒心，把事情談成；或因酒而結交喜愛喝酒的同好。

文人在喝酒時，還會玩些酒令、遊戲等，增加宴會的娛樂性，歌妓唱詞也包括在其中，如同旗亭畫壁一般，歌妓唱誰的詞越多，代表作者越有名氣；文人應歌妓之邀在宴會中即興作詞，也屬於娛樂之一。

妓女在宴會中，除了歌舞外，尚需擔任勸酒侑觴的工作。李劍亮《唐宋詞與唐宋歌妓制度》說：「以詞爲侑觴勸酒的手段，從中晚唐起到兩宋，都十分流行。不少詞人正是抱著這一目的而在酒席上當場揮毫。」〔註123〕文人寫就，由歌妓當場歌唱，最是歡快盡興。

（二）茶　湯

我國關於飲茶的起源，最早見於唐代陸羽《茶經》，認爲起於神農時代。吳覺農《茶經述評》認爲茶從藥用變爲飲用，是戰國和秦代以後的事。中原飲茶習慣紮根西晉，並形成禮儀習俗。北方上層社會的飲茶習俗流傳，隨後在各地茶葉興起，尤以巴蜀爲主導地位；六朝時，茶由待客禮儀拓展至奠祭之典；晉代左思〈嬌女〉、南朝鮑照作〈香茗賦〉歌頌茶葉，使茶和文學開始結合。

唐代則是茶業和茶文化的興盛期，茶學產生、茶的生產和貿易，

〔註122〕詳參外文出版社編委會：《中國酒文化》（臺北：龍圖騰文化有限公司，2012年12月）

〔註123〕李劍亮《唐宋詞與唐宋歌妓制度》，頁139。

使得茶和日常、經濟、文化結合在一起。民間開始以餽贈茶業；宮廷要求茶稅與貢茶，囤積後，皇帝以茶來賜勳戚功臣以示恩信；文人則以贈茶酬詩形成風氣。

茶興於唐，盛於宋，宋代茶館林立，大眾飲茶需要更勝以往，茶業還從團餅茶〔註 124〕變成散茶〔註 125〕。北宋前期的詩文中，談茶葉都是讚譽團茶；中期以後，散茶受到人們喜愛，如歐陽脩喜愛「雙井白芽」。

宋代文人們喜愛茶，也將茶寫入詩詞中，現存茶詩數量眾多，光是陸游就有三百餘首〔註 126〕。另外，茶的「樸質」與「養生」，使它深受佛教、道教喜愛，彼此相互吸收影響，信教的文人也因此更重飲茶。在飲宴場合中，除了備酒，茶也是必備的飲品，一般是在酒後品茶。在第一節分析茶湯詞時已提過，湯乃是在茶之後，送客之前。品茶湯的目的是為延客和送客，妓女的工作，便是煮茶烹茶，搭配唱詞送茶，增加宴後餘歡，並達到醒酒、養生等效果。宴罷唱詞送茶作為一種習慣，在文人士大夫中傳承下來，詞人紛紛寫作茶詞，其中黃庭堅寫的茶詞數量最多，質量也最高。〔註 127〕

（三）個別喜好

個別的喜好方面，妓女有那麼多種類型，文人在贈詞時無意間也會透露出自己比較欣賞的女性是哪一種。

張先喜愛淡妝但天生麗質的妓女「朱粉不須施」、「豔色不須妝

〔註 124〕沈翰、朱自鎮：《中國茶酒文化史》（臺北：文津出版社，1995 年 12 月）團餅茶又稱團茶、餅茶、片茶，即將茶做成餅狀，有方有圓，到了宋代還會加入香料，並在表面做龍鳳圖案裝飾進貢。又，關於本文茶的介紹和史話，乃是參考此書再歸納統整，文中不再一一另加附註。

〔註 125〕散茶就是未壓制成片、團，故嫩度越高，品質越好如龍溪、雨泉之類皆為散茶。

〔註 126〕沈翰、朱自鎮：《中國茶酒文化史》引用戴盟資料，並認為戴盟估計的數千首是廣義茶詩，即跟茶有關的詩都算在內。又，關於茶的介紹和史話，乃是參考此書再歸納統整，文中不再一一另加附註。

〔註 127〕李劍亮《唐宋詞與唐宋歌妓制度》，頁 141。

樣」，或者由酒醺紅臉蛋的自然天真之美。蘇軾喜歡溫柔，且擁有想法的聰慧妓女，如道出「此心安處是吾鄉」王定國的家妓寓娘；他也欣賞溫柔天眞的類型，如他在〈減字木蘭花・贈徐君猷三侍人嫵卿〉，寫給慶姬的詞，就有別於嫵卿、勝之；嫵卿、勝之嬌媚，一喜一嗔皆是風情，而慶姬雖不嬌媚，但也雅麗，蘇軾特別寫她「容態溫柔心性慧」；在寫給徐君猷家姬懿懿時，也說她「柔和性氣」。李之儀喜歡楊姝，認爲她帶有「仙風」。黃庭堅寫了三首贈妓詞給陳湘，陳湘美麗又擅長書法、歌舞，頗得他喜愛。

文人喜愛怎樣類型的妓女，反映在文人的詩詞中，同時也反映了自己的性格和心理。另一方面，透過文人欣賞的眼光寫入詩詞，今日我們才得以揣摩當時這些妓女的形象塑造爲何，以及文人都被什麼樣的妓女吸引，這是十分有趣的。若是贈妓詞所寫皆爲眞實，那麼也莫怪乎古往今來那麼多文人寧願沉醉溫柔鄉了。

第五章　詠妓詞

詠妓詞，即是歌詠妓女的詞，舉凡詞中與妓女有關之詞，例如歌詠妓女本身的特色、狀態、裝扮、歌舞、表演空間等。扣除掉妓之詞、贈妓詞外，其他廣義而言都是詠妓詞，因此數量最多，佔妓詞中的比例也最大。詠妓詞通常沒有固定或指定歌詠對象，除了少數如「嵌名詞」和在序中提及妓名的詞外，其他詠妓詞作者都不寫清楚是爲誰而作；當中不乏乞詞之作，但唯有柳永〈西江月〉（師師生得豔冶）有筆記記錄此詞是歌妓乞詞之作。

妓之詞、贈妓詞都是妓女與文人一對一的對話和情感關係，詠妓詞雖然偶爾也是如此，甚至有代歌者言的現象。但是更多時候，詠妓詞中呈現的，是文人與妓女略有隔閡的感覺；在宴會場合中，雖然文人也身在其中，但是大部分的詠妓詞，都是用感官在感覺、觀看這些妓女，以第三者的角度，在欣賞這些表演的妓女，他們甚至不知道、也不會過問妓女的名字，這也是詠妓詞之所以少有提及姓名的原因。事實上，對文人而言，妓女的名字並不重要，所以這些名字被記錄下來或填入詞中的歌詠妓女，於今看來更顯得她們獨特不凡。

第一節　詠妓詞中的嵌名詞

《全宋詞》中北宋的詠妓詞超過 370 首，筆者歸納統整後發現，部分詠妓詞會在填詞時直接嵌入妓名，讓讀者可以明確知道是在描寫或是聯想到特定的妓女，筆者便將這類詞中出現妓名的詠妓詞定義爲「嵌名詞」。

「嵌名體」或稱「嵌字體」，是使用修詞格的「鑲嵌」手法，將特定的字嵌入詩詞或對聯，例如人名、地名、藥名等。例如《世說新語・排調》載：

> 荀鳴鶴、陸士龍二人未相識，俱會張茂先坐。張令共語。以其並有大才，可勿作常語。陸舉手曰：「雲間陸士龍。」荀答曰：「日下荀鳴鶴。」〔註1〕

嵌名聯始於西晉，又稱「共語」，將名字嵌入聯語中。上引之例便是將全名嵌入。陸士龍用「雲間」，乃是因爲「風從虎，雲從龍」；荀鳴鶴居住之地乃是洛陽，洛陽是西晉都城，君王所在之地，故使用「日下」。

嵌名詩則始於梁元帝蕭繹（508～554），其〈將軍名詩〉把將軍的各種名稱，如虎旅、龍騎、破虜、決勝、細柳、樓船、大樹、飛鳧、渡河嵌入詩中；另有〈姓名詩〉，將姓氏嵌入詩中。宋朝范晞文在《對牀夜語》卷三中說：

> 詩用古人名，前輩謂之點鬼簿，蓋惡其爲事所事也。如老杜「但見文翁能化俗，焉知李廣不封侯」、「今日朝廷須汲黯，中原將帥憶廉頗」等作，皆借古以明今，何患乎多？李商隱集中半是古人名，不過因事造對，何益於詩？至有一篇而疊用者，如〈茂陵〉云：「玉桃偷得憐方朔，金屋修成貯阿嬌。誰憐蘇卿老歸國，茂陵松柏雨蕭蕭。」……，不切甚矣。〔註2〕

這種嵌名體在唐初時並非故意爲之，只是在用典上需要用到人名，詩人這才將人名嵌入。唐代權德輿（759～818）作〈古人名詩〉，每句

〔註1〕〔南朝宋〕劉義慶著，余嘉錫注：《世說新語箋疏》，卷下，〈排調〉第25，頁789。

〔註2〕〔宋〕范晞文：《對牀夜語》（北京：中華書局，1985年），卷3，頁21。

鑲嵌一個古人名，將「宣秉、石崇、張良、蘇則、李斯、顧榮、陳農、林類……」〔註3〕等人名鑲嵌入五言詩，一方面也是利用漢語雙關修辭，讓詩還有另一層涵義，而非單純鑲嵌人名。陸龜蒙（？～881）作〈寒日古人名〉、皮日修（834～883）作〈奉和魯望寒日古人名一絕〉；杜甫（717～770）〈飲中八仙歌〉則是將當代人名鑲嵌入詩。

宋朝王安石也寫嵌名詩，葉夢得《石林詩話》卷上：

> 王荊公詩有「老景春可惜，無花可得留。莫嫌柳渾青，終恨李太白」之句，以古人姓名藏句中，蓋以文為戲。或者謂前無此體，自公始之。余讀權德輿集，其一篇云……。則德輿嘗為此體。乃知古人文章之變，殆無遺蘊。〔註4〕

將名稱嵌於對聯中為「嵌名聯」；嵌於詩中稱「嵌名詩」；嵌入詞中便是「嵌名詞」了。「嵌名詞」的定義似乎與贈妓詞部分有點重疊，都有直接指明特定對象，有時也是因為妓女乞詞而來，但是一來在標題詞序不見贈字，乃歸為詠妓範圍；二來贈妓詞並未使用在詞中直接嵌入妓名的技巧，二者還是可以區分。

筆者統計發現，詠妓詞中的嵌名詞共有58首，大部分是一首嵌一個妓名，但也有一首嵌二個以上的妓名，在文中另外以括號註明。嵌名詞有時雖然嵌入妓名，但實則是用典借喻，容易造成混淆，為避免文章枝節過多，此處筆者合併一起舉例並分析之：

一、對象為宋以前的妓女

（一）蘇小小8首

1、蘇小小簡介與宋以前文人的歌詠詩

蘇小小（？～？）傳說是魏晉南北朝時南齊名妓，居錢塘，十九歲咳血而亡。《玉臺新詠》卷十〈錢塘蘇小歌〉：「妾乘油壁車，郎騎

〔註3〕〔清〕聖祖康熙御製：《全唐詩》，冊5，卷327，3666。

〔註4〕〔宋〕葉夢得：《石林詩話》（北京：人民文學出版社，2011年12月），卷上，頁73。

青驄馬。何處結同心，西陵松柏下。」〔註5〕最早提到蘇小小此人，言其喜乘油壁車，還在西陵（今浙江杭州）談了一場戀愛。《樂府詩集》卷85引《樂府廣題》曰：「蘇小小，錢塘名倡也，蓋南齊時人。西陵在錢塘江之西，歌云『西陵松柏下』是也。」〔註6〕

蘇小小資料並不見於史傳當中，是否眞有其人至今仍並無法佐證；但卻早早便立有蘇小小墓，無論是明代書畫家徐渭（1521～1593）、清雍正年間的鄭板橋，甚至是清代乾隆皇帝，對於蘇小小墓的詳細位置都曾試圖詢問打探。沈復《浮生六記‧浪遊記快》載：「余思古來烈魄忠魂堙沒不傳者，固不可勝數，即傳而不久者亦不爲少，小小一名妓耳，自南齊至今。盡人而知之，此殆靈氣所鍾，爲湖山點綴耶？」〔註7〕不論有沒有證據證明，世人大部分還是寧願承認有蘇小小的存在。

文人尤其推崇蘇小小，在唐代已有許多蘇小小嵌名詩。如：白居易〈楊柳枝詞〉八首：「若解多情尋小小，綠楊深處是蘇家」〔註8〕、李賀〈七夕〉：「錢塘蘇小小，更值一年春」〔註9〕、韓翃〈送王少府歸杭州〉：「吳郡陸機稱地主，錢塘蘇小是鄉親」〔註10〕，這幾位的詩中，不管是作者或讀者，對蘇小小的形象都是知其姓名、居住錢塘，是個多情的妓女，但詳情卻不清楚，都不脫〈錢塘蘇小歌〉的資料範疇。比較特別的是張祜〈蘇小小歌〉：「車輪不可遮，馬足不可絆。長怨十字街，使郎心四散。」〔註11〕這首詩雖不是嵌名詩，卻描寫蘇小小跟情郎分手，遷怒車輪難以阻擋、馬難以牽絆，對方去意已決；蘇

〔註5〕〔南朝陳〕徐陵編、〔清〕吳兆宜注：《玉臺新詠箋注》（臺北：明文書局，1988年7月），卷10，頁468。

〔註6〕〔宋〕郭茂倩輯：《樂府詩集》，卷85，頁1203。

〔註7〕〔清〕沈復：《浮生六記》（臺北：柏室科技藝術股份有限公司，2006年2月），卷4，頁87～88。

〔註8〕〔清〕清聖祖御定：《全唐詩》，冊7，卷454，頁5148。

〔註9〕〔清〕清聖祖御定：《全唐詩》，冊6，卷390，頁4394。

〔註10〕〔清〕清聖祖御定：《全唐詩》，冊4，卷245，頁2751。

〔註11〕〔清〕清聖祖御定：《全唐詩》，冊8，卷511，頁5834。

小小埋怨十字街讓情郎放浪，表現蘇小小的怨情，卻又不怨情郎的矛盾，此詩塑造出蘇小小的個性和癡情。

2、北宋時蘇小小嵌名詞

（1）代言與讚美

到了宋代，文人依然歌頌蘇小小，卻將蘇小小當成譬喻、用典的典範之一。歐陽脩〈漁家傲〉：

> 妾本錢塘蘇小妹。芙蓉花共門相對。昨日爲逢青傘蓋。慵不采。今朝斗覺凋零𪿫。　　愁倚畫樓無計奈。亂紅飄過秋塘外。料得明年秋色在。香可愛。其如鏡裏花顏改。〔註12〕

歐陽脩這闋詞是以詞人身分代入歌妓，將自身比喻蘇小小而寫，「昨日」、「今朝」用蘇小小典故訴說身爲妓女的無奈。上片寫身爲妓女的風光和凋零對比。下片開始寫情景，以落花、秋色感嘆時間流逝、容顏易改的愁緒。

張先則寫了兩首詞，用蘇小小之名讚頌妓女：

〈夢仙鄉〉：

> 江東蘇小。夭斜窈窕。都不勝、彩鸞嬌妙。春豔上新妝。肌肉過人香。　　佳樹陰陰池院。華燈繡幔。花月好、可能長見。離取此生緣。無計問天天。〔註13〕

張先這首詞上片都在讚美妓女擁有蘇小小般的外貌，婀娜多姿嫻靜美好。第二句的「彩鸞」是拿她與《唐傳奇・文蕭》中的仙女吳彩鸞〔註14〕相比。打扮別緻，容色美好，身體還散發芬芳。下片寫景，借花月的美好不能常見，來寫蘇小小美則美矣，生命卻過於短暫，但面對這種狀況，除了惋惜命薄外，也只能問老天何以如此了。

〈定風波令〉：

> 碧玉篦扶墜髻雲。鶯黃衫子退紅裙。妝樣巧將花草競。相

〔註12〕唐圭璋編：《全宋詞》，冊1，頁129。

〔註13〕唐圭璋編：《全宋詞》，冊1，頁64。

〔註14〕〔宋〕陳元靚：《歲時廣記》引《傳奇》載其事跡，（北京：中華書局，1985年）卷33，頁371～272。

並。要教人意勝於春。　　酒眼茸茸香拂面。□見。丹青寧似鏡中眞。自是有情偏小小。向道。江東誰信更無人。〔註 15〕

上片同樣是先描寫外貌，髮髻上簪著碧玉篦，身穿像黃鶯一樣的淡黃衫，搭配退紅色的裙子，其裝扮和妝容和花草的配色相互競美，讓人感覺到像春天一般的氣息。下片說自己醉眼朦朧，感覺好像有香氣撲鼻，這時才替讀者揭曉，張先在欣賞妓女，覺得是在看一幅蘇小小畫像，栩栩如生，好似鏡子一樣反映眞容。張先自己說偏愛蘇小小，「向道」是指引道路之意，衍生爲向慕道義，此指蘇小小身爲妓女卻仗義疏財救書生的故事，有這樣的人，誰相信江南地區沒有人才呢？蘇小小和張先同爲浙江人士，末句也有可能是張先雙關來表示自己有才；或者是認爲眼前的妓女容貌性格都不輸給蘇小小，兩者都是跟蘇小小相比美。

鄭僅（1047～1113）也是跟蘇小小比美，但卻不似張先這般典雅，其〈調笑轉踏〉寫道：

花陰轉午漏頻移。寶鴨飄簾繡幕垂。眉山斂黛雲堆髻，醉倚春風不自持。偷眼劉郎年最少。雲情雨態知多少。花前月下惱人腸，不獨錢塘有蘇小。

蘇小。最嬌妙。幾度尊前曾調笑。雲情雨態知多少。悔恨相逢不早。劉郎襟韻正年少。風月今宵偏好。〔註 16〕

轉踏，或作傳踏，又名纏達，又稱隊舞，是歌舞相兼之樂曲，其中〈調笑轉踏〉尤爲盛行。〔註 17〕北宋的轉踏，多以一曲連續歌唱，有每一首詠一事者，如鄭僅這首詠蘇小小的詞便是如此。先作詩歌詠眼前妓女與賓客的調笑情形，說像蘇小小那樣的人不只是錢塘才有，再開始帶入詠妓詞，誇讚妓女像蘇小小嬌妙，善於調笑勸酒，卻不知於男歡

〔註 15〕唐圭璋編：《全宋詞》，冊 1，頁 73。□爲原詞缺漏字，以下出現恕不贅注。

〔註 16〕唐圭璋編：《全宋詞》，冊 1，頁 445。

〔註 17〕許之衡：《中國音樂小史》（臺北：臺灣商務印書館，1996 年 8 月），頁 164～165。

女合之事又如何？恨不能早幾年相識。末兩句突然又拉回宴會上，肯定諸位「劉郎」賓客，都是年少有風度，正該好好享受風花雪月。同樣是讚美詞，但鄭謹「調笑」意味過高，著眼妓女的身分和工作性質，與張先相比不免又過於俗而無味，卻也寫出了一部份男性文人的心態。

相較於鄭僅詠蘇小小的歡場交際，賀鑄（1052～1125）〈定情曲〉卻將她寫入定情詞調：

> 沈水濃熏，梅粉淡妝，露華鮮映春曉。淺顰輕笑。眞物外，一種閑花風調。可待合歡翠被，不見忘憂芳草。擁膝渾忘羞，回身就郎抱。兩點靈犀心顚倒。　念樂事稀逢，歸期須早。五雲聞道。星橋畔、油壁車迎蘇小。引領西陵自遠，攜手東山偕老。殷勤制、雙鳳新聲，定情永爲好。〔註18〕

此詞借鑒蘇小小歌與其典故，蘇小小乘油壁車，欲與心上人在西陵永結同心，蘇小小能成爲名妓，並當色藝雙全，又一片癡心，她的心上人令人欣羡；不過由於這段情感最後以悲劇收場，賀鑄不得不在下句立刻接上希望可以一同隱居白頭偕老，表明定情不負相思意。

（2）懷　想

晏幾道（1030～1106）在夏天遊江採蓮時，想起蘇小小，作〈玉樓春〉：

> 採蓮時候慵歌舞，永日閑從花裏度。暗隨蘋末曉風來，直待柳梢斜月去。　停橈共說江頭路。臨水樓臺蘇小住。細思巫峽夢回時，不減秦源腸斷處。〔註19〕

多愁善感的晏幾道，上片盡是遊玩景色，一派悠閒。下片突然想起錢塘名妓蘇小小也住在江邊，聯想想到宋玉〈高唐賦〉楚襄王與美麗的巫山神女邂逅之夢，與陶潛〈桃花源記〉武陵人誤入避秦絕境桃花源，三者都是那樣美好，卻又像夢一場，短暫無法回溯，令人腸斷惆悵。

周邦彥（1056～1121）〈滿庭芳・憶錢塘〉在懷念錢塘之時，自

〔註18〕唐圭璋編：《全宋詞》，冊1，頁527。
〔註19〕唐圭璋編：《全宋詞》，冊1，頁237。

然而然便想到名妓蘇小小：

> 山崦籠春，江城吹雨，暮天煙淡雲昏。酒旗漁市，冷落杏花村。蘇小當年秀骨，縈蔓草、空想羅裙。潮聲起，高樓噴笛，五兩了無聞。　　淒涼，懷故國，朝鐘暮鼓，十載紅塵。似夢魂迢遞，長到吳門。聞道花開陌上，歌舊曲、愁殺王孫。何時見、□□喚酒，同倒甕頭春。〔註20〕

他稱讚蘇小小「秀骨」，但任憑錢塘怎麼鍾靈毓秀，當年清秀名妓蘇小小，至今墳塚上已剩蔓草，以及從碧草又想到綠羅裙，世人僅能以此對幻想她的樣貌裝扮。周邦彥這首詞寫的是過往的許多美好回憶，蘇小小也屬美好的範疇，

賀鑄〈惜奴嬌〉：

> 玉立佳人，韻不減、吳蘇小。賦深情、華年韻妙。疊鼓新歌，最能作、江南調。縹緲。似陽臺。嬌雲弄曉。　　有客臨風，夢後擬、池塘草。竟裝懷、□愁多少。綠綺芳尊，映花月、東山道。正要。個卿卿、嫣然一笑。〔註21〕

玉立是指姿態修美，清代李漁《閒情偶寄．聲容．手足》說：「昔形容女子娉婷者，非曰步步生金蓮，即曰行行如玉立」〔註22〕，其風韻不遜於當年蘇小小。除了風韻外，這位妓女也擅長唱江南的曲調。

另外，要注意的是，南宋也有一位名爲蘇小小的名妓，也是錢塘人。據明代郎瑛《七修類稿．辯證．蘇小小考》記載，她有詩云：「君住襄陽妾住吳，無情人寄有情書。當年若也來相訪，還有於潛絹事無？」〔註23〕清代趙翼《陔餘叢考．兩蘇小小》：「郭茂倩《樂府》解題。南宋有蘇小小，亦錢塘人。其姊爲太學趙不敏所眷，不敏命其弟娶其妹名小小者。見《武林舊事》。」〔註24〕

〔註20〕唐圭璋編：《全宋詞》，冊2，頁622。

〔註21〕唐圭璋編：《全宋詞》，冊1，頁530。

〔註22〕〔清〕李漁：《閒情偶寄》（臺北：長安出版社，1979年9月），卷6，頁120。

〔註23〕〔明〕郎瑛《七修類稿》，收錄於《續修四庫全書》（上海：上海古籍出版社，2002年），卷27，頁189～190。

〔註24〕〔清〕趙翼：《陔餘叢考》，收錄於徐德明、吳平編《清代學術筆記

但是宋代這幾首嵌名詞看來，除鄭僅〈調笑轉踏〉的蘇小小身分不明確外，大部分用典所寫的都是指南齊那位蘇小小；即使是寫南宋蘇小小，也可想見其美貌才藝應堪與南齊蘇小小媲美，才敢以小小爲名。

綜上所述，「蘇小小」的名字雖嵌入在北宋詠妓詞中，但全是做爲譬喻用典，拿來借鑒做比美的對象；與唐朝詩人歌詠蘇小小的嵌名詩相較，北宋並沒有眞正歌詠蘇小小的嵌名詞。

歷代美人何其多？蘇小小不過是一個名妓，在各朝騷人墨客心中卻有著不同的地位，並且願意到西湖尋找她的芳塚憑弔追憶。嚴明說：「從魏晉時代開始，名妓的藝術成就得到了人們的重視，也得到了社會的承認。……她們的影響也超越了一個地區或一個時代。」〔註 25〕蘇小小在當時已是風華絕代，至宋朝卻仍是文人推崇至極的美人，縱然都不曾親見蘇小小風貌，她仍成爲文人心中的一個美麗的存在和標準。毛文芳則說：「宋代開始出現名妓的畫像……莫愁與蘇小小皆爲錢塘歷史名妓，爲名妓畫像以追憶一代風流……似乎可以滿足世俗的窺視慾。」〔註 26〕至清代陳樹基《西湖拾遺》將蘇小小故事寫成了小說，描寫她先被豪門公子阮鬱拋棄，但寧願做青樓女子，也要追求自由，而後資助書生鮑仁進京趕考的故事。

張丹在〈中國文人青樓情節——蘇小小〉〔註 27〕歸納了蘇小小對後世文人影響之因：一是美貌才氣，有別於一般不識字的女人；二是文人把現實中的傳奇人物自我理想化；三是蘇小小的人生帶有悲劇色彩，引起文人的感嘆。在沒有實質的證據下，蘇小小的故事被大多數人採信；美貌才氣和紅顏薄命，固然是能引起文人的注目跟憐惜，

叢刊》（北京：學苑出版社，2005 年 9 月），冊 22，卷 39，頁 463。

〔註 25〕嚴明：《中國名妓藝術史》，頁 46。

〔註 26〕毛文芳：《物‧性別‧觀看——明末清初文化書寫新探》（臺北：學生書局，2001 年 12 月），頁 303～304。

〔註 27〕張丹：〈中國文人青樓情節——蘇小小〉，收錄於《時代教育》（瀋陽：瀋陽師範大學，2010 年 6 月），第六期，頁 279。

但筆者認爲第二點所占可能性較高，無論是癡情還是幫助書生的故事，都使蘇小小具備眞、善、美的形象，在文人心中成爲最受肯定的妓女典範。

（二）杜秋娘4首

杜秋娘原名杜秋（？～？），唐代金陵（今南京）人。本是李錡（741～807）〔註28〕侍妾，《太平廣記・李錡婢》說：「杜名秋」，其身分乃是家妓。後李錡造反被殺，杜秋娘被納入宮中，受到唐憲宗李純（778～820）寵愛；唐穆宗李恆（795～824）即位後，任命她爲第六子李湊（？～835）傅母，後賜歸故鄉。

杜牧有〈杜秋娘詩并序〉〔註29〕，詩序稱她杜秋，題目卻稱杜秋娘，乃是因唐代以「娘」稱老年婦女以示尊敬，如杜甫〈江畔獨步尋花七絕句〉「黃四娘家花滿蹊」〔註30〕句。另外「秋娘」在唐代也指歌舞妓，可是杜甫遇見杜秋娘已是她晚年，身分也不適合，故「杜秋娘」應是尊稱。《資治通鑑》稱她杜仲陽〔註31〕，《舊唐書・李德裕傳》記載，「仲陽」乃是她入宮後的名字。〔註32〕後世傳說她是〈金縷衣〉的作者，然而《樂府詩集》編於李錡名下，《全唐詩》謂無名氏作；雖然確切作者不知是誰，但杜秋娘擔任歌唱宣傳的家妓是確定的。

即使同樣非當世之妓女，杜秋娘與蘇小小地位和影響大不同，秋娘嵌名詞雖有4首，但只有一首賀鑄〈問歌顰〉是間接在寫杜秋娘：

> 清滑京江人物秀。富美髮、豐肌素手。寶子餘妍，阿嬌餘韻，獨步秋娘後。　奈倦客襟懷先怯酒。問何意、歌顰

〔註28〕李錡爲李淵祖父李虎的八世孫，後謀反失敗被腰斬。

〔註29〕〔清〕清聖祖御定：《全唐詩》，冊8，卷520，頁5938。

〔註30〕〔清〕清聖祖御定：《全唐詩》，冊4，卷227，頁2452。

〔註31〕〔宋〕司馬光：《資治通鑑》（北京：九洲龍圖出版社，1998年1月），卷245，頁3021。

〔註32〕〔五代晉〕劉昫：《舊唐書》，冊28，卷174，頁15930。

易皺。弱柳飛綿，繁花結子，做弄傷春瘦。〔註33〕

賀鑄歌詠的妓女是髮美、秀美、豐肌素手，以「獨步秋娘後」，將杜秋娘的位置提高成爲一個判定妓女高下的標準。其餘秋娘嵌名詞如：

妝成盡任秋娘妒。嫋嫋盈盈當繡戶。臨風一曲醉朦騰，陌上行人凝恨去。〔註34〕（晏幾道〈玉樓春〉）

前度劉郎重到，訪鄰尋裏，同時歌舞。唯有舊家秋娘，聲價如故。吟箋賦筆，猶記燕台句。知誰伴、名園露飲，東城閒步。〔註35〕（周邦彥〈瑞龍吟〉）

竹檻燈窗，識秋娘庭院。笑相遇，似覺瓊枝玉樹，暖日明霞光爛。水眄蘭情，總平生稀見。〔註36〕（周邦彥〈拜星月〉）

這三首所嵌的「秋娘」，均非指杜秋娘本人。「秋娘」乃是唐代歌舞妓女的通稱，宋代文人或是喜愛借鑒唐人詩句，或爲平仄諧韻等緣故，沿用「秋娘」這一種妓的別稱入詞，若只是單以嵌名詞數量統計使用次數，則造成疏漏誤解，故筆者在此澄清說明。

二、對象爲北宋妓女

（一）蟲蟲5首

北宋有位藝名爲「蟲」的汴梁市妓，生卒年不詳，史傳中沒有記載，詩話筆記也未見。要了解這位「蟲」妓的一切人物形象，還必須仰賴文人爲她寫的詞作重新拼湊組合而成。5首「蟲」妓嵌名詞，其中有3首是柳永所作，杜安世（？～？）、黃庭堅各一首。

就稱呼而言，柳永、杜安世都稱她蟲蟲，柳永另稱蟲娘，而黃庭堅則稱她蟲兒，是否皆爲同一個人，後世不得而知。用「蟲」爲名，看似不雅，但《詩經．衛風．碩人》也曾用：「領如蝤蠐，螓首蛾眉」〔註37〕來譬喻美人，也許在當年，「蟲」非但不是俗名，還是一種稱

〔註33〕唐圭璋編：《全宋詞》，冊1，頁509。
〔註34〕唐圭璋編：《全宋詞》，冊1，頁236。
〔註35〕唐圭璋編：《全宋詞》，冊2，頁595。
〔註36〕唐圭璋編：《全宋詞》，冊2，頁613。
〔註37〕李學勤主編：《毛詩正義》，冊1，卷3，頁260。

許，加上此名頗為奇特，讓人印象深刻。

這位名為「蟲」的妓女，在文人眼中特色不盡相同：

> 蟲兒真個忒靈利。惱亂得、道人眼起。醉歸來、恰似出桃源，但目送、落花流水。　何妨隨我歸雲際。共作個、住山活計。照清溪，勻粉面，插山花，也須勝、風塵氣味。〔註38〕（黃庭堅〈步蟾宮・妓女〉）

> 蟲娘舉措皆溫潤。每到婆娑偏恃俊。香檀敲緩玉纖遲，畫鼓聲催蓮步緊。　貪為顧盼誇風韻。往往曲終情未盡。坐中年少暗消魂，爭問青鸞家遠近。〔註39〕（柳永〈木蘭花〉）

黃庭堅覺得蟲娘靈利，柳永認為蟲娘舉止溫和柔潤。黃庭堅甚至要蟲娘乾脆跟他一起歸隱山林，即使生活簡樸，總比流落青樓渾身風塵味還好。柳永則整闋詞都用白描手法，平常蟲娘看似溫柔和順，但只要開始表演跳舞，她卻偏偏產生一股傲氣。「俊」在《說文解字》中解為：「材過千人也」〔註40〕，指才能出眾者。透過柳永此句，讀者可以得知，蟲娘是位舞妓，而且以俊才自負，足見她在舞蹈方面一定非常熟練，甚至有過人之處；以此重看黃庭堅的「靈利」之說，她之所以靈利，除了個性外，身為舞者本當身手矯捷，也是原因之一。蟲娘的舞技究竟如何精湛？「香檀敲緩玉纖遲，畫鼓聲催蓮步緊」，蟲娘的節奏感和手腳協調感很好，檀板緩慢，她的手跟著慢下來；當畫鼓急催，她的腳也跟著疾旋舞動。雖然柳永只寫手跟腳，可是跳舞必定是全身的協調，舞姿必須配合音樂節拍而更動。下片開始解釋蟲娘為何如此賣力演出，乃是希望知音能好好「顧盼」她，雙方是專注的表演跟欣賞，當然更能見其風韻。賣力演出還不夠，蟲娘「往往曲終情未盡」，就像演戲的人太入戲，一時難以抽換角色一般，足見蟲娘不只是技巧高超，她在舞蹈中投射的情感亦是真誠。這樣的舞蹈讓人銷魂，其他少年回過神想問她來自何處，「青鸞」是鳳凰的一種，雖是

〔註38〕唐圭璋編：《全宋詞》，冊1，頁399。

〔註39〕唐圭璋編：《全宋詞》，冊1，頁34。

〔註40〕〔漢〕許慎著，〔清〕段玉裁注：《圈點段注說文解字》，頁370。

誇示兼比喻，但也說明了蟲娘的舞蹈表演讓人目眩神迷，座中唯有柳永是那知情的顧盼者。

蟲娘和柳永之間的交往密切，情誼不同一般人。馮夢龍《喻世明言》載：「不願穿續羅，願依柳七哥；不願君王召，願得柳七叫：不願千黃金，願中柳七心；不願神仙見，願識柳七面。」〔註41〕柳永因為善寫歌詞，深受妓女們崇拜，這樣一個流連秦樓楚館，花叢中處處吃香的文人，卻對蟲娘情有獨鍾。他的另外兩首蟲蟲嵌名詞，都像是情書一般在對蟲蟲告白：

> 小樓深巷狂游遍，羅綺成叢。就中堪人屬意，最是蟲蟲。有畫難描雅態，無花可比芳容。幾回飲散良宵永，鴛衾暖、鳳枕香濃。算得人間天上，惟有兩心同。　　近來雲雨忽西東。誚惱損情悰。縱然偷期暗會，長是匆匆。爭似和鳴偕老，免教斂翠啼紅。眼前時、暫疏歡宴，盟言在、更莫忡忡。待作眞個宅院，方信有初終。〔註42〕（柳永〈集賢賓〉）

風流浪子也有動心的時候，柳永自言「就中堪人屬意，最是蟲蟲」，情人眼裡出西施，蟲蟲本應就長得不錯，而柳永此處誇飾「有畫難描雅態，無花可比芳容」，越是喜歡，越是找不到更美好的詞彙和花朵來描摹、譬喻蟲蟲的美麗。或者該說，蟲蟲美的不是外貌，而是她獨特的「雅態」氣質，使她有別於其他妓女，擁有自己的特色。兩人幾次的相處都十分幸福快樂，柳永因而希望能夠從此與蟲蟲「兩心同」。蟲蟲雖是妓女，但她是市井妓，不是官妓；柳永是文人，不是官員，所以在律法上是沒有限制的，妓女們的自由受制於娼家，但戀愛倒是沒有被限制。下片用「近來」兩字，表示上面是過去之事，現實是最近兩人的關係產生變化，「雲雨忽西東」是柳永自身的經濟處境，也有可能是指蟲蟲身為妓女的無奈。兩人只能是「暗期偷會，常是匆匆」，非常憂愁；柳永希望能和蟲蟲二人和

〔註41〕〔明〕馮夢龍：《喻世明言》（臺北：三民書局股份有限公司，1998年4月），卷12，頁197。

〔註42〕唐圭璋編：《全宋詞》，冊1，頁22。

鳴偕老，還勸蟲蟲不要擔心，要相信他的承諾山盟，「作眞個宅院」便是柳永許下的諾言，他認眞要娶蟲蟲，而非是調笑之語。

在〈征部樂〉一詞中也同樣表態他的眞心：

> 雅歡幽會，良辰可惜虛拋擲。每追念、狂蹤舊跡。長祗恁、愁悶朝夕。憑誰去、花衢覓。細說此中端的。道向我、轉覺厭厭，役夢勞魂苦相憶。　　須知最有，風前月下，心事始終難得。但願我、蟲蟲心下，把人看待，長似初相識。況漸逢春色。便是有，舉場消息。待這回、好好憐伊，更不輕離拆。〔註43〕

這首詞說明柳永得到蟲蟲的青睞時，還是個屢試不中的未第文人，準備再次進京趕考。「風前月下，心事始終難得」，說明色藝雙全的妓女雖多，但蟲蟲是柳永的紅顏知己，所以他才希望他們「長似初相識」，一直保有情感的熱度，並希望她不要變心。他在詞中承諾待考上科舉一舉成名後，一定會好好憐愛她，絕不輕易拋棄她。

可惜的是，柳永考上科舉後，並沒有實現他的諾言；但這並不代表柳永與蟲蟲之間的戀情是虛假，或者詞中告白盡是花言巧語。柳永曾寫過許多詠妓詞，與眾多妓女往來，雖也有寫過不少讚賞妓女，或者分離的惆悵跟依依不捨的詞，可是唯有蟲蟲，是柳永直接在詞中許下白頭偕老、不輕離棄這些山盟海誓。在法律上，並沒有禁止市妓和官員交往，可是妓女總歸是賤籍，逢場作戲沒問題，但迎娶納妾都有社會觀感的批判；另外，柳永因爲仕途不順，一生窮困潦倒，清代徐士鑾《宋艷》引《芥舟擷記》說：「柳永，字耆卿。死後家無餘資，群妓合金葬之，每春月上冢，謂之吊柳七。」〔註44〕柳永生前需靠妓女經濟支援，死後甚至連身後事傳說都是靠妓女合葬，經濟情況如此，連要替蟲蟲贖身都是問題，如何迎她爲妾？雖然最後還是失約，但是透過這三首嵌名詞，柳永與蟲蟲之間的交往方式、柳永付出眞心後的諾言和變化，他們的愛情呈現在讀者面前，成爲文人與妓女戀愛

〔註43〕唐圭璋編：《全宋詞》，冊1，頁22。
〔註44〕〔清〕徐士鑾：《宋艷》，卷6，頁175。

的例證。

最後一首蟲蟲嵌名詞，是杜安世寫的〈浪淘沙〉：

簾外微風。雲雨回蹤。銀釭爐冷錦幃中。枕上深盟，年少心事，陡頓成空。　　嶺外白頭翁。到沒由逢。一床鴛被疊香紅。明月滿庭花似繡，悶不見蟲蟲。〔註45〕

陳振孫《直齋書錄解題》載《杜壽域詞》一卷，謂：「京兆杜安世撰，未詳其人，詞亦不工」〔註46〕杜安世能自度曲，擅長寫慢詞，但他卻用小令寫了這首詞，末句嵌入蟲蟲名字。這首詞對蟲蟲這名妓女並沒有描述，純粹只是記錄杜安世沒有見到蟲蟲的鬱悶之情。

（二）李師師4首（1首含香香、安安）

李師師（？～？），北宋角妓〔註47〕，汴京（今河南開封）人，李師師的事蹟多見於野史、小說，關於她的身世就有兩種版本，從出身到最後的下場，相關民間傳說有很多說法，但都沒有證據。關於李師師的身世，一說是根據張先（990～1078）〈師師令〉：

香鈿寶珥。拂菱花如水。學妝皆道稱時宜，粉色有、天然春意。蜀彩衣長勝未起。縱亂雲垂地。　　都城池苑誇桃李。問東風何似。不須回扇障清歌，唇一點、小於花蕊。正是殘英和月墜。寄此情千里。〔註48〕

依此詞寫作時間推算，當時張先已有85歲，而他享年89歲；詞中師師年紀小，最遲大約於1062年出生，張先才有可能爲她創作新的詞牌捧紅她。但是倘若師師是出生於1062年，那他跟1082出生的宋徽宗就會相差20歲；如果此說是眞，那麼李師師和宋徽宗之間的戀情傳說就難以成立。又或者，張先的〈師師令〉是寫給另一個師師，而

〔註45〕唐圭璋編：《全宋詞》，冊1，頁179。

〔註46〕〔宋〕陳振孫：《直齋書錄解題》，收錄於韋力編《古書題跋叢刊》（北京：學苑出版社，2009年6月）冊2，卷21，頁325～326。

〔註47〕角妓：猶風流美貌，才藝出眾的名妓。徐渭《西廂記眉批》說：「宋人謂風流蘊藉爲『角』，故有『角妓』之名。」《大宋宣和遺事·享集》稱名妓李師師說：』這個佳人，名冠天下，乃是東京角妓。」

〔註48〕唐圭璋編：《全宋詞》，冊1，頁。

非今日一般所認知的李師師。

另一說，根據張邦基《墨莊漫錄》載：「政和間，汴都平康之盛，而李師師、崔念月二妓，名著一時」〔註49〕。徽宗政和年間（1111～1118），李師師已經是名妓，而且還與文人周邦彥與皇帝宋徽宗之間流傳著風流佚事，使她和周邦彥聲名大增。張端義《貴耳集》：

> 道君幸李師師家，偶周邦彥先在焉，知道君至，遂匿於床下。道君自攜新橙一顆云：「江南初進來。」遂與師師謔語，邦彥悉聞之，隱括成《少年游》云：「并刀如水，吳鹽勝雪，纖手破新橙。錦幄初溫，獸香不斷，相對坐調笙。　低聲問，向誰行宿？城上已三更。馬滑霜濃，不如休去，直是少人行。」師師因歌此詞。〔註50〕

同時受到皇帝喜愛，還得到擅長音律的文人垂青，除此之外，柳永（987～1053）、晏幾道（1030～1106）、秦觀（1049～1100）等，都與她有所往來。靖康元年（1126），宋欽宗下令籍沒李師師家，北宋滅亡後，李師師下落不明，民間亦有各種傳說。

這樣一位市井名妓，帶著太多傳奇色彩，究竟有何魅力？從師師嵌名詞或許可見一二。柳永〈西江月〉：

> 師師生得豔冶，香香於我情多。
> 安安那更久比和。四個打成一個。
> 幸自蒼皇未款，新詞寫處多磨。
> 幾回扯了又重按。姦字中心著我。

這首詞一次寫了三位妓女，柳永個別點出她們的特色。李師師長相豔麗妖冶，她的美麗是從外表就顯而易見的，第一眼就足以吸引男人目光的女人；劉香香情感表現明顯；錢安安和氣親切，三位妓女柳永無法遷就其中之一，只好笑寫「姦字中心著我」，被三個妓女包圍，就算是柳永也招架不住。關於此詞，《醉翁談錄》有〈三妓挾耆卿作詞〉

〔註49〕〔宋〕張邦基：《墨莊漫錄》（北京：中華書局，1985年），冊3，卷8，頁90。

〔註50〕〔宋〕張端義：《貴耳集》，卷下，頁46。

的背景紀錄：

> 耆卿一日經由豐樂樓前，此樓在城中繁華之地，設法賣酒，群妓分番，忽聞樓上有呼「柳七官人」之聲，仰視之，乃角妓張師師。師師耍蹺而敏，酷喜填詞和曲。與師師密。及柳登樓，師師責之曰：「數時何往？略不過奴行，君之費用，吾家恣君所需，妾之房臥，因君罄矣！豈意今日得見君面，不成惡人情去，且爲填一詞去！」柳曰：「往事休論。」師師乃今量酒，具花箋，供筆畢。柳方拭花箋，忽聞有人登樓聲。柳藏紙於懷，乃見劉香香至前，言曰：「柳官人，也有相見。爲丈夫豈得有此負心！當時費用，今忍復言。懷中所藏，吾知花箋矣。若爲詞，妾之賤名，幸收置其中。」柳笑出箋，方凝思間，又有人登樓之聲。柳視之，乃故人錢安安。安安敘別，顧問柳曰：「得非填詞？」柳曰：「正被你兩姊姊所苦，令我作詞。」安安笑曰：「幸不我棄。」柳乃舉筆，一揮乃至。三妓私喜：「仰官人有我，先書我名矣。」乃書就一句：「師師生得豔冶，」香香、安安皆不樂，欲掣其紙。柳而書云：「香香於我情多。」安安又嗔柳曰：「先我矣！」挼其紙，忿然而去。遂而復書云：「安安那更久比和，四個打成一個。幸自蒼皇未款，新詞寫處多磨，幾回扯了又重挼，姦字中心著我。」（曲名《西江月》）三妓乃同開宴款柳。〔註51〕

李師師眼尖先發現柳永，她自己也喜歡填詞和曲，柳永見是她，自然會登樓見她。李師師直白又似玩笑地說了，之前柳永的生活費用，任他要求都資助了他，自己的私房都快用罄了，今天遇到，要他填一闋詞。柳永只好尷尬地認命填詞，沒想到之後劉香香、錢安安先後也都發現柳永，並要求要將名字寫入詞中。柳永開始寫，三妓又希望可以把自己的名字寫在最前面，又是扯又是搓折；最後柳永寫完，三人一同款待柳永，畢竟能得柳永詞，又能將名字嵌入的妓女已經足夠風光。

〔註51〕〔宋〕羅曄：《醉翁談錄》丙集，卷2，頁31～32。

秦觀〈一叢花〉則是專注在寫李師師：

年時今夜見師師。雙頰酒紅滋。疏簾半卷微燈外，露華上、煙嫋涼颸。簪髻亂抛，偎人不起，彈淚唱新詞。　　佳期。誰料久參差。愁緒暗縈絲。想應妙舞清歌罷，又還對、秋色嗟咨。惟有畫樓，當時明月，兩處照相思。

上片回憶師師雙頰緋紅，散了髻依偎在懷裡，以及她淚眼唱詞的模樣。下片寫自己對師師暗藏情愫，想她此時應該是歌唱跳舞，以及對著月色嗟嘆傷懷，表現出笙歌作樂之後的寂寞悲傷。秦觀本也是個風流詞人，詞中多談及男女情愛之事，也有不少歌詠妓女的詞，對妓女的遭遇充滿同情，也間雜著友情。

晏幾道寫了兩首〈生查子〉，都是師師嵌名詞：

遠山眉黛長，細柳腰肢嫋。妝罷立春風，一笑千金少。
　　歸去鳳城時，說與青樓道。遍看潁川花，不似師師好。

落梅庭榭香，芳草池塘綠。春恨最關情，日過闌干曲。
　　幾時花裏閑，看得花枝足。醉後莫思家，借取師師宿。

〔註 52〕

第一首描述師師畫的是遠山眉，《西京雜記》：「文君姣好，眉色如望遠山」〔註 53〕，遠山眉是漢朝流行的眉形，色淡，長而曲，能襯托女子秀麗。第二句寫她細腰如柳，一笑值千金。下片寫看過那麼多的妓女，都沒有一個比得上師師，給予很高的評價。第二首雖是寫景，但實則在懷人，「日過欄杆曲」借鑒南朝樂府〈西州曲〉：「樓高望不見，近日欄杆頭。欄杆十二曲，垂手明如玉」。下面的「花裏」、「花枝」指的都是人，也就是其他的妓女；末句才提到，喝醉了酒不想回家，應該到師師家借宿一晚。雖然沒有直接寫師師，卻烘托了師師讓人難忘，即便身在花叢中，最後也選擇回到師師身邊休息。

從這幾首嵌名詞看來，李師師是外貌是豔麗妖冶，畫遠山眉，腰

〔註 52〕唐圭璋編：《全宋詞》，冊 1，頁 229。

〔註 53〕〔晉〕葛洪，成林等譯注：《西京雜記全譯》（貴陽：人民出版社，1993 年 8 月），卷 2，頁 57。

肢纖細，擅長唱歌，也喜歡填詞和曲，在文學上有一定的造詣，才能讓這麼多文人為她做嵌名詞。如此看來，李師師是歷史上眞正存在過的人物，只是文人所見是不是都是同一位師師，這便有待更多的資料考證了。

（三）小蓮4首

晏幾道友人沈廉叔、陳君龍二人的家妓，名字分別取為蓮、鴻、蘋、雲，小蓮是其中之一。王灼《碧雞漫志》載：

> 晏叔原歌詞初號《樂府補亡》。自序曰：「往與二三忘名之士浮沉酒中，病世之歌詞不足以析酲解慍……始時沈十二廉叔、陳十君龍家有蓮、鴻、蘋、雲，工以清謳娛客，每得一解，即以草授諸兒，吾三人聽之，為一笑樂。」其大指如此。叔原於悲歡合離，寫眾作之所不能，而嫌於夸。故云：「昔人定已不遺，第今無傳。」蓮、鴻、蘋、雲，皆篇中數見，而世多不知為兩家歌兒也。〔註54〕

晏幾道是晏殊（991～1055）第七子，晏殊年少時便才華洋溢，最後當官當到「集賢殿學士」，政治地位很高，在婉約詞上也有重要地位；晏幾道雖被稱為「小晏」，但是官位不高，只做過開封府判官等小官，因受父親庇護，衣食無缺，晏殊去世後，還承父蔭成為閒官「太常寺太祝」，繼承的財產使他生活無虞。

晏幾道性子孤高，陸友仁《硯北雜志》載：「元祐中，叔原以長短句行，蘇子瞻因魯直欲見之，則謝曰：『今日政事堂中半吾家舊客，亦未暇見也。』」彼時蘇軾正蒙聖眷，晏幾道卻謝絕會面往來，足見其高傲。晏幾道在仁宗嘉佑三年（1085），二十一歲時，結識沈廉叔跟陳君龍，從此便成為好友。這兩人的家妓蓮、鴻、蘋、雲每次都會出來唱歌或表演款待，光是嵌名詞，便替小蘋寫了一首、小蓮寫了三首，可見他較偏愛小蓮，詞作臚列如下：

> 梅蕊新妝桂葉眉。小蓮風韻出瑤池。雲隨綠水歌聲轉，雪

〔註54〕〔宋〕王灼：《碧雞漫志》，卷2，頁11～12。

繞紅綃舞袖垂。　　傷別易，恨歡遲。惜無紅錦爲裁詩。

行人莫便消魂去，漢渚星橋尚有期。〔註55〕（〈鷓鴣天〉）

小蓮臉上畫的是梅花妝，在額頭上描上梅花，或用薄金箔剪花瓣型狀裝飾。《太平御覽》：

> 武帝女壽陽公主，人日臥於含章簷下，梅花落公主額上，成五出之花，拂之不去，皇后留之，看得幾時。經三日洗之乃落，宮女奇其異，競效之，今梅花妝是也。〔註56〕

小蓮妝容便是仿效壽陽公主而來，這種妝容一直到唐五代都非常流行，並且延續到宋朝。她的眉形畫成「桂葉眉」，李賀〈房中思〉詩就說：「新桂如蛾眉」〔註57〕，眉形濃重而短小，如蝴蝶在額下。唐朝梅妃江采蘋〈謝賜珍珠〉云：「桂葉雙眉久不描，殘妝和淚污紅綃。長門盡日無梳洗，何必珍珠慰寂寥。」〔註58〕寫的是唐朝梅妃與貴妃楊玉環鬥敗入冷宮，玄宗賜珍珠安慰，而她拒絕的心情；首句「桂葉雙眉久不描」，可見桂葉眉是梅妃最常畫的眉毛樣式。小蓮畫梅花妝，眉毛又畫上梅妃的桂葉眉，有其搭配的美感在。

晏幾道誇讚小蓮的風韻猶如瑤池天仙，以行雲、綠水誇讚她的歌聲清亮婉轉，再以飛雪、垂袖，寫她跳舞的樣貌。上片著重在寫小蓮的外貌和擅長技藝，下片則開始寫離別的惆悵，下一次的歡樂總是來得遲，可惜無法寫詩寄送，如往常見面一般催人詩興。「行人莫便消魂去」一句，可知下片是晏幾道代替小蓮在寫她的心情，希望「行人」不要忘記如牛郎織女般再次見面的約定；這同時也是晏幾道自己的心情，只是投射在小蓮身上，認爲小蓮會對兩人的分別產生憂思。

倘若一首尚不足以看見晏幾道對小蓮的傾心，那麼另一首〈鷓鴣

〔註55〕唐圭璋編：《全宋詞》，冊1，頁222～226。

〔註56〕〔宋〕李昉等編：《太平御覽》，收錄於《景印文淵閣四庫全書》（臺北：台灣商務印書館，1983年）冊893，卷30，頁388。

〔註57〕〔清〕清聖祖御定：《全唐詩》，冊6，卷392，頁4421。

〔註58〕〔清〕清聖祖御定：《全唐詩》，冊1，卷5，頁64。

天〉便可更加明白晏幾道對小蓮的眷戀：

> 手撚香箋憶小蓮。欲將遺恨倩誰傳。
> 歸來獨臥逍遙夜，夢裏相逢酩酊天。
> 花易落，月難圓。只應花月似歡緣。
> 秦箏算有心情在，試寫離聲入舊弦。〔註59〕

離別之後，回憶起色藝雙絕、能歌善舞的小蓮，晏幾道手持香箋無意識地輕輕搓揉，表達出有點猶豫跟疑惑的心情，因爲他不知道這份情感該如何傳達。「箋」是精美的小紙張，在晏幾道詞中出現二十六次，或等待、或回憶，代表某種情感或情緒，是一種意象的象徵。〔註60〕晏幾道夜裡思念著小蓮，在夢裡相逢沉醉。下片借花月來比喻緣分的圓缺，落寞之餘，晏幾道開始寫起曲詞，一邊將這種思念寄予其中，也許可以等待下回見面時，讓小蓮來彈奏歌唱。而小蓮反應如何？〈木蘭花〉寫道：

> 小蓮未解論心素。狂似鈿箏弦底柱。臉邊霞散酒初醒，眉上月殘人欲去。　　舊時家近章臺住。盡日東風吹柳絮。生憎繁杏綠陰時，正礙粉牆偷眼覷。〔註61〕

晏幾道認爲小蓮還不懂的內心之情愫，好像彈奏急促的箏弦一樣狂烈，她的臉上因喝酒而泛著紅暈，眉間的裝飾也稍稍脫妝了，正是良宵將近，賓客該離去的時候。上面寫著兩人歡會的情形，下片開始回想起兩人舊時相識的情景，「章臺」是妓女的居所，下句又接柳絮，正是借鑒「章臺柳」；末兩句寫當時小蓮討厭杏子成叢，遮了她在粉牆偷看的視線。

從這三首嵌名詞中，可以明顯看見晏幾道對小蓮的愛戀之情，雖然詞中並無邪豔之語，卻有暗戀輾轉反側之意。而小蓮的眞正反應，其實讀者無法確切知曉，畢竟詞是晏幾道代言而作，暗戀之餘

〔註59〕唐圭璋編：《全宋詞》，冊1，頁227。

〔註60〕顧瑞敏：〈論《小山詞》中的彩箋意象〉，《北方文學》（哈爾濱：黑龍江省作家協會，2001年2月）下冊，第2期，頁15。

〔註61〕唐圭璋編：《全宋詞》，冊1，頁233。

自作多情去浮想編導也未可知，畢竟都是個人揣測居多，一方面也說明了他是眞的傾心不已。宋代鼓勵豢養家妓，家妓中即使是侍女也是婢妾的一種，除非主人有意贈送家妓，否則客人不可與家妓有染。明代陶宗義《說郛》引無名氏《雜纂》在「反側」下列「犯人家婢妾」一條〔註 62〕，可見該有的分際還是要遵守。這也解釋了爲何晏幾道只能在詞中表達愛意，因爲友人的家妓是可遠觀而不可褻玩的，家妓畢竟與市妓不同，都是認眞娛樂賓客，但是家妓是有主之人，晏幾道的愛意，便只能盡數寫入詞中作爲抒發情感和紀念。晏幾道在《小山詞・自序》中回憶說：「追惟往昔過從飲酒之人，或壠木已長，或病不偶。考其篇中所記悲歡離合之事，如幻如電，如昨夢前塵，但能掩卷憮然，感光陰之易遷，嘆境緣之無實也。」〔註 63〕這些悲歡離合之事，便是包含了諸位友人，以及這位令人傾心的歌妓。

除了晏幾道，蘇軾也有一首小蓮嵌名詞，〈訴衷情・琵琶女〉：

> 小蓮初上琵琶弦。彈破碧雲天。分明繡閣幽恨，都向曲中傳。　　膚瑩玉，鬢梳蟬。綺窗前。素娥今夜，故故隨人，似鬥嬋娟。〔註 64〕

蘇軾筆下的小蓮，擅長彈的是琵琶，彈的曲目是范仲淹的〈蘇幕遮〉，聲音激脆，將在閨中的幽恨，都彈入曲中，琴藝和情意都高超。下面寫小蓮的美麗，膚色如玉，梳著蟬鬢，月亮照著她，好像嫦娥要與小蓮比美。

蘇軾筆下的小蓮與晏幾道所愛慕的小蓮，並無法確定是否是同一位妓女，但筆者以爲，就擅長的技藝來說，一個擅長歌舞，一個擅長琵琶，不同人的可能性較大。

以上四個嵌名之例，嚴格來說蘇小小、杜秋娘不算嵌名詞，雖在

〔註 62〕〔明〕陶宗義：《說郛》，卷 6，頁 104。

〔註 63〕李明娜：《小山詞校箋注》（臺北：文津出版社，1981 年 6 月），頁 183。

〔註 64〕唐圭璋編：《全宋詞》，冊 1，頁 309。

詞中寫入妓名，實際上卻是用典；而蟲娘、小蓮才是眞正在歌詠該歌妓的嵌名詞。筆者以爲將妓女名字寫在妓詞中，與眞正嵌名詞意義雖有不同，但是歌詠妓女的目的卻是一致的，而且這些名字也確實在詞中被記載下來，倘若棄而不論十分可惜，故將妓名用典和嵌名詞一併討論之。

（四）其　他

根據筆者統計，嵌名詞除上述妓女外，尚有 31 首，依數量多寡排列如下：

莫愁 4 首、輕盈 3 首（含贈娉娉 1 首）、小鬟 2 首（1 首含樊素）、好好 2 首（2 首含瓊瓊）、瓊瓊、崔徽 2 首；韓娥、環兒、雪兒、酥娘、素兒、泰娘、紅綃、阿茸、阿秀、念奴、佳娘、秀香、灼灼、小蘋、小憐、玉蕭各 1 首。〔註 65〕

從嵌名詞的名字中看來，當時文人或妓院替妓女命名，大部分似乎有著喜好或規則：

1、疊字：小小、師師、蟲蟲、娉娉、好好、安安、香香、瓊瓊、灼灼

2、娘：秋娘、泰娘、酥娘、佳娘

3、小：小鬟、小蘋、小蓮、小憐

4、兒：雪兒、素兒、環兒

或有如蟲蟲、蟲娘、蟲兒皆使用者，其他則沒有特定的規律，如：秀香、樊素、玉蕭等。古代即使是再有權勢的女子，多半也只有留下姓氏，如張氏、李氏，即使文人悼妻之類文學作品，也少見女子名字被完整嵌入詞中或記錄下來，歷代許多女子之名，除非特別出挑者，否則都淹沒在沒有記載的歷史之中，少有人記得。反觀這些妓女，有些是暱稱，有些是本名，反而因爲被寫在妓詞中流傳千古。

古代史傳中爲女子作傳本就是少數，這些妓女們更難得有人替

〔註 65〕詳見本論文附錄「嵌妓詞」總表。

她們作傳，即使當時豔冠群芳轟動一時，後代人也無從理解這些女子的魅力。史傳中難見這些女子，但是可以從這些嵌入妓名的詞，管窺這些令詞人喜愛的女子的樣貌與才藝，透過文人的描寫去重塑出妓女的人物形象。

古今有多少出色妓女？即使在北宋當代，妓女的數量也是很可觀的，嵌妓詞之中有市妓、家妓，卻不見官妓蹤影。這些妓女在當時各領風騷，各有其色藝特色，能入得了文人詞的，必定不是普通的妓；能讓文人嵌入名字的，在當時應更具殊榮和地位，要不是名妓，便是文人特別喜愛的妓女。嵌妓詞表面上與贈妓詞在詞序標明妓女身分用意差不多，但就成效上來看更佳，嵌妓詞將妓名鑲嵌在其中，要吟唱這首詞，便不可避免地要唱她的名，其宣傳效果自然比贈妓詞來得更有效，也更受妓女們喜愛。

第二節　詠妓詞中的感官描寫

詠妓詞是文人歌詠妓女之作，以感官接受所有從妓女那裏傳達的各項感受，甚至描寫對方的感官和身體，寫入詞中即爲妓詞的主要重點。「感官」是指生物接受外界刺激的器官，以人類而言，包括眼睛的視覺、耳朵的聽覺、口腔的味覺、鼻子的味覺，以及皮膚的觸覺等，幾乎等同於佛教中的五識：眼、耳、鼻、舌、身。

業師王偉勇曾寫作〈關於「歌妓」之視覺與聽覺書寫——以宋詞爲例〉一文，以視覺、聽覺爲兩大主軸，以下分論整體及局部感官書寫兩類，並得出幾項結論：

一、視覺書寫：整體部分以書寫歌、舞妓爲主，其他才藝爲次；就妓女眼睛、體態、舉止等，多角度書寫，又有動靜態之別。局部則以嬌羞體態、背立身影、曼妙舞姿及特寫爲重點。

二、聽覺書寫：以著墨多寡分爲妓女之聲容、彈唱之聲容、彈奏之樂音。其中「歡容」多於「愁容」；樂音書寫則多仿效白居易〈琵琶行〉。

三、視覺聽覺交寫：一爲全詞一歌一舞；二爲上、下片寫歌、舞；
　　三爲側重上、下片分寫視覺和聽覺。〔註 66〕

王師礙於時間和篇幅限制，專就視覺、聽覺探討，而嗅覺、觸覺未能論及。筆者認爲，感官書寫是妓詞中較顯而易見的重要特色，也是主要內容，以短短篇幅實在無法將每一種感官都一一深論；但若屏棄而不談，則又覺得這項主題被忽略了十分可惜，因爲此本節中仍是盡量探討呈現。唯本論文欲處理的議題不僅止於感官特色，在篇幅和舉例上也有所限制，但求盡量在視覺、聽覺、觸覺、嗅覺都能論述之，至於細則便有待日後另開新篇全面詳細分析。又，人類感官在感受外物刺激時，通常不會只使用單一器官，而是利用綜合感官去感覺，所以文人感官詞所寫的感官，差別只是文人是否有餘裕或興致將每種感官所感受的部分一齊寫入妓詞中。綜合感官部分，有時也涉及到移覺〔註 67〕的修辭法，筆者在引用例子時會另外說明，在此不另立分類。

一、視　覺

視覺乃是透過眼睛觀看，眼睛是人類接受外物刺激後，未必是反應最快，卻是人類依賴最重的器官。在妓詞的感官體驗中，視覺的感官是文人使用與描寫妓女最多的部分。

由於文人視覺所見所寫材料甚多，茲以局部就臉面、眉眼、胸腰與舞姿四項先論。至於頭飾、裝飾、衣飾、場景等視覺效果，因篇幅限制，本文暫不討論。

〔註 66〕王偉勇：〈關於「歌妓」之視覺與聽覺書寫——以宋詞爲例〉，收錄於《感官素材與人性辯證國際學術研討會論文集》，（臺南：國立臺灣文學館，2010 年 3 月），頁 27～45。

〔註 67〕所謂移覺，也叫通感。人們的各種感官所產生的各種感覺，互有聯繫，某種感官的感覺可以引起另一種感官的感覺。反映在詞語的運用上，可以把描寫某種感覺的詞語用於另一種感覺。詳見仇小屏：〈略論現代詩文中「移覺格」的運用〉，《文心》復刊號（臺南：國立成功大學中國文學系所會，2004 年 2 月），頁 51～55。

（一）臉　面

臉是人與人之間第一印象和注目焦點，妓詞中常見描述臉面之視覺描寫用字，約有「臉」、「面」、「顏」、「容」四種，延伸用詞歸納如下：

1、臉：嫩臉、素臉、紅臉、波臉、花臉、笑臉、醉臉、芳臉

2、面：嬌面、花面、粉面、酒面、妝面、琶面、春風面、喜面

3、顏：芳顏、顏歡、醉顏、朱顏

4、容：芳容

在臉部的視覺書寫中，以「面」使用率最高，其中粉面、花面最常見；「臉」的使用率次之；「顏」、「容」比起「臉」跟「面」，較少被使用。

以嫩臉爲例：

> 嫩臉修蛾，淡匀輕掃。最愛學、宮體梳妝，偏能做、文人談笑。綺筵前。舞燕歌雲，別有輕妙。〔註68〕（柳永〈兩同心〉）

> 寵佳麗。算九衢紅粉皆難比。天然嫩臉修蛾，不假施朱描翠。盈盈秋水。恣雅態、欲語先嬌媚。每相逢、月夕花朝，自有憐才深意。（柳永〈尉遲杯〉）

嫩臉用法出現兩次，且都出自柳永。嫩臉，一可指皮膚保養得宜粉嫩良好，二可形容妓女年紀輕所以膚質粉嫩。「嫩臉修蛾」，是粉嫩的臉和修長的眉毛，這是天然美貌，不需撲粉畫眉，是天生佳麗，庸脂俗粉難比。〈兩同心〉中，柳永在視覺描述方面，敘述妓女的宮妝打扮，這位妓女唱歌跳舞，身材輕妙，還能與文人談笑。〈尉遲杯〉還敘述了妓女的眼睛如秋水盈盈，姿態優雅、表情嫵媚的樣貌。

再舉最常用的花面、花臉爲例，將妓女的臉如花一般美麗，是採取譬喻用法。柳永〈鳳棲梧〉：

> 簾下清歌簾外宴。雖愛新聲，不見如花面。牙板數敲珠一

〔註68〕唐圭璋編：《全宋詞》，冊1，頁19。

串，梁塵暗落琉璃盞。〔註69〕

柳永在簾外，聽得見歌聲，卻遺憾見不到唱歌的歌妓如花一般的容顏。第三句先寫聽覺，牙板拍擊時美人和樂器的聲音如珍珠落玉盤一般；第四句又回到視覺描寫，事實上這是知覺的轉換，這清脆的聲音，讓他覺得彷彿連灰塵都要因此掉入杯中。因爲見不到如花一般的美人，柳永在上闋實際上只能以聽覺爲主要感官書寫。在柳永〈御街行〉有「朦朧暗想如花面」〔註70〕句，也是透過想像來寫妓女如花的容顏。

但如柳永〈洞仙歌〉：

傾城巧笑如花面。恣雅態、明眸回美盼。同心綰。算國豔仙材，翻恨相逢晚。〔註71〕

這首詞中柳永總算是眞的以視覺來觀看美人如花般美貌的臉了，花面已令人心動，再加上巧笑、明眸美盼、優雅姿態，如此佳人，難怪柳永誇讚她傾城、國豔仙材，恨不能早點相識。

杜安世〈更漏子〉寫花面則別有創意之處：

臉如花，花不笑。雙臉勝花能笑。肌似玉，玉非溫。肌溫勝玉溫。〔註72〕

將臉和花做比喻，又拿花當臉的襯托，臉像花一樣美，可是花卻不能像臉一樣能綻開不同的笑顏，所以原本如花的臉實際上是勝過花的美。下面肌膚和玉的觸覺描寫也是一樣，肌膚像玉一樣光滑，可是冰涼的玉卻不像肌膚一樣摸起來溫暖，所以玉肌勝過玉。

以視覺感官來說，臉部只是妓女整體的局部，但多數人在初次認識一個人時，第一印象便是臉部樣貌，其次才是五官、身材、四肢、妝扮、個性等部分；文人在看妓女亦是如此，妓女的長相雖然並不是最有價值之處，但中上之姿仍是較美觀且令人喜愛的。

〔註69〕唐圭璋編：《全宋詞》，冊1，頁24。
〔註70〕唐圭璋編：《全宋詞》，冊1，頁22。
〔註71〕唐圭璋編：《全宋詞》，冊1，頁36。
〔註72〕唐圭璋編：《全宋詞》，冊1，頁177。

（二）眉　眼

眉眼也是屬於臉部器官之一，前面提到的臉面，是文人觀看妓女整體臉部的美貌狀態，而眉眼則是屬於局部的愛好，也許四目相對間很容易被眉眼所吸引，眉眼感官在使用的機率和次數甚至比臉面還高。

1、眉：翠眉、蛾眉、黛眉、歌眉、小眉、柳眉、雙眉、長眉、新眉、眉葉細、月如眉、桂葉眉叢、眉兒斂黛、眉黛雙顰、紅黛眉蹙、斂眉、低眉、恨眉、眉山淺拂青螺黛、細葉舒眉、眉峰皺、淡畫修眉、眉嫵、修蛾、粉黛

2、眼：眼長、嬌眼、淚眼、醉眼、秀眼、眼兒單、偷眼、眼波、眼波長、眼波橫、眼兒斜盼、眼色秋波明媚、盈盈秋水、明眸、美盼。

3、眉眼：眉長眼細、恨眉醉眼

妓詞中是如何描寫妓女眉眼呢？以「黛眉」為例，張先〈更漏子〉說：

> 黛眉長，檀口小。耳畔向人輕道。柳陰曲，是兒家。門前紅杏花。〔註73〕

「黛」是一種青黑色的顏料，古代女子用來畫眉增添眉色，「黛」可用來形容眉，但是也有文人用「黛」來代稱眉，例如粉黛。黛眉是指青黑色的眉毛，張先此詞中的妓女，將眉毛畫得細長，以襯托她的小嘴。

歐陽脩〈憶秦娥〉說：

> 十五六，脫羅裳，長恁黛眉蹙。紅玉暖，入人懷，春困熟。
> 　　展香裀，帳前明畫燭。眼波長，斜浸鬢雲綠。看不足。
> 苦殘宵、更漏促。〔註74〕

歐陽脩筆下的妓女不過十五六歲，脫衣時，長長黛眉微蹙，別有風

〔註73〕唐圭璋編：《全宋詞》，冊1，頁66。
〔註74〕唐圭璋編：《全宋詞》，冊1，頁155。

情。將摟入懷中感到溫暖，是觸覺感官帶來的感受。下片寫她「眼波長」，眼波是譬喻目光流動如水波閃動，一般多用於女子；以「長」來修飾眼波，是指妓女眼光凝視停留，才有「看不足」之感。

周邦彥〈燭影搖紅〉：

> 芳臉勻紅，黛眉巧畫宮妝淺。風流天付與精神，全在嬌波眼。早是縈心可慣。向樽前、頻頻顧眄。幾回相見，見了還休，爭如不見。〔註75〕

周邦彥這首詞，在視覺上同時寫了芳臉、黛眉、嬌波眼等三種部位，塑造出一位妓女臉頰紅潤，畫的妝容是薄薄的宮妝和黛眉，但是最吸引人的地方，就在於她有一雙嬌媚盈著波光的眼眸，令人忍不住一看再看。

妓詞中，眉眼是文人欣賞美人的標準之一。眉眼的位置十分相近，文人寫眉毛時有時也代表眼睛，只是省略不寫，反之亦然。眉眼既是文人的視覺所見，也是妓女的感官，描寫眉毛時，眉毛的顏色深淺、長短粗細、形狀，以及跟眉有關的動作，如皺眉、蹙眉等，大約各占一半比例。而在書寫眼睛時，由於眼睛不似眉毛一樣可以經後天手法改變形狀、顏色，所以文人寫眼睛時，較少描摹眼型，而是著重在眼睛的動作上下筆。至於眉眼並用，則強調細長，因爲眉眼可相互代表彼此，所以並用的例子更少。

爲什麼文人如此注重眉眼呢？自先秦時期中國人對眉眼便是相當重視的，《詩經》中將女子眉毛比作蛾類，自此成爲文人描寫美人眉毛時的習慣譬喻，此是就美感而言。但是眉眼也被視爲道德善惡有關，例如《孟子・離婁上》說：「存乎人者，莫良於眸子。眸子不能掩其惡。胸中正，則眸子瞭焉；胸中不正，則眸子眊焉。」〔註76〕孟子認爲眼眸可以用來判定人的善惡好壞。另外，孟昭泉《眉眼語語用

〔註75〕唐圭璋編：《全宋詞》，冊2，頁629。

〔註76〕徐天璋：《孟子集註箋正》，收錄於林慶彰編：《民國時期經學叢書》（臺中：文聽閣圖書有限公司，2009年9月）第四輯，冊51，卷7，頁245。

揭奧》載：

> 眉毛的分類則是多種多樣的：柳葉眉、新月眉、八字眉、少虎眉、掃帚眉、臥蠶眉、劍眉、斷眉、壽眉、白眉、蛾眉、籠煙眉等。中國古代的相書上多把眉眼的形狀同人生的社會命運聯繫起來，這應該說是皮相之論。〔註 77〕

魏晉時期世人重視人物品評，包括相貌也列入討論範圍，且以相觀人，斷定其運勢前程好壞與否，雖然未必如此玄奇，但是面相學反應了人類對面相五官的重視。文人所寫的眉眼，並沒有與面相有深刻的關聯，單純是就美感而寫就。不同的眉毛，表現出不同的個性、氣質和美感；不同的眉型，反映了流行，以及妓女們對美貌的重視，直至現今，修眉、畫眉仍是女子裝飾臉部時注重的美感之一。

（三）胸　腰

宋代文人喜愛欣賞妓女的腰，描寫胸部的詞語屈指可數，但書寫腰肢的各種姿態卻著墨不少。文人在欣賞妓女表演時，視覺除了停留在妓女的臉部外，最注重的是身材，腰的纖細柔軟備受矚目。

1、胸：雪胸、酥胸

2、腰：腰肢纖細、纖腰、輕細好腰身、楚腰纖細、腰肢夭與細、柳腰、風柳腰身、小腰似柳、玉腰、舞腰、宮腰嫋嫋、燕樣腰身、腰肢軟、婀娜腰肢柳細。

妓詞中只有 6 首寫到妓女的胸，且用詞統一都是雪胸、酥胸而已，無甚變化。相較之下，描寫腰的姿態形容詞很多，但總而言之，主要都在強調纖細腰肢、楚女之腰、如柳之腰、舞腰等。

描寫妓女胸部的詞，例如歐陽脩〈蕙香囊〉：

> 身作琵琶，調全宮羽，佳人自然用意。寶檀槽在雪胸前，倚香臍、橫枕瓊臂。　　組帶金鉤，背垂紅綬，纖指轉弦韻細。願伊只恁撥〈梁州〉，且多時、得在懷裏。

歐陽脩想像，或者真的當自己是一把琵琶，可以靠臥在妓女雪白的

〔註 77〕孟昭泉《眉眼語語用揭奧》，《臺州學院學報》（臨海：臺州學院，2004 年 8 月），第 26 卷，第 4 期，頁 37。

胸前，倚著她的肚臍，頭枕她的玉臂。下片寫用金鉤和絛帶將兩人繫緊，讓她的纖指在身上輕挑慢撚；希望她所彈奏的是〈梁州〉這首較長的曲子，讓自己可以在她懷裡多待片刻。此詞略帶情色意味，但歐陽脩將這種調戲互動比喻成妓女彈琵琶，用詞不俗，是以帶著曖昧情趣，卻又不至於淪爲情色俗詞。

蘇軾〈鷓鴣天・佳人〉：

> 羅帶雙垂畫不成。殢人嬌態最輕盈。酥胸斜抱天邊月，玉手輕彈水面冰。〔註78〕

秦觀〈滿江紅・姝麗〉：

> 臉兒美，鞋兒窄。玉纖嫩，酥胸白。自覺愁腸攪亂，坐中狂客。金縷和杯曾有分，寶釵落枕知何日。謾從今、一點在心頭，空成憶。〔註79〕

以上二詞，都寫美人玉手、酥胸，秦觀還增加了白皙的形容。蘇軾描寫加人體態輕盈，表情帶著嬌態；秦觀則欣賞姝麗美人的臉蛋和窄小的腳。文人在書寫胸部部分以酥胸、雪胸帶過，並無多作描述或形容。然而描寫腰肢體態的詞，就有很多種腰部的差異。

茲再舉楚腰爲例，如：

柳永〈促拍滿路花〉：

> 香靨融春雪，翠鬢嚲秋煙。楚腰纖細正笄年。〔註80〕

歐陽脩〈減字木蘭花〉：

> 香生舞袂。楚女腰肢天與細。汗粉重勻。酒後輕寒不著人。〔註81〕

晏幾道〈鷓鴣天〉：

> 楚女腰肢越女腮。粉圓雙蕊髻中開。朱弦曲怨愁春盡，淥酒杯寒記夜來。〔註82〕

〔註78〕唐圭璋編：《全宋詞》，冊1，頁334。
〔註79〕唐圭璋編：《全宋詞》，冊1，頁471。
〔註80〕唐圭璋編：《全宋詞》，冊1，頁44。
〔註81〕唐圭璋編：《全宋詞》，冊1，頁124。
〔註82〕唐圭璋編：《全宋詞》，冊1，頁227。

周邦彥〈解語花・高平元宵〉：

> 風銷焰蠟，露浥烘爐，花市光相射。桂華流瓦。纖雲散，耿耿素娥欲下。衣裳淡雅。看楚女、纖腰一把。簫鼓喧，人影參差，滿路飄香麝。〔註83〕

關於「楚腰」的由來，《墨子・兼愛》卷四載：

> 昔者楚靈王好士細要，故靈王之臣皆以一飯爲節，脅息然後帶，扶牆然後起。比期年，朝有黧黑之色。是其故何也？君說之，故臣能之也。

楚靈王一人喜愛細腰之人，上有所好，下必從之，想受到楚靈王青睞的臣子們，均開始實施減肥計畫，少吃飯一天只能吃一餐、憋氣繫上腰帶，甚至餓到必須「扶牆然後起」。「細腰」這個要求起初是針對大臣而言，並非針對女子，何時開始轉變成對女子體態的偏好要求不可得而知，然而既然知道君王喜愛細腰，成爲流行之時，女子自然也會跟進。《後漢書・馬援傳》載馬援之子馬廖的〈上長樂宮以勸成德政疏〉，傳曰：「吳王好劍客，百姓多創瘢；楚王好細腰，宮中多餓死」〔註84〕，細腰餓死的對象轉爲宮中嬪妃或宮女。此外，先秦時楚國舞蹈便是以長袖、細腰爲特點，楚舞注重輕柔飄逸，腰部必須纖細靈活。李倩〈從娛神到娛人從樂身到樂心——楚樂舞的藝術特徵及其歷史嬗變〉載：

> 古代舞者，尤其是舞女，以纖腰爲尚，以長袖爲美。因爲它不僅能顯露舞者身姿的秀美，也會使舞姿輕盈，增強舞蹈的表現力，顯示舞蹈的飄逸風格。而且這種好尚還主宰了一定時代的服飾潮流，成爲一種地域性、民族性的審美表現。後代的文人墨客常用「纖腰長袖」來形容楚舞，唐人薛能有詩云：「纖腰舞盡春楊柳」，劉禹錫有詩云：「至今猶自細腰多」，杜牧有詩云：「楚腰纖細掌中輕」。〔註85〕

〔註83〕唐圭璋編：《全宋詞》，冊2，頁608。

〔註84〕〔宋〕范曄：《後漢書》，冊5，卷24，頁2701。

〔註85〕李倩〈從娛神到娛人從樂身到樂心——楚樂舞的藝術特徵及其歷史嬗變〉，《江漢論壇》（武漢：湖北省社會科學院，2002年12月），第

舞者因爲跳舞的緣故，腰肢都很纖細，自古以來，無論是女子自身或是世人莫不以腰部纖細柔軟爲美，如唐朝那般講究女性豐腴濃麗的審美觀，因爲時人認爲體態圓潤代表豐衣足食、自然健康，且唐朝皇室有外族血統，本身體格就較健壯，並不要求女子應該骨感纖弱，更注重朝氣活潑的模樣。唐朝這種審美觀，古今中外都很少見，歷史上諸多名妓中也沒有一位是被文人歌詠肥胖圓潤，所以妓女外型大多都是以纖細腰肢、體態輕盈做爲基本要求，文人也喜歡歌詠腰部如柳、如楚女，這是中國自古以來就不變的共同審美標準，宋人妓詞中書寫腰部自然也反映了這項主流審美觀。

（四）舞　姿

舞蹈是先秦以來宴會場合必備的節目，妓女的各種才藝表演中，舞蹈是最吸引人目光跟風格變化最多端的表演，是以妓詞中少不了描寫觀看舞蹈時的記錄，妓女的舞姿變成了視覺書寫重點。例如：

張先〈減字木蘭花〉

垂螺近額。走上紅裀初趁拍。只恐輕飛。擬倩遊絲惹住伊。
文鴛繡履。去似楊花塵不起。舞徹伊州。頭上宮花顫未休。
〔註 86〕

裀是地毯的意思，妓女跟著剛落下的節拍，走上紅色的墊子跳舞，她的體態和舞蹈輕盈的像是要飛上天了，還好繚繞的爐煙像游絲一般牽引住她。下片將視覺移到腳步，寫她穿著鴛鴦繡鞋，「楊花」是指柳絮，她像柳絮般飛舞卻不染塵埃。她用這精湛的舞蹈，紅遍伊州，以頭上的宮花因爲不停舞蹈而顫動不止，寫她舞蹈火紅的程度，整闋詞都扣緊了舞蹈主題。

張先〈天仙子・觀舞〉：

十歲手如芽子筍。固愛弄妝偷傅粉。金蕉並爲舞時空，紅臉嫩。輕衣褪。春重日濃花覺困。　斜雁軋弦隨步趁。

12 期，頁 51。
〔註 86〕唐圭璋編：《全宋詞》，冊 1，頁 68。

> 小鳳累珠光繞鬢。密教持履恐仙飛，催拍緊。驚鴻奔。風袂飄颻無定準。〔註87〕

上片寫這位妓女十歲時手就像筍子芽般白嫩，已經開始學習打扮偷偷上粉。「金蕉」是一種酒杯的名字，後也代指酒。酒杯裡的酒因舞蹈而飲盡，紅臉因爲舞蹈和酒而顯得紅嫩，醉後褪去衣服只覺得想睡了。下片一開始寫舞蹈，當弦聲響起時，舞步也趁時而出，頭上的飾品光芒在鬢邊閃耀著。「密教持履恐仙飛」借鑒漢朝・玄伶〈趙飛燕〉外傳，寫趙飛燕善舞，幾乎乘風爲仙，皇帝爲了留下趙飛燕的鞋子，令她無法仙去〔註88〕；此處引用此典，因爲曲拍很急，舞蹈迅若驚鴻，她的袖子沒有規律地隨風飄揚，想偷偷將妓女的鞋子留下，以免她就這樣化成仙女飛走了。這首詞上下片一樣都有寫到舞蹈，但主要的舞姿視覺摹寫以下片爲主。

筆者在胸腰的分類中曾提到，古代舞者舞蹈多需腰功，所以文人在書寫舞姿時，也會特別點出腰部特徵，例如：

聶冠卿〈多麗・李良定公席上賦〉下片：

> 有翩若輕鴻體態，暮爲行雨標格。逞朱唇、緩歌妖麗，似聽流鶯亂花隔。慢舞縈回，嬌鬟低嚲，腰肢纖細困無力。忍分散、彩雲歸後，何處更尋覓。休辭醉，明月好花，莫謾輕擲。〔註89〕

首句形容這位妓女擁有翩然如輕盈的鳥兒般的體態，並且具有行雲一般的風範。「逞朱唇」句，兼寫視覺與聽覺，形容歌聲妖麗，如同流鶯歌唱。下一句又回到視覺寫舞蹈，這首曲子是慢舞，所以舞姿迴轉緩慢，頭上的飾品因此而垂下，爲了配合慢曲，纖細的腰肢看起來輕飄飄柔弱無力。而後從視覺寫到作者的想法，認爲這樣的舞蹈令人看了捨不得離開，因爲以後不知道要去哪裡找尋如此美好的

〔註87〕唐圭璋編：《全宋詞》，冊1，頁73。
〔註88〕《五朝小說大觀》（臺北：廣文書局，1979年5月），冊1，卷1，頁31～26。
〔註89〕唐圭璋編：《全宋詞》，冊1，頁10。

演出。聶冠卿最後得出的結論是，別離是不可抗拒的，那便及時行樂大醉一場，莫辜負今晚的明月好花好時光。

柳永〈合歡帶〉上片：

身材兒、早是妖嬈。算風措、實難描。一個肌膚渾似玉，更都來、占了千嬌。妍歌豔舞，鶯慚巧舌，柳妒纖腰。自相逢，便覺韓娥價減，飛燕聲消。〔註 90〕

柳永這首詞，使用了視覺和聽覺兩種感官書寫。首句先寫妓女的身材妖嬈，這是就具體而言，第二句則寫抽象的風韻，美好難以描繪。再寫另一位妓女的肌膚像玉一般，是如此千嬌百媚。靡麗之音，連黃鶯聽了都要自愧不如；妖豔之舞，連柳條都要嫉妒她的纖細腰肢；此處使用錯縱法、誇飾法和轉化法三種修辭。最後以「韓娥價減，飛燕聲消」譬喻兼映襯，蓋因韓娥善歌、飛燕擅舞，柳永誇讚兩位妓女的歌聲和舞蹈比前人更勝一籌。

晁補之〈碧牡丹・王晉卿都尉宅觀舞〉：

院宇簾垂地。銀箏雁、低春水。送出燈前，婀娜腰肢柳細。步蹙香裀，紅浪隨鴛履。〈梁州〉緊，鳳翹墜。悚輕體。　繡帶因風起。霓裳恐非人世。調促香檀、困入流波生媚。上客休辭，眼亂尊中翠。玉階霜透羅袂。〔註 91〕

這首詞上下闋都在形容舞蹈，上片先寫場景布置，而後舞妓出場，「婀娜腰肢柳細」寫她體態輕盈柔美，一步一步走在香墊上，紅色的墊子隨著她的鴛鴦步履如浪般翻飛。〈梁州令〉曲節拍快速，妓女頭上的鳳翹垂墜，她如此輕盈的舞姿讓人感到驚悚。下片寫舞妓跳舞時繡帶飄飛，就像身著霓裳舞衣的仙女一樣，不似凡人。調子在「絲篁」檀木製的拍板下越來越快，美人的眼神中帶著嫵媚之波光。讓賓客不要推辭酒杯，好好欣賞舞蹈，直到玉階上的白霜沾染衣袂為止。晁補之以精湛之妙筆，紀錄了宴會中視覺所見的景物、妓女風姿、舞姿，以及客人的反應，靠著感官書寫活靈活現地重現在讀者眼前。

〔註 90〕唐圭璋編：《全宋詞》，冊 1，頁 32。
〔註 91〕唐圭璋編：《全宋詞》，冊 1，頁 578。

二、聽　覺

聽覺是緊接於視覺之後人類第二依賴的感官，人類莫不希望能耳聰目明，也習慣聽各種聲音，自然的、人工的，特別喜愛悅耳的聲音。在歡宴場合中，樂器聲、樂曲、歌聲、妓女說話的聲音，文人用耳朵聽覺接收後，便將這些感覺紀錄於詞中。例如：

晏幾道〈浣溪沙〉：

唱得紅梅字字香。柳枝桃葉盡深藏。遏雲聲裏送離觴。
才聽便拚衣袖濕，欲歌先倚黛眉長。曲終敲損燕釵梁。
〔註 92〕

這是一首送別詞，邀請妓女唱曲送別勸酒，整首著力描寫妓女的歌聲，並烘托出效果。上片「唱得紅梅字字香」乃是使用移覺效果，妓女唱著梅花曲調，悅耳之聲讓人彷彿聞到眞正的梅花香，巧妙地將聽覺與嗅覺結合起來。第二句「柳枝」、「桃葉」既可指送別曲〈楊柳枝〉、〈折楊柳〉，又可指其他歌女，當這位歌妓唱出此曲時，其他歌妓、歌曲，都只能羞愧深藏。究竟是怎麼樣的歌聲呢？第三句說「遏雲」，可見歌妓的聲音清亮，而「送離觴」則點出唱歌是爲勸喝送別酒。下片書寫聽完曲的效果，才剛聽就想流淚，令聞者感動到也跟著節拍開始敲擊、唱和，曲子結束後連頭上的釵梁都像要因此被敲損。

晏幾道〈菩薩蠻〉：

哀箏一弄〈湘江曲〉。聲聲寫盡湘波綠。纖指十三弦。細將幽恨傳。　　當筵秋水慢。玉柱斜飛雁。彈到斷腸時。春山眉黛低。〔註 93〕

妓女彈箏，選擇曲中哀傷的〈湘江曲〉，此曲一聲一聲，彷彿令人看見湘江碧綠清澈的水波，同時也顯得清冷。晏幾道不用「彈」而用「寫」字，將彈奏琴曲與書寫文字連結在一起。纖細的手指在十三根箏弦上輕移，緩緩將隱藏的怨恨自琴中傳出。下片寫彈奏者之神態，演奏時女子的眼波舒慢，箏上的玉柱如斜飛的燕子。彈到曲子

〔註 92〕唐圭璋編：《全宋詞》，冊 1，頁 240。
〔註 93〕唐圭璋編：《全宋詞》，冊 1，頁 235

最令人斷腸難過的時候，妓女那如遠山黛色的雙眉也輕蹙在一起。這闋詞巧妙地將視覺和聽覺融合在一起，所謂「哀箏」並不只是因爲〈湘江曲〉基調悲哀，而是整個宴會場合、妓女的演奏，都瀰漫著哀傷的幽恨，聲情交融，含蓄婉轉。

以上所舉二例，一是全寫歌曲，二是全寫琴曲，但接是由妓女演奏，所以除了聽覺之外，文人往往也會一併摹寫視覺。在聽覺書寫中，歌舞並行其實才是最常見的例子，如晁補之〈菩薩蠻・代歌者怨〉

> 絲篁鬥好鶯羞巧。紅檀微映燕脂小。當□斂雙蛾。曲中幽恨多。　　知君憐舞袖。舞要歌成就。獨舞不成妍。因歌舞可憐。〔註94〕

上片寫音樂和歌曲，「絲篁」是弦管樂器，也用來借指音樂。於音樂、歌聲上，這位歌妓自認能令黃鶯羞愧，紅檀樂器映著她的淡妝容顏；然而她卻是蹙歛眉毛，曲中傳來許多幽恨。下片寫幽恨的緣由，以妓女的口吻緩道：知道你喜歡看舞蹈表演，但是舞蹈需要歌聲音樂伴奏才能相得益彰；單獨舞蹈不夠美好，是因爲有歌聲的陪襯，才能更顯得舞蹈楚楚可憐之美。晁補之這闋詞，事實上已經代筆者說明，爲什麼在妓詞、宴會場合中，歌和舞向來是不分家。歌聲可以清唱、搭配樂器；舞若沒有音樂和歌聲伴奏，則未免單調失趣。而音樂、歌和舞的結合，正反映文人視覺和聽覺感官混合描寫的現象。

至於視覺與聽覺之交寫現象，業師王偉勇曾說：

> 就視覺、聽覺交寫言之，兩宋詞人所採取之書寫策略凡三：一爲全詞以一歌一舞之方式鋪展；一爲上下片分寫歌、舞之方式呈現；一爲側重上片或下片，進行視、聽覺交寫。〔註95〕

筆者研究所見亦同，因篇幅限制無法一一舉例說明，王師在〈關於「歌妓」之視覺與聽覺書寫——以宋詞爲例〉已有詳細論證，可與

〔註94〕唐圭璋編：《全宋詞》，冊1，頁578。
〔註95〕王偉勇：〈關於「歌妓」之視覺與聽覺書寫——以宋詞爲例〉，頁45。

本文交互觀照。

三、嗅　覺

嗅覺是用鼻子去分辨氣味，人類天生喜歡香味，討厭臭味，古人不只聞花香，也喜愛配戴香囊，甚至點薰香，所以飲宴場合，常常有各種香味。筆者以「香」字檢索詠妓詞，得出超過 160 個「香」字，雖然未必每種都是指嗅覺所嗅出的香味，但也足見妓詞中充分表現出人類對香味的喜愛。

關於香的用法，除了「香」字單用外，大概有以下幾種：

（一）具體香氣：餘香、龍香、酒香、清香、濃香、香粉、香膏、香蓮、荷香、暗香、香囊、粉香、香麝。

（二）人體：香雲、香鬢、嬌香、香腮、香臉、香臍、香酥、肌香、香臂。

（三）物品：香陌、香塵、香閣、香幃、香屏、香箋、香檀、香裀、香階、香獸、香雪、香茵、香汗、香片、袖香、香鑊、衣香、香玉、香衾、香羅、口脂香、返魂香、香鴨、香帕子、沈香、香稠、香泉、香墨、香韉、香奩、香輪、香街、塵香。

（四）其他：香暖、擷香、尋香、棲香、香紅、飄香、塗香、香噴、香透、香風、香嫩、舊香、香融。

以上的香字使用方式，雖未一一解析詞句，已可得出幾項結論。一、妓詞中文人對「香」情有獨鍾，彷彿希望世間一切都是香的。二、妓詞中的「香」，未必都與實際的嗅覺有關。三、「香」字結合物品名稱，用來修飾物品，是使用率最高的用法。四、形容妓女的身體，主要是以臉部爲主，如：香鬢、香腮、香臉；次要才是以身體部位，如頭髮、肚臍、手臂、肌膚。

以具體香氣爲例，例如：

晏殊〈行香子〉：

舞雪歌雲。閑淡妝勻。藍溪水、深染輕裙。酒香醺臉，粉色生春。更巧談話，美情性，好精神。〔註96〕

周邦彥〈鳳來朝·越調佳人〉：

說夢雙蛾微斂。錦衾溫、酒香未斷。待起難捨拚。任日炙、畫欄暖。〔註97〕

在妓詞中，二首詞都寫到酒香，前者因酒香而臉色紅嫩；後者穿著溫暖的錦衣，聞著令人散發暖意的酒香，明知該起身了還是難以捨棄。這兩首妓詞中都未說明酒香是哪種酒、又是散發什麼香氣。酒是中國文化之一，可做爲醫療、放鬆、娛樂、澆愁解悶等用途。在酒的品評標準中，色澤、滋味、香氣缺一不可。酒是天然之物發酵過的產物，每一種酒都有它獨特的氣味，無論是吸氣，或是飲酒呼氣，甚至在口腔中，人對酒味的嗅覺十分明顯。飲宴場合，酒是重要的必備飲品，文人和妓女自然也會飲酒，酒的香味充斥在鼻間，也被文人寫入妓詞之中。

嗅覺未必會用「香」字表達，如麝熏、水麝、麝油是指麝香、蘭麝則指蘭香與麝香。在具體香氣方面，妓詞中可分爲兩種，一種是天然香味，如荷香、蓮香等；另一種是將天然素材經由人工精製過的香味，如酒香、龍香、粉香、香膏等。

香味是一種主觀認定，例如墨香、汗香到底算不算香味，便可能有爭議，端看嗅聞的人喜不喜歡。另外，在用香字形容物品時，部分物品上面可能眞的灑上香味，或者因爲妓女身上的香水而沾染香味，但是大部分是文人心理因素認定的香味，而非透過鼻子嗅覺聞到物品上的香氣。

四、觸　覺

觸覺在感官詞中，數量比例是最少的。因爲觸覺必須透過手或腳碰到人事物，才會產生的感覺。在飲宴場合中，文人觸碰妓女的機會

〔註96〕唐圭璋編：《全宋詞》，冊1，頁88。
〔註97〕唐圭璋編：《全宋詞》，冊2，頁617。

相對稀少，但部分妓詞中還是會寫到，例如：

柳永〈小鎮西〉：

> 意中有個人，芳顏二八。天然俏、自來奸黠。最奇絕。是笑時、媚靨深深，百態千嬌，再三偎著，再三香滑。〔註98〕

「再三偎著，再三香滑」，因爲偎著的動作，使柳永有機會觸碰到妓女的肌膚，「香滑」便是觸覺，形容對方肌膚的細如凝脂，甚至帶有香味。

蘇軾〈皂羅特髻〉寫道：

> 眞個、采菱拾翠，但深憐輕拍，一雙手、採菱拾翠，繡衾下、抱著俱香滑。采菱拾翠，待到京尋覓。〔註99〕

〈皂羅特髻〉這個詞調只有蘇軾使用，全詞不段重複七次「採菱拾翠」，皂羅是種黑色輕薄絲織品，適合用來作絲帶，是宋代女性常用的頭飾。此調頗有樂府民歌的色彩。「采菱拾翠」本是一種動作，曹植〈洛神賦〉有「或採明珠，或拾翠羽」〔註100〕句，蘇軾此詞卻是指兩位妓女之名。其中，「抱著俱香滑」，便是觸覺描寫。全妓詞中只有柳永和蘇軾使用「香滑」來形容妓女觸感。

賀鑄〈問歌顰〉雖有「清滑京江人物秀」〔註101〕句，但是就整首詞看來，「清滑」是就視覺上論之。歐陽脩〈玉樓春〉：「杯深不覺琉璃滑」〔註102〕，則是寫觸碰琉璃杯的感觸。

本節論妓詞中的感官書寫，粗分視覺、聽覺、嗅覺、觸覺，其中視覺所描寫的範圍最廣，例如筆者在第四章〈贈妓詞〉「對妓女外貌、用品的描寫」之歸納統整，事實上都適用於本節詠妓詞中的視覺描寫。又，視覺和聽覺雖是兩種不同感官書寫，但是文人在寫作的當時，並無特別區分何種感官才塡詞，有許多都是混用，甚至在

〔註98〕唐圭璋編：《全宋詞》，冊1，頁43。

〔註99〕唐圭璋編：《全宋詞》，冊1，頁319。

〔註100〕〔南朝梁〕蕭統：《文選》（臺北：藝文印書館，1991年12月），卷19，頁275～277。

〔註101〕唐圭璋編：《全宋詞》，冊1，頁509。

〔註102〕唐圭璋編：《全宋詞》，冊1，頁133。

一首詞間有綜合的感官書寫。感官書寫所要呈現的，是文人在不經意間，究竟都使用、以及注目什麼感官，並將感受寫入詞中；此外，文人感官的描寫對象、用詞，也都反映了文人對當時人事物的喜愛和關注。

第三節　贈妓詞、詠妓詞的侷限

關於妓詞的各種內涵和特色，在前面幾章已經做過詳細的論述，本節要探討的是，妓詞的發展和興盛，就詞體而言是否有什麼侷限？李劍亮〈歌妓對唐宋詞的負面影響〉曾歸納出三種負面：一、詞人創作態度的隨意性；二、一些詞作中存在著色情的傾向、三、一些詞人的審美心理出現病態趣味。〔註 103〕三種歸納都有其道理和證據能夠自圓其說，但是對「負面」的說法，筆者不以爲然。

所謂的特色，是一種事物明顯區別於其他事物的風格、形式等，是由該事物所處的環境和本身的型態所界定。當某事物在特定時空中有其有別於其他相似或不相似的獨特性，這便是一種特色。物有陰陽，事有正反，當一件事物有其特色時，這個特色可能是優點也可能是缺點，譬如蘇軾以詩入詞、開豪放詞派，創作視野廣闊，氣象恢弘，極有特色，然而在婉約詞派的眼中，蘇軾寫詞不拘守音律，格律欠精、過於散化、韻味不濃；又如周邦彥、姜夔等格律派詞人重音律、雕琢、典雅、避俗，然而在其他詞派眼裡，只覺得重格律而輕內容，雕琢堆砌，晦澀難懂。

文學並沒有對錯，只是看待的角度和立場的不同，與其說是缺點、負面，以主觀的角度去批判某事物的特色，筆者認爲這是一種身爲人的「侷限」。礙於每個人的生長背景和知識不同，要完全絕對客觀並不可能；另外，一事物有特色，必然有著與其他事物特色相左的地方，如果都相同，也不能稱之爲特色了。所以本章節要探討的，就

〔註 103〕 李劍亮：《唐宋詞與唐宋歌妓制度》，頁 210～221。

是妓詞在詞的發展過程中的影響，所造成詞的特色與侷限。

一、詞牌多爲小令，喜用齊言、音樂性強之詞牌

本論文所整理妓詞共 472 首，使用 189 種詞牌，各詞牌數量統計如下：

21 首：〈浣溪沙〉、〈玉樓春〉

20 首：〈木蘭花〉、〈菩薩蠻〉

15 首：〈減字木蘭花〉、〈鷓鴣天〉

11 首：〈清平樂〉

10 首：〈少年遊〉、〈滿庭芳〉、〈南鄉子〉

8 首：〈虞美人〉、〈訴衷情〉

7 首：〈更漏子〉、〈南歌子〉、〈定風波〉

6 首：〈蝶戀花〉、〈驀山溪〉、〈采桑子〉、〈臨江仙〉

5 首：〈鵲橋仙〉、〈西江月〉、〈減字浣溪沙〉

4 首：〈河傳〉、〈醜奴兒〉、〈點絳唇〉、〈阮郎歸〉、〈漁家傲〉、〈浪淘沙〉、〈江城子〉、〈長相思〉

3 首：〈小重山〉、〈玉蝴蝶〉、〈兩同心〉、〈定西番〉、〈木蘭花減字〉、〈望江南〉、〈一絡索〉、〈好事近〉、〈感皇恩〉、〈生查子〉、〈調笑令〉、〈青玉案〉、〈品令〉

2 首：〈天仙子〉、〈玉團兒〉、〈沁園春〉、〈河滿子〉、〈花心動〉、〈迎春樂〉、〈看花回〉、〈風流子〉、〈剔銀燈〉、〈烏夜啼〉、〈鬥百花〉、〈御街行〉、〈鼓笛慢〉、〈滿江紅〉、〈碧牡丹〉、〈綠頭鴨〉、〈鳳棲梧〉、〈鳳銜杯〉、〈憶仙姿〉、〈憶秦娥〉、〈攤破浣溪沙〉、〈永遇樂〉、〈雨中花令〉、〈殢人嬌〉、〈卜算子〉、〈定風波令〉、〈調笑轉踏〉、〈歸田樂引〉、〈行香子〉、〈雨中花〉

1 首：〈一剪梅〉、〈八六子〉、〈千秋歲〉、〈小鎮西〉、〈山亭柳〉、〈六么令〉、〈引駕行〉、〈付金釵〉、〈玉女瑤仙佩〉、〈玉山

枕〉、〈玉連環〉、〈甘州令〉、〈合歡帶〉、〈多麗〉、〈早梅芳〉、〈江南曲〉、〈江神子〉、〈吹柳絮〉、〈呈纖手〉、〈尾犯〉、〈折紅梅〉、〈步花間〉、〈侍香金童〉、〈夜行船〉、〈花幕暗〉、〈金明春〉、〈青門飲〉、〈促拍滿路花〉、〈南柯子〉、〈垂絲釣〉、〈洛陽春〉、〈洞仙歌〉、〈秋蕊香〉、〈紅窗聽〉、〈苗而秀〉、〈哨遍〉、〈夏雲峰〉、〈浪淘沙令〉、〈浪濤沙〉、〈破陣子〉、〈茘枝香〉、〈迷仙引〉、〈偶相逢〉、〈問歌顰〉、〈尉遲杯〉、〈惜春郎〉、〈望海潮〉、〈笛家弄〉、〈第一花〉、〈賀新郎〉、〈勝勝慢〉、〈喜遷鶯〉、〈換追風〉、〈最多宜〉、〈琴調相思引〉、〈畫樓空〉、〈窗下繡〉、〈華胥引〉、〈雁後歸〉、〈意難忘〉、〈瑞鷓鴣〉、〈群玉軒〉、〈解連環〉、〈解語花〉、〈辟寒金〉、〈夢楊州〉、〈滿園花〉、〈綺筵張〉、〈鳳求凰〉、〈鳳來朝〉、〈鳳凰臺上憶吹簫〉、〈鳳凰閣〉、〈翦牡丹〉、〈踏莎行〉、〈輪臺子〉、〈醉花陰〉、〈醉桃源〉、〈醉落魄〉、〈蕙香囊〉、〈選冠子〉、〈錦堂春〉、〈鴛鴦語〉、〈擊梧桐〉、〈燭影搖紅〉、〈薄倖〉、〈謝池春慢〉、〈斷湘弦〉、〈歸風便〉、〈璧月堂〉、〈翻翠袖〉、〈轉調醜奴兒〉、〈題醉袖〉、〈攀鞍態〉、〈攤破木蘭花〉、〈鹽角兒〉、〈豔聲歌〉、〈下水船〉、〈水龍吟〉、〈慶春澤〉、〈醉垂鞭〉、〈憶帝京〉、〈夢仙鄉〉、〈定情曲〉、〈惜奴嬌〉、〈辨弦聲〉、〈征部樂〉、〈集賢賓〉、〈步蟾宮〉、〈紫玉簫〉、〈南曲〉、〈一叢花〉、〈拜星月〉、〈瑞龍吟〉、〈花想容（武陵春）〉、〈晝夜樂〉、〈皂羅特髻〉。

超過 20 首的詞牌爲：〈菩薩蠻〉、〈浣溪沙〉、〈玉樓春〉、〈木蘭花〉。這四個詞牌最明顯的共同點在於，都是唐代教坊曲，都是小令。其中〈玉樓春〉、〈木蘭花〉兩詞牌，原爲兩詞牌，唐朝〈木蘭花〉句式參差，而宋人所塡則定爲七言八句。宋代〈木蘭花〉雙調 56 字，前後闋格式相同，各三仄韻，一韻到底。宋人混淆誤用之，二詞牌平仄句式全同，實應統一計算爲同一詞牌，共 41 首，再加上〈減字木蘭花〉

15首、〈木蘭花減字〉3首、全部共有59首〈木蘭花〉，約佔了選用詞牌的1/3，絕非巧合。

以引用最多的四種詞牌來看，依字句格律言，皆是齊言句式，例如〈菩薩蠻〉上片「七七五五」句、下片「五五五五」句；〈浣溪沙〉上下片各三句，皆爲七言；〈玉樓春〉、〈木蘭花〉爲上片「七七三三七」、下片「七七七七」或上下片皆「七七七七」句式。這些詞牌音樂性強，用韻多，顯得節奏分明。

綜上所見，北宋妓詞選用詞牌幾乎都是小令，使用越多次的詞牌，代表四種意涵：一、作者個人的喜好；二、該詞牌十分適合創作妓詞；三、當時流行的詞牌；四、適合宴會場合。

妓女唱詞是宴會娛樂節目之一，詞人詠妓贈妓都需要琢磨場合、時間和自己擅長的詞牌，在短時間內進行創作，才能達到表演和消遣的最佳效果。關於詞的體製，王力《漢語詩律學》說：

> 我們以爲詞只須分爲兩類：第一類是六十二字以內的小令，唐五代詞大致以這範圍爲限；第二類是六十三字以外的慢詞，包括《草堂詩餘》所謂中調和長調，它們大致是宋代以後的產品。〔註104〕

關於小令的字數限制尚無定論，例如清代毛先舒《塡詞名解》以爲「凡塡詞，五十八字以內爲小令……九十一自以外者，俱長調也。」〔註105〕在此並不考據小令的定義，且體製是否能以字數作爲區分點，令人費解。詞與樂曲密不可分，小令在燕樂中，是「曲破」中節奏明快的部分，與酒令也有關，如〈下水船〉、〈荷葉杯〉等，夏承燾〈令詞出於酒令考〉便有詳細論述。〔註106〕小令的起源必定比慢詞早，教坊曲即是小令，不管單片、雙片或多片，有齊句也有長

〔註104〕王力：《漢語詩律學》（香港：中華書局，1999年5月），頁519～520。

〔註105〕〔清〕先舒：《塡詞名解》，收錄於查培繼輯：《詞學全書》（臺北：廣文書局，1971年4月），卷1，頁29。

〔註106〕夏承燾：〈令詞出於酒令考〉，收錄於《詞學季刊》（上海：上海書店，1985年12月），第3卷，第2號，頁12～14。

短句，如〈竹枝〉、〈浪淘沙〉便整齊如五言絕句，才有詩餘、長短句之稱。慢詞自宋代柳永以後開始流行，是小令發展到興盛後，宋朝文人譜出的流行曲詞。「慢詞」即搭配「慢曲」，節奏舒緩而漫長，在節奏和音樂上的變化也更多，曲折婉轉，填詞自然字數也增多，更能拓展詞的內容。

慢詞固然有較多的時間和字數能讓作者發揮更多的歌詞，也能讓妓女在歌唱時使用更多的歌唱技巧和情緒表演，然而這也是它之所以沒有辦法成爲妓詞大宗詞牌的理由。原因如下：一、宋代文人並非人人都懂音樂，只能依照格律填詞，填寫慢詞的難度比小令更加提高許多。二、慢詞纏綿悱惻固然動人，然而宴會場合需要熱鬧，短小急促的小令音樂通常節奏歡快，較符合現場需求。三、妓詞大多數是現場即興創作，小令易記好寫，文人才能大展七步成詩般的敏捷文采。

使用小令創作變成妓詞的特色之一，本是因應需求而選用。飲宴應酬場合何其多？文人大多以小令創作，則中調、慢詞部分就會受到影響而發展緩慢，詞作數量必定較少，在音律發展方面，也會有所限制，以歡快短小曲子居多。妓詞喜用小令的情形，就詞曲本身的發展來說，就會變成一種侷限。

二、主題集中於妓女自身及其相關人事物

詞作爲一種文學體裁，受到詩、音樂的影響，有別於詩的言志教化功能，所注重的是抒情婉約的創作，造成在創作題材上本身就有了一些侷限。胡雲翼《宋詞研究》載：

> 宋詞所描寫的對象，不過是「別愁」、「閨情」、「戀愛」的幾方面而已。我們不但不能在宋詞裡面發現和〈孔雀東南飛〉一樣的長篇敘事詩來，就是杜工部、白香山那種描寫平民痛苦的作品也沒有。……這雖說是詞的體裁，不適宜於那樣的描寫，卻可以證明詞描寫對象的狹隘。沈伯時說：「作詞與作詩不同，縱花草之類，亦須略用情意，要入閨

> 房。」余元鼎說：「詞以艷麗爲工。」這更可證明詞只是艷科。雖有蘇軾、辛棄疾打破詞爲艷科之目，起而爲豪放的詞；但當時輿論均說是別派，非是正宗。〔註 107〕

胡雲翼認爲詞的體裁不適合用來敘事書寫，主張詞重視的是情意書寫，所以主題都侷限在「別愁」、「閨情」、「戀愛」幾個方面，修辭以艷麗爲藝術特色。縱然有蘇辛豪放詞，但時人認爲是別派，並不似金人一般稱讚有加；何況蘇辛豪放詞與婉約詞的比例便可得知婉約才是詞的正宗。

胡適《詞選》說：「蘇東坡以前，是教坊樂工與妓女歌唱的詞；東坡到稼軒、後村，是詩人的詞；白石以後，直到宋末元初，是詞匠的詞。」〔註 108〕妓詞包含在宋詞之中，是詞的一類主題，胡雲翼所述的主題自然也都囊括在其中，詞本身的題材已有侷限，妓詞在這些侷限中又有它的侷限。

妓詞所寫的內容，不外乎是妓女本人、音樂才藝表演、文人本人、主人和賓客、宴會景色與盛況等，交雜著閨怨、愛情、別愁這些小情小愛和感官享受紀錄。妓詞中沒有沉痛的家國之思、沒有一唱三嘆的重要寄託、沒有豪放的措辭和風光情景、沒有使用冷僻獨特的典故。就文學視角而言，妓詞確實主題集中而狹隘，沒有太多的變化和新意；就妓詞本身而言，這些環境、人物、愛情、宴會活動和物品，本來就是構成妓詞產生的要素，也可以說，只寫這些跟妓女有關的小事和條件的詞，便是妓詞。

三、易流於俗豔與儒家道德邊緣

妓詞最讓人詬病之處，便在於它的內容或用詞易流於俗豔、色情、不雅，然而標準爲何？李劍亮說：「以往的詞學研究，往往只是從傳統的道德觀和價值觀的角度來關照，對詞人交往歌妓視爲批判對

〔註 107〕胡雲翼：《宋詞研究》，第一編，冊 26，上篇，頁 72。

〔註 108〕胡適：《詞選》，頁 10～11。

象，有的甚至以此作爲對詞人的人品品評的依據。」〔註 109〕北宋詞人中，柳永就因作「艷詞」而被主流詞壇所揚棄，理由之一，便是他寫作大量以妓女爲主體的詞，讓人過於色情、放蕩、俚俗，是故柳永從此成爲俗豔之詞的指標性人物，這種批判自宋代便已形成，例如：

王灼《碧雞漫志》：

> 「淺近卑俗……比都下富兒，雖脫村野，而聲態可憎。」〔註 110〕

吳曾《能改齋漫錄》：

> 「仁宗留意儒雅，務本理道，深翊浮艷虛薄之文。初，進士柳三變，好爲淫冶謳歌之曲，傳播四方。」〔註 111〕

黃昇《花菴詞選》：

> 「耆卿長於纖艷之詞，然多近俚俗，故市井之人悅之。」〔註 112〕

張炎《詞源》：

> 「詞欲雅而正，志之所之，一爲情所役，則失其雅正之音。……康、柳詞亦自批風抹月中來，風月二字，在我發揮，二公則爲風月所使耳。」〔註 113〕

時人對柳永詞頗有微辭，「淺近卑俗」、「鮮艷」、「俚俗」、「風月」、「爲情所役」，也有稱讚其音律和技巧方面的才華，但是以詞話筆記整體而言，負面批評不少。柳永這種詞風和主題，後來被當成不良典範，在批評詞人與詞作時，會被拿來做比較，如蘇軾斥責秦觀學做柳七詞，秦觀矢口否認，又如羅大經《鶴林玉露》：

> 伯可專應制爲歌詞，諛艷粉飾，於是聲名掃地，而世但以

〔註 109〕李劍亮：《唐宋詞與唐宋歌妓制度》，頁 3。

〔註 110〕〔宋〕王灼：《碧雞漫志》，卷 2，頁 11。

〔註 111〕〔宋〕吳曾：《能改齋漫錄》（臺北：木鐸出版社，1982 年 5 月），卷 16，頁 480。

〔註 112〕〔宋〕黃昇：《花庵詞選》，收錄於《文津閣四庫全書》（北京：商務印書館，2005 年），卷 5，頁 505～506。

〔註 113〕〔宋〕張炎：《詞源》，收錄於唐圭璋編：《詞話叢編》（臺北：新文豐出版公司，1988 年 2 月），頁 266。

> 比柳耆卿輩矣。〔註 114〕

康與之寫作艷詞，竟然嚴重到「名聲掃地」，被拿來和柳永比較，羅大經這段評論既夾帶遺憾，又有要人警醒，學詞莫如柳永之意。然而柳永的詞風和妓詞主題，是否眞有過錯？雅和俗究竟以何爲準繩？

陳麗麗〈論兩宋贈妓、詠妓詞的異同〉曾提出兩宋贈妓、詠妓詞的繁榮及成因：

> 詞本是花間、樽前供歌兒舞女表演助興的產物，與儒家禮教正統規範相距甚遠，因此，男歡女愛的追求、聲色情愁的宣洩，在詞史早期不僅沒有絲毫禁忌，反而被視爲當行本色。〔註 115〕

陳麗麗所論雖言過其實，有失客觀，然而詞本是聲色娛樂的產物，妓詞更是詞中尤其重視感官享受的類別，用來表演助興、勸酒侑觴、應酬唱和。無論是詞或妓詞的起源，都與妓女有關，早在文人還在吟唱齊言詩時，妓女和樂工們就已經爲詞這一音樂文學開始嘗試創作。男歡女愛、聲色情愁，用詞淺俗，本就是民間文學的特色，如果一定要替詞定雅俗之歸屬，那麼早在開創之時，詞本就是一種俗文學。

後來文人開始創作文人詞，相對於沒有讀過多少聖賢書的百姓、妓女、樂工而言，在文人最初填詞時，便已有了最簡單的雅俗之分。雅與俗是相互關聯又對立的，若無俗詞，便無雅詞之說。等到大量文人開始投入詞的創作後，民間詞相對式微，相較之下高雅優美的文人詞，更受附庸風雅的大眾喜愛。

詞的雅與俗，可以從形式和內容分論。一是就形式言，遣詞用字倘若過於直白、融入民間用語、方言等，甚至是過於簡單、老套的詞彙，便容易被判定爲俗詞。另一種是就詞的內容言，詞的內容是否有內涵、富有蘊藉、詞風是否婉約等，是比形式更加主觀且比較抽象的判定標準。

〔註 114〕〔宋〕羅大經《鶴林玉露》，冊 3，卷 10，頁 102～103。

〔註 115〕陳麗麗〈論兩宋贈妓、詠妓詞的異同〉，收錄於《江西社會科學》（南昌：江西社會科學院，2012 年），第 10 期，頁 103～106。

妓詞不管在形式、內容兩方面，由於使用的場合、演唱的對象、主題等因素，很容易誤觸俗與道德的界線。主要是因爲文人受到傳統儒學的影響，對於詩樂、詩教觀念已有先入爲主的意識，言行舉止、措辭用語，自有一套準繩。妓詞描寫感官、聲色、娛樂、情慾，在酒酣耳熱之時，調笑之語、情色之思，甚至是輕薄之舉等，都有可能被寫入妓詞中，使得妓詞在詞這個體裁中，數量雖然很多，卻被詬病，視爲詞中的俗詞兒頗有微詞，對待妓詞在批判上也更激烈嚴格。這樣的觀念一直延續至今，妓詞方面的研究專書寥寥可數；妓女與詞的關係，在中國文學史或詞史中，仍然沒有地位；坊間各種詞選、文人的代表作中，妓詞始終因爲俗而無法讓人另眼相看。

沈松勤《唐宋詞社會文化研究》說：

> 唐宋詞俗的內涵應包括世俗、通俗、庸俗等數端。其中世俗是「新聲」的突出個性。唐宋詞所反映的世俗情慾、世俗觀念和世俗生活，是作爲「新聲」的文學本質所在，是區別於歷代正統詩文的文學新價值的顯現。唐宋詞首先是世俗文學，無論是其言詞的純雅抑或通俗，其本質都是世俗的。語言的典雅或技巧的嫻熟、意象的精美只是作品外在的表象。〔註 116〕

誠如沈松勤所說，沿用至妓詞也是同樣的道理。詞的本質、和特色本來就與「俗」脫離不了關係，倘若以俗來批判妓詞，認爲這是妓詞的缺點，筆者認爲是非戰之罪。況且雅與俗只是一種觀看的角度，就如同婉約和豪放、音律和內容一般，是一種賞析的標準，只是立場不同。以文人主流的觀點來看妓詞，筆者也無法否認妓詞確實有俗艷、色情之作，但是文學沒有對錯，在主流的詞作和觀念之中，「俗艷」和有違道德的色情，是妓詞的特色之一，也是它不可避免的侷限。

〔註 116〕沈松勤《唐宋詞社會文化研究》，頁 295。

第六章　妓詞之傳播與創作心態

第一節　音樂、妓詞、傳播

詞被稱爲「曲詞」、「曲子詞」、「曲子」，另外又有「樂府」、「長短句」、「詩餘」、「倚聲」，除「長短句」外，詞的別稱都與音樂有關。在詞的起源說裡，以音樂區分，則隋唐燕樂、中原音樂（清樂、民間樂曲、法曲）、旋宮，各自有人主張。〔註 1〕與各種音樂的結合，「倚聲填詞」之後，便產生曲詞。

一、音樂、詞與妓

詞是一種與音樂相結合且可歌唱的文體，音樂性是詞主要的特質之一。而詞曲又怎麼和妓女產生關係？胡適〈詞的起源〉說：

> 依曲拍作長短句歌詞，這個風氣是起於民間，起於樂工歌妓。文人是最守舊的，他們仍作五七言詩。而樂工歌妓只要樂歌好聽好唱，遂有長短句之作。劉禹錫、白居易、溫庭筠一班人都是和娼妓往來的；他們嫌娼家的歌詞不雅，……於是也依樣改作長短句的新詞。〔註 2〕

〔註 1〕詳見：王偉勇、薛乃文：《詞學面面觀》，第一章〈詞的起源〉對各種說發有詳細探討（臺北：里仁書局，2012 年 10 月），頁 1～69。

〔註 2〕胡適：《詞選》，頁 293～294。

依曲拍作詞，是源於民間，而創作者，是被統稱爲「伎」的樂工和妓女，由於表演需求，先是創造好聽的樂曲，再塡上歌曲的歌詞，以合樂之後好聽好唱爲主，並不在乎是否演唱是齊言詩形式。而文人與妓交往過程中，發現樂曲好聽，然而歌詞卻不雅，遂替歌曲寫上新詞，形式完全依照原本長短句的形式，一部分的文人便開始創作文人詞，而大部分文人的主流還是寫詩。

唐初承襲隋制，設立完整教坊制度，招募樂工、妓女，成爲官方的音樂機構，由太常寺管理，所演奏的音樂是屬於娛樂性音樂，與太樂署演奏儀式用的雅樂有所區別。在教坊中學習者，被稱作「教坊妓」。教坊有左、右之分，右多尙歌，左多工舞，又依其技藝、特色、服務對象不同，被分成不同等級，妓女的分工便已初步完成。教坊的工作，在於一邊採收民間樂曲，一邊創制新聲，同時栽培歌舞妓，以供應宮廷饗宴娛樂的需求。

妓女與樂工合作，透過學習也通樂理，並能透過實際演唱去研磨新的唱法或歌曲。唐代段安節《樂府雜錄》載：

> 開元中，內人有許和子者……選入宮，即以永新名之，籍於宜春院。既美且慧，善歌，能變新聲。韓娥、李延年歿後千餘載，況無其人，至永新始繼其能，遇高秋朗月，臺殿清虛，喉轉一聲，響傳九陌。〔註3〕

戰國韓娥善歌，歌聲具有感染力，餘音繞樑三日而不絕；漢代李延年擅長音律歌舞，深受皇帝寵幸；教坊妓永新便是足以拿來媲美與她們的名妓，深受唐玄宗寵愛。這種音樂才能和歌唱技巧，足以影響教坊曲詞的創作。

二、妓與詞的傳播

詞是入樂而且可以唱的，那麼主要是由誰來演唱？胡適在《詞選・序》提出「詞起源於民間」曰：

〔註3〕〔唐〕段安節：《樂府雜錄》（北京：中華書局，1985年），頁16～17。

> 詞起於民間，流傳於娼女歌伶之口，後來才漸漸被文人學士採用。〔註4〕

可見由妓女演唱詞的情形在詞未完全成形前就產生。事實上，詞是人人都可以唱的，不限男女，卻不一定人人都能唱得好聽。北宋李廌〈品令〉：

> 唱歌須是，玉人檀口，皓齒冰膚。意傳心事，語嬌聲顫，字如貫珠。老翁雖是解歌，無奈雪鬢霜須。大家且道，是伊模樣，怎如念奴。〔註5〕

王炎《雙溪詩餘・序》說詞的歌唱「宜歌不宜誦，非朱唇皓齒，無以發其要妙之聲」〔註6〕，王灼《碧雞漫志》則言：「古人善歌得名，不擇男女……今人獨重女音，不復問能否，而士大夫所做歌詞，亦尚婉媚」〔註7〕，這些所指的歌者，本來是有男有女，然而宋代歌者大多都是指妓女。劉克莊（1187～1269）《翁應星樂府・序》云：「長短句當使雪兒、囀春鶯輩可歌，方是本色」〔註8〕；明代王世貞《弇州四部稿》說：「古樂府不入俗而後以唐絕句爲樂府，絕句少婉轉而後有詞，詞不快北耳而後有北曲……」〔註9〕，綜合以上資料，文人大多認爲令曲小詞以軟美的聲音來演唱，更合乎詞樂的婉轉、柔婉風格。

宋代文人創作好歌詞，需要有人演唱，基於宋人喜愛女音的趨勢，妓女變成爲詞的最佳表演者，而演變成「歌重女音、聲必軟美而詞必婉媚」〔註10〕的觀念，加之妓女的才貌，表現出柔婉的女性美，

〔註4〕胡適《詞選・序》，頁9。

〔註5〕唐圭璋編：《全宋詞》，冊1，頁637。

〔註6〕〔宋〕王炎：《雙溪詩餘・序》，金啓華等編《唐宋詞集序跋匯編》（臺北：臺灣商務印書館，1993年2月），頁170。

〔註7〕〔宋〕王灼：《碧雞漫志》，卷1，頁6。

〔註8〕〔宋〕劉克莊：《翁應星樂府》，收於《後村先生大全集》，見《四部叢刊正編》（臺北：臺灣商務印書館，1979年11月），冊62，卷97，頁836～837。

〔註9〕〔明〕王世貞：《弇州四部稿》，收錄於《景印文淵閣四庫全書》）（臺北：臺灣商務印書館，1983年）冊1281，頁449。

〔註10〕張惠民：《宋代詞學審美理想》（北京：人民文學書版社，1995年4

也彰顯了文人的審美情趣。

至於唱詞的規模、形式、場合、分工，王永煒在〈歌妓拓廣宋詞傳播範圍的研究〉載：

> 宋代唱詞活動按照演唱規模、演唱場合以及演唱形式的不同，基本上可以分爲三大類，根據分類又可將歌妓進行分工。一是朝廷和官署大合樂中或宮中私宴上的演唱，尤隸屬於官方的教坊或樂營擔任，規模龐大，樂隊複雜，往往伴有舞蹈表演，由官妓擔任。二是貴族士大夫家宴中詞的演唱，由家庭樂隊和家妓擔任……三是小唱，有簡單的伴奏，或執拍板清唱，是典型的私妓在市井唱詞的主要形式。〔註 11〕

宋代官員在官府有關妓歌舞侑觴，在家則有家妓可以自娛娛賓，歐陽脩〈浪淘沙〉云：「好妓好歌喉，不醉難休」〔註 12〕這些妓女藉由歌舞，充分融入宋代文人、官員的生活當中，對飲宴風俗、生活方式、文學創作都造成了莫大影響。

宋代妓女同樣對宋詞崛起和盛行起了重要的作用，宋詞本是用來歌唱的歌詞，而主要傳播者是這群美麗的妓女，不管唱得好不好，宋代的妓女幾乎人人會唱詞；部分妓女甚至能填詞，因此「她們往往成爲詞人創作的首批鑑賞者和評論家，她們的傳唱既刺激著詞人的創作熱情，又直接影響到詞作傳播的效果。」〔註 13〕彭福榮〈論歌妓對宋詞繁榮的價值〉說：

> 宋代歌妓人數眾多，她們在與文人雅士的交往中提高了自身的文學藝術修養，對宋詞的繁榮有著不可忽視的價值：一是傳播宋詞的生力軍，二是宋詞創作的參與者，三是宋詞繁榮的促進者。〔註 14〕

月），頁 103。

〔註 11〕王永煒：〈歌妓拓廣宋詞傳播範圍的研究〉，收錄於《新余學院學報》（新余：新余學院編輯部，2009 年 6 月》，第 3 期，卷 14，頁 13。

〔註 12〕唐圭璋：《全宋詞》，冊 1，頁 141。

〔註 13〕嚴明：《中國名妓藝術史》，67。

〔註 14〕彭福榮：〈論歌妓對宋詞繁榮的價值〉，收錄於《重慶交通學院學報》

這種傳播是多向的，一是文人創作完先向歌妓傳播，妓女再向聽眾傳播，而中間妓女和聽眾的回饋，便是反向再向文人進行傳播。二是妓女本身也會創作，可能同時身兼創作者和傳播者。三是妓女本身的工作就是促進宋詞繁榮的職業，她們所處的社交環境，如宴席場合、瓦子勾欄、秦樓楚館，正是可以一舉向大眾傳播的開放式環境。曹明升〈宋代歌妓與宋詞之創作及傳播〉對妓女在詞的作用則另有不同看法：

> 一是促進樂調的創新；二是推動詞人的創作，三是參與建構宋詞樂調的審美風格。〔註 15〕

妓女必須時常進修新曲用來增添自身價值，她們學習各種曲調，這些曲調可能是文人未曾聽過的，一來文人沒有機會接觸、熟悉這麼多曲調，二來文人不一定懂音律。由妓女將曲調哼唱給文人聽，再由文人來創作歌詞，便能創新樂調與新詞，例如柳永〈玉山枕〉說：「幾闋清歌，盡新聲，好尊前整理」〔註 16〕。

對於文人而言，創作詩詞乃是娛樂消遣，遊戲之作，不被文人所重視；對妓女而言，詞人每一首新詞、好詞，特別是名家所塡之詞，其重視的程度，往往比詞人更甚。多掌握一首新詞、好詞，便是多了一次博得賓主歡心或一曲成名的機會，這是她們生活和生存的工具之一，必然反覆練唱、勤於背誦，甚至有可能抄寫紀錄成歌本。譚新紅：〈宋代的歌妓與宋詞傳播〉說：「爲了方便歌妓演唱，宋人編纂了很多詞集，作爲歌妓們演唱時參照的歌本，南宋書坊所編《草堂詩餘》可作爲代表……宋代一些別集也是應歌而設……」〔註 17〕對於詞的保

（重慶：重慶交通學院，2003 年 12 月），第 3 卷，第 4 期，頁 51～54。

〔註 15〕曹明升〈宋代歌妓與宋詞之創作及傳播〉，收錄於《雲南社會科學》（昆明：雲南社會科學院，2004 年），第 3 期，頁 3。

〔註 16〕唐圭璋編：《全宋詞》，冊 1，頁 45。

〔註 17〕譚新紅：〈宋代的歌妓與宋詞傳播〉，陳水雲、潘碧華：《詞學國際研討會論文集》（馬來西亞：馬來亞大學華人研究中心出版，2012 年 8 月），頁 298。

存和流傳，又多了一層貢獻。

妓詞本身的傳播之外，妓女本身也因妓詞而被傳播。譚新紅說：

> 歌妓想要走紅，除了自身妓女條件外，還要有人宣傳才行，如果能受到社會名流的關注，更是名聲鵲起。宋代歌妓很多，多數籍籍無名，但也有少數因受到詞人的品題而聞名於世。〔註18〕

之所以能成爲名妓，是因爲她們是此中的佼佼者。在各種才藝中，唱曲和舞蹈最容易產生表演效果，但要從中脫穎而出，除了天生美貌外，妓女必須擁有好歌喉，甚至是用演唱來表現出喜怒哀樂等情感，幾乎等於唱曲或舞蹈名家。她們擁有獨特的特色或手段，再遇上賞識的知音，便能透過文人口耳相傳成爲名妓。例如琴操能出名，除了她本身具有姿色外，她的文采和歌喉便是特色；妓女李琦因爲乞詞未得，最後求得蘇軾「東坡五載黃州駐，何事無言贈李琦。卻似城南杜工部，海棠雖好不吟詩」一詩，自此身價增重〔註19〕，可見著名文人蘇軾的賞識，成爲妓女很重要的宣傳途徑之一。

歌妓們姿色出眾，精通歌舞樂，賞心悅目又悅耳，本身即是一個藝術家，是美的化身和創造者，能夠滿足文人生活雅興，刺激文人創作，雙方互利，藉彼此的傳播以使自身聲名遠播。

詞是音樂與文學的結合成果，在開創之初便傳之歌喉，播之管弦，歌妓的歌聲、表演替詞增加了美感和傳播的效果及速度；待後來詞成爲按格律塡寫的書面創作和詞譜、詞集傳播，當時兩者並行，然而音樂詞調卻因無法被世人紀錄而慘遭世人遺忘，它的重要性卻是不變的。

宋朝至今仍有許多詩詞愛好者，試圖透過誦、吟、歌、唱去揣摩、創作盡量合乎詞和詞牌原本可能的旋律和唱法，詩詞吟唱的合樂概念和珍貴之處，仍爲世人所重視。例如業師王偉勇先生、李勉先生、孫永忠先生、高美華先生、前輩王更生、潘麗珠等，以及各

〔註18〕譚新紅：〈宋代的歌妓與宋詞傳播〉，頁288。
〔註19〕〔宋〕周輝：《清波雜志，卷5，頁41。

地詩詞吟唱社團，皆致力將詞重新與音樂結合，回復原始創作型態，並將這種概念和演唱方式傳播到中國大陸，促使大陸北京師大「南山詩社」、江蘇師大「悠然詩社」等紛紛成立，詞樂結合之吟唱魅力，今人尚且念念不忘，更遑論宋朝當時時人對妓女演唱詞曲的著迷程度，當時唱詞塡曲流行之盛況，可想而知。

第二節　妓女與文人的知己意識與創作心態

司馬遷〈報任少卿書〉說：「士爲知己用，女爲悅己容」〔註 20〕，女之容、士之用，取決於悅己者和知己者。在前幾章論述中，筆者曾穿插說明，妓女與文人間除了歡場遣興外，更有著紅顏知己與身世經歷的共鳴，本節特別針對這種知己意識與文化心態加以深論。

中國文人的共同文化心態在先秦時期便已建立，知識份子莫不希望立德、立功、立言，能在政治社會上一展抱負，同時求取功名富貴和權利。而「知己」便成爲仕途的橋梁或慰藉。至聖先師孔子說：「人不知而不慍，不亦君子乎？」〔註 21〕孔子尚且都須待價而沽，期望有人能善用自己的才能，然而最後連他都說「知我者其天乎？」〔註 22〕更何況其他文人？三閭大夫屈原，認爲君王被惡草包圍，不知道他這香花香草的美好而遠離他；伯牙與鍾子期因琴曲而結爲好友，子期逝世後，伯牙絕琴，只因世上再無知音。中國文人甚少毛遂自薦，都自詡自己是千里馬，期望得到伯樂看中；或如管鮑之交一般，因爲知己而推薦給其他人。奈何這樣的「知音」、「知己」卻是可遇不可求，更顯得彌足珍貴。

妓女努力一生，求的是生存和好好過日子，她們的環境優劣、名氣高低，除了依靠自己的天生美貌和後天的才藝外，完全取決於

〔註 20〕〔漢〕班固：《漢書》，冊 2，卷 61，頁 1675。

〔註 21〕毛子水：《論語今註今譯》（臺北，商務印書館，2009 年 11 月），卷 1，頁 1。

〔註 22〕毛子水：《論語今註今譯》，卷 14，頁 271。

客人的知賞，若能因此而遇見自己的情郎，願意帶自己脫離賤籍，迎爲侍妾，便是最好的結局和最大的奢望。當然，妓女的良人必定是能夠肯定他們的人，他們所尋求的，也是一個知音。晏殊〈山亭柳・贈歌者〉:「若有知音見採，不辭唱遍陽春」，與文人渴望君王朋友賞識是類似的心情和處境。

一、妓詞中的「知音」、「相知」

北宋詠妓詞中，出現「知音」、「相知」入詞者共有六首，如：

柳永〈瑞鷓鴣〉:

寶髻瑤簪。嚴妝巧，天然綠媚紅深。綺羅叢裏，獨逞謳吟。一曲陽春定價，何啻值千金。傾聽處，王孫帝子，鶴蓋成陰。　凝態掩霞襟。動象板聲聲，怨思難任。嘹亮處，回厭弦管低沈。時恁回眸斂黛，空役五陵心。須信道，緣情寄意。別有知音。〔註23〕

周邦彥〈意難忘・雜賦〉:

衣染鶯黃。愛停歌駐拍，勸酒持觴。低鬟蟬影動，私語口脂香。簷露滴，竹風涼。拚劇飲淋浪。夜漸深，籠燈就月，子細端相。　知音見說無雙。解移宮換羽，未怕周郎。長顰知有恨，貪耍不成妝。些個事，惱人腸。試說與何妨。又恐伊、尋消問息，瘦減容光。〔註24〕

以上二詞所說的知音與相知，其詞的意涵都是才子與佳人相知，正是相互賞識之時。柳永〈瑞鷓鴣〉上片讚美妓女之妝容和妝扮的美麗，在萬花叢中，一枝獨秀；歌唱的實力也驚人，王孫子弟都來聽她歌唱，一曲豈止千金？下片寫妓女歌唱時展現的閨怨之思，加上回眸斂眉等表情與眼神，此曲此情自是唱給座中知音者聆聽。而周邦彥〈意難忘・雜賦〉，上片寫兩人幽會喝酒私語賞月的歡暢，下片「知音見說無雙」，指的便是陪伴在身邊的彼此，若有惹人煩惱

〔註23〕唐圭璋編：《全宋詞》，冊1，頁49。
〔註24〕唐圭璋編：《全宋詞》，冊2，頁616。

的心事，試著在知音面前說出來又何妨？但又怕對方擔心自己，到處探問消息而使容光消減。周邦彥此闋詞下片幾句淺白，卻充分表現出知音的依賴信任，又不願對方爲難的體貼之情。

張惠民《宋代詞學審美理想》說：

> 只有遇到與她們情趣相投、才貌互賞並且尊重她們、憐惜她們的男子，她們才會有發自眞情的歌唱……文人成了歌女的師友和知音。〔註25〕

此就官妓而言。倘若是市妓，則二者之間很容易發展爲愛情和慾望，彷彿才子佳人的邂逅，特別是未有官身的文人更無顧忌，所以柳永才會對鍾愛的蟲蟲許下「不輕離拆」〔註26〕的承諾。即便視彼此爲知音，然而因爲身分地位上的懸殊、社會觀感、調離遷徙等各種因素，文人與妓女之間總是時常面對暫時別離和永久別離的過程或結局。如，

柳永〈玉蝴蝶〉：

> 是處小街斜巷，爛遊花館，連醉瑤卮，選得芳容端麗，冠絕吳姬。絳唇輕、笑歌盡雅，蓮步穩、舉措皆奇。出屏幃。倚風情態，約素腰肢。　　當時。綺羅叢裏，知名雖久，識面何遲。見了千花萬柳，比並不如伊。未同歡、寸心暗許，欲話別、纖手重攜。結前期。美人才子，合是相知。〔註27〕

上片描寫琴樓楚館中得一佳人，一連串描寫佳人風情；下片說早以聞名只是未曾見面，「見了千花萬柳，比並不如伊」，兩人大有一見傾心的感覺，相處間早已「寸心暗許」，於是到了離別時刻，放了手又再牽，依依不捨。柳永自言才子佳人本來就應是相知的。十分有趣的是，文人在與妓女說「相知」時，至少在這一闋詞的短暫時光中，兩個人的地位關係是平等的。曾大興在《柳永和他的詞》將他的歌妓詞分成

〔註25〕張惠民《宋代詞學審美理想》，頁225。
〔註26〕唐圭璋編：《全宋詞》，冊1，頁22。
〔註27〕唐圭璋編：《全宋詞》，冊1，頁40～41。

前後期，前期是將歌妓視爲玩物一般的心態；後期經歷許多風波後，個性、心境和態度則產生莫大變化，他說：

> 上流社會堵死了他的仕進之路，他只得再次回到秦樓楚館來。他的命運同那些被污辱與被損害的歌妓是相通的。他以一種平等的身分同歌妓交朋友……正由於他屏棄了早先的把歌妓當「尤物」的腐朽觀念，平等地友善地把歌妓當人，歌妓才樂於同他詩詞唱和。〔註28〕

正是因爲這種轉變，他才寫出有別於以往的「才子佳人」句，於現代看來也許俗套，然而在當時推崇「才子佳人」愛情，才子佳人天造地設，是帶著浪漫的男女關係，而非以金錢、性愛來歌詠妓女的美好。因爲對柳永而言，妓女與他是朋友，是知己。

同樣是寫歌妓與文人離別，晏幾道〈采桑子〉，寫得便是眞正、永久的離別：

> 雙螺未學同心綰，已占歌名。月白風清。長倚昭華笛裏聲。
> 　　知音敲盡朱顏改，寂寞時情。一曲離亭。借與青樓忍淚聽。〔註29〕

相較於柳永關於知己的離別，晏幾道的這首詞，才是現實中妓女眞正可能遭遇的狀況。這首小令短短幾句，卻寫盡一位妓女的一生遭遇和心境。雙螺是宋時角妓未破瓜時的髮飾之名〔註30〕，從十幾歲便開始學習歌藝，夜裡都在昭華笛〔註31〕聲的伴奏下度過。上片一派和諧和無憂，下片忽轉「知音敲盡朱顏改」，忽而轉入現實境況的描述，遇過相知相惜的「知音」，都已一一離開身邊，隨著年華老去，便知道「知音」已不再來，身心寂寞，卻只能繼續寄身青樓。一曲〈離亭宴〉

〔註28〕曾大興《柳永和他的詞》（廣州：中山大學出版社，1990年6月），頁59。

〔註29〕唐圭璋編：《全宋詞》，冊1，頁251。

〔註30〕〔清〕徐釚，王百里校箋：《詞苑叢談校箋》，卷6，頁351。

〔註31〕〔晉〕葛洪《西京雜記》載：「玉管長二尺三寸，二十六孔，吹之則見車馬山林，隱轔相次，吹息亦不復見，銘曰：『昭華之琯』」，卷3，頁102～103。

〔註 32〕，勾起傷心事，寄予詞中，讓青樓中聽曲者也感到哀傷了。陳姝〈試評晏幾道傷心詞〉說：

> 晏幾道自稱其作詞「不獨敘其所懷，兼寫一時之杯酒間所見、所同遊者意中事」這說明了這些詞章之中，多屬他本人生活經歷的紀錄，詞中的男主角，大都可以看做是作者本人。……在晏幾道《小山詞》裡，描寫妓女生活，揭示她們悲慘命運和美好心靈……與作者自傷身世的愛情、相思作品，在情感是相通的，不外有同病相憐之感。〔註 33〕

晏幾道能聽懂這位妓女的弦外之音，除了這位妓女歌唱技巧和情感表現出色外，他自己也是知音，故能聽明曲中之意；要成爲知音，則要具備賞識、共鳴等心態。晏幾道仕途不順，未曾被伯樂重用，前半輩子由於父親晏殊的庇蔭而生活無虞，他的知音稀少，時常往來的不過是沈連叔、陳君龍二人。雖說晏殊淪爲如此，是他個性孤傲造成，例如退休後亦不曾拜訪父親那些顯貴故交，有著世家子弟的清高，王灼《碧雞漫志》云：「賀方回、周美成、晏叔原、僧仲殊各盡其才力，自成一家。……叔原如金陵王謝子弟，秀氣勝韻，得之天然，將不可學。」〔註 34〕待沈連叔、陳君龍去逝後，再無知交。晚年家道中落，還曾受牽連而下獄，與淪落風塵卻身不由己的妓女相似，故而感嘆年華老去與知交不在的寂寞之情；此時的晏幾道已非當年那位高高在上的貴族之子，才能引發與妓女有同病相憐之感。

知音如此可貴可愛，可遇不可求，縱然妓女數量不少，文人與妓女卻不是人人都能找到知音。如歐陽脩〈玉樓春〉：

> 紅條約束瓊肌穩。拍碎香檀催急袞。隴頭嗚咽水聲繁，葉下間關鶯語近。　　美人才子傳芳信。明月清風傷別恨。未知何處有知音，常爲此情留此恨。〔註 35〕

〔註 32〕〈離亭宴〉是張先所創，詞中有「隨處是、離亭別宴」句，故名之。

〔註 33〕陳姝〈試評晏幾道傷心詞〉，《重慶職業技術學院學報》（重慶：重慶職業技術學院，2008 年 3 月），第 2 期，卷 17，頁 130～132。

〔註 34〕王灼《碧雞漫志》，卷 2，頁 10。

〔註 35〕唐圭璋編：《全宋詞》，冊 1，頁 133～134。

周邦彥〈一落索〉：

> 眉共春山爭秀。可憐長皺。莫將清淚濕花枝，恐花也、如人瘦。　清潤玉簫閑久。知音稀有，欲知日日倚闌愁，但問取、亭前柳。〔註36〕

「未知何處有知音」、「知音稀有」，是以尋找知音變成文人畢生的願望之一，至於這個「知音」所指的是妓女，還是文人的伯樂、朋友，具體所指不可而知。即使是經過調教培養，與主人生活、命運起落息息相關的家妓，也未能成爲文人一生的知己，罕有與家主白頭偕老以終的，蘇軾貶謫之後若干家妓先後求去或遣去，像朝雲一樣成爲妾，且病逝於蘇軾之前，這樣的結局已是家妓中的大幸者。又如晏幾道喜愛沈廉叔跟陳君龍家的蘋、雲、蓮、鴻，四者也在兩主逝後遣散，下落不明。

文人不斷在這些妓女中尋求知己，未尋得便說難尋，尋得則追求，追求得到後卻又因爲種種因素失去知己，知己的得失議題，成爲文人群體中一種共同的現象。

二、情感共鳴與文人幻想的愛情良伴

（一）情感共鳴

妓詞大部分描寫感官、聲色享受之情狀，但是倘若只是如此，則與宮體詩並無分別，在利用炫目的詞彙描摹妓女色藝之時，被歡樂遮掩住的情感，可能被忽略；倘若以另一個角度來看妓詞，便可發現文人詠妓之時，常常感觸良多。彭潔瑩：〈流連光景惜朱顏——宋詞中的人生況味及其與歌妓的關係〉：

> 歌妓在宋人人生的得意與失意中都扮演了重要的角色，由這些與歌妓密切相關的詞作可以了解宋代士人文化精神中的另一面。〔註37〕

〔註36〕唐圭璋編：《全宋詞》，冊2，頁460。

〔註37〕彭潔瑩：〈流連光景惜朱顏——宋詞中的人生況味及其與歌妓的關係〉，《湛江海洋大學學報》（湛江海洋大學，2003年10月），第23

由於各種妓女融入在文人的生活中，文人得意或失意都有妓女相伴，而應邀至飲宴場合也未必是眞正放鬆享樂，有時越是在歡樂的場合，某些隱性的、擔憂的事情，反而容易觸景生情，經意或不經意之間，已將這種感慨寫入詞中。

筆者在詠妓詞中，特意檢索「愁」、「恨」這兩個字，發現各出現60次以上，也就是數量各占詠妓詞的1/6，出現頻率令人訝異，本是應酬而作之詞，卻頗有深意。例如：

1、恨

恨，作爲動詞代表怨，例如怨恨；又作遺憾、後悔，例如《史記·蕭相國世家》：「臣死不恨矣」〔註38〕，便是說死了也無悔。

妓詞中恨字的用法頗多，有單一恨字，也有遺恨、只恨、自恨、此恨、離恨、別恨、苦恨、春恨、翻恨、何恨等，茲舉別離之恨與幽恨爲例：

（1）別離之恨

別恨之用法，便有別恨、恨別、離恨、苦恨等用法，例如：

> 美人才子傳芳信。明月清風傷別恨。未知何處有知音，常爲此情留此恨。〔註39〕（歐陽脩〈玉樓春〉）

> 信阻青禽雲雨暮。海月空驚人兩處。強將離恨倚江樓，江水不能流恨去。〔註40〕（歐陽脩〈玉樓春〉）

這兩闋詞中，歐陽脩在一片之內都重複用了「恨」字，塡詞雖然沒有特別規定不可重複用字，但是在短小的小令中重複使用同一字的詞例仍是偏少。同樣是寫別離之恨，第一首「別恨」，時常「留此恨」；第二首「離恨」，卻希望能「流恨去」，兩首詞都對這種別離之恨感到無奈，最後希望能讓江水把這種恨意帶走，讓自己可以不受糾葛。

卷，第5期，頁47～67。

〔註38〕〔漢〕司馬遷撰，瀧川龜太郎注：《史記會註考證》，卷53，頁778。

〔註39〕唐圭璋編：《全宋詞》，冊1，頁133～134。

〔註40〕唐圭璋編：《全宋詞》，冊1，頁133～134。

> 看難厭，憐不足。苦恨別離何速。珠樹遠，彩鸞孤。今生重見無。〔註41〕（杜安世〈更漏子〉）

杜安世非常欣賞這位妓女，看不厭，憐惜尚且還來不夠，沒想到別離之時這麼快。兩人心裡都明白此地一別後，此生再也不能見面，而有所感慨不捨。

> 心期休問。只有尊前分。勾引行人添別恨。因是語低香近。〔註42〕（晏幾道〈清平樂〉）

此處「心期」解作相思、心意、心境都可以，不想被問及目前心中所思所想，只有盡情喝酒。想利用酒來充淡別恨，沒想到還是被勾起了離愁，只因身旁美麗的妓女靠得很近，鼻子聞得到她身上的香氣，她在耳邊低語訴說什麼。

> 翠釵分、銀箋封淚，舞鞋從此生塵。住蘭舟、載將離恨，轉南浦、背西曛。記取明年，薔薇謝後，佳期應未誤行雲。（賀鑄〈綠頭鴨〉）
>
> 苦恨城頭更漏永，無情豈解惜分飛。休訴金尊推玉臂。從醉。明朝有酒遣誰持。〔註43〕（周邦彥〈定風波〉）
>
> 燭影搖紅，夜闌飲散春宵短。當時誰會唱陽關，離恨天涯遠。爭奈雲收雨散。憑欄杆、東風淚滿。海棠開後，燕子來時，黃昏深院。〔註44〕（周邦彥〈燭影搖紅〉）

賀鑄以蘭舟載送離恨一路跟隨他遠行各處；周邦彥將離恨遷怒給更漏，嫌棄它流動太快，太過無情，不懂他們要分離的苦。在〈燭影搖紅〉則已經是在離別後，回頭再看當時的分別，已經是「天涯遠」，沖淡得只剩下如今的惆悵跟懷念。蕭瑞峰《多情自古傷離別——古典文學別離主題研究》說：

> 別離不僅是一種生活現象，而且也是一種生命現象。從本質上來說，別離主題的最直接的源頭便是生命意識。……

〔註41〕唐圭璋編：《全宋詞》，冊1，頁177。
〔註42〕唐圭璋編：《全宋詞》，冊1，頁235。
〔註43〕唐圭璋編：《全宋詞》，冊2，頁616。
〔註44〕唐圭璋編：《全宋詞》，冊2，頁629。

> 只有從生命意識出發，才能解釋別離何以能給人們的心靈帶來如此深巨的創痛，也才能解是表現離別主題的文學作品何以能「感人也深，移人也遠」，以至長盛不衰，馨香永播。〔註45〕

別離自古便是中國文人和文學的一項難題，江淹〈別賦〉說：「黯然銷魂者，唯別而已矣！」〔註46〕人類對離別總是感到憂慮和恐懼，然而人也正因爲別離，才知道要相惜，西晉張華〈情詩〉：「不曾遠別離，安得慕愁侶」〔註47〕，便認爲別後才知相思之深。人生際遇中，最難、最苦、最多是別離，無論生離死別，無論別離的理由爲何，別離都變成一種生活必經過程，也是種人生經驗，影響自己與他人。

蕭瑞峰將唐宋時期定爲「別離文學的繁盛期」，因爲別離之耳濡目染心思，往往容易自然而然發爲歌吟。宋詞本就多有別離之作，妓詞中的別離更是一種常態，因爲文人和妓女在相識之初便已預知到分別的可能，在當時也視爲常態，只是身處其中不願多想，今朝有酒今朝醉；直到眞正面對別離時，文人對妓女的諸多情感和不捨，便會藉著填詞歌曲，來表達離恨、相思、感傷，讀者很容易被這種情緒所感染，認爲文人們重情，故而依依不捨。無論文人和妓女之間有沒有愛情，這種別離的情緒會令文人特別珍惜不捨，惜別之情往往盡現於詞中。

（2）幽　恨

幽恨是什麼形式的恨呢？段玉裁《說文解字》注：「幽，隱也…隱，蔽也」〔註48〕，幽恨是指深藏於心中的怨恨。唐詩中，元稹〈楚歌〉之十：「各自埋幽恨，江流終宛然」〔註49〕、白居易〈琵琶行〉：

〔註45〕蕭瑞峰《多情自古傷離別——古典文學別離主題研究》（臺北：文史哲出版社，1996年6月），頁189。

〔註46〕俞紹初、張亞新校注：《江淹集校注》（鄭州：中州古籍出版社，1994年9月），頁165。

〔註47〕〔南朝陳〕徐陵編、〔清〕吳兆宜注：《玉臺新詠箋注》，頁81。

〔註48〕〔漢〕許慎著、〔清〕段玉裁注：《圈點段注說文解字》，頁160。

〔註49〕〔清〕清聖祖御定：《全唐詩》，冊6，卷399，頁4475。

「別有暗愁幽恨生，此時無聲勝有聲」〔註50〕，即便是恨，也要恨在心裡，藏得隱密。妓詞中的幽恨也是如此，例如：

哀箏一弄湘江曲。聲聲寫盡湘波綠。纖指十三弦。細將幽恨傳。〔註51〕（晏幾道〈菩薩蠻〉）

絲篁鬥好鶯羞巧。紅檀微映燕脂小。當□斂雙蛾。曲中幽恨多。〔註52〕（晁補之〈菩薩蠻・代歌者怨〉）

晏幾道、晁補之所寫的「幽恨」，都是妓女在表演琴曲時，流露在音樂之中的情感。究竟妓女有何種恨，詞中並無好好說明，但是能聽出隱藏在曲中幽恨之意，則有幾種可能：一是妓女的知音、知己；二是妓女彈奏技巧和表現高超，確實配合琴曲流露情緒；三是文人自身主觀的感受，認爲妓女曲中展現幽恨之情，預想妓女的遭遇和心情；四是幽恨的人是文人，將自身的生命遭遇之感受，投射在妓女的樂曲上，認爲所聽也是幽怨之曲。

在賀鑄的詠妓詞中，「幽恨」這種情緒出現多次，例如：

青門解袂，畫橋回首，初沈漢佩，永斷湘弦。漫寫濃愁幽恨，封寄魚箋。〔註53〕（賀鑄〈斷湘絃〉）

南薰難銷幽恨，金徽上，殷勤彩鳳求凰。便許卷收行雨，不戀高唐。〔註54〕（賀鑄〈鳳求凰〉）

玉指金徽一再彈。新聲傳訪戴，雪溪寒。兩行墨妙破冰紈。牽情處，幽恨寄毫端。（賀鑄〈小重山〉）

三首詞所寫的幽恨都是因爲愛情而生，將幽恨寄於書信、筆尖，是抒發幽恨的方式，沒有更多激烈宣示怨恨的舉動，賀鑄僅是隱晦地寫著分手別離後，情感無計消除，心有遺憾。

這樣內斂的負面情感，至多以「幽恨」兩字作爲最激烈的不滿詞彙，特別是與妓女相關時，那種無法長久相守的含恨只能成爲遺憾，

〔註50〕〔清〕清聖祖御定：《全唐詩》，冊7，卷435，頁4821。
〔註51〕唐圭璋編：《全宋詞》，冊2，頁235。
〔註52〕唐圭璋編：《全宋詞》，冊1，頁578。□爲缺漏字。
〔註53〕唐圭璋編：《全宋詞》，冊2，頁510。
〔註54〕唐圭璋編：《全宋詞》，冊2，頁514。

恰到好處的恨意抒發，會被認爲是深婉麗密，發幽閑思怨之情；再多的情感，就如柳永妓詞一般容易受到清議，認爲失了含蓄委婉之美，是以詞中常有幽恨而無怨恨，恨事物恨時間短暫，卻不能恨人與社會制度。

2、愁

愁，作爲動詞當作憂慮，例如高適〈別董大〉：「莫愁前路無知己，天下誰人不識君」〔註55〕，即作憂愁解。作爲形容詞又有悽慘、悲哀，如愁紅指憔悴殘花、愁痛則有悲痛之意。

妓詞中的「愁」字，與恨字一樣有單用，也有與其他字結合使用的，例如：愁緒、愁腸、愁蛾、舊愁、閒愁、愁困、愁春、春愁、長愁、愁煩、愁處、凝愁、愁顏、濃愁、離愁等。

（1）愁　腸

愁腸是名詞，它代表的是一種移覺作用。因爲憂思縈繞的憂愁，就像那腸子一樣；腸子本身是不會有愁緒、憂慮的是人的心思和想法，將腦袋的感覺移到腸子，認爲腸子會因爲人的憂思而發愁、百結、寸斷，其中有誇飾也有譬喻。

在妓詞中，文人們似乎都有一副愁腸，如：

須信道、情多是病。酒未到、愁腸還醒。數疊蘭衾，餘香未減，甚時枕鴛重並。教伊須更。將盟誓、後約言定。〔註56〕

（沈邈〈剔銀燈·途次南京憶營妓張溫卿〉）

沈邈的愁，來自於他的多情，而且這愁嚴重到可以稱作是病，一種心病。「酒未到，愁腸還醒」，想用酒來澆醉愁，然而酒未到，卻想到自己喝酒的原因是爲澆愁。愁的來源，是因爲想起營妓張溫卿，想起兩人之間的盟誓，最後卻無結果的哀傷，用愁腸醒醉來展現出文人心中之苦。

更多的時候，文人喜以「亂」字作爲動詞來觸動愁腸：

〔註55〕〔清〕清聖祖御定：《全唐詩》，冊3，卷214，頁2243。

〔註56〕唐圭璋編：《全宋詞》，冊1，頁12。

曉月將沉，征驂已鞴。愁腸亂、又還分袂。良辰好景，恨浮名牽繫。無分得、與你恣情濃睡。〔註57〕（柳永〈殢人嬌〉）

人間，何處有，司空見慣，應謂尋常。坐中有狂客，惱亂愁腸。報道金釵墜也，十指露、春筍纖長。親曾見，全勝宋玉，想像賦高唐。〔註58〕（蘇軾〈滿庭芳〉）

臉兒美，鞋兒窄。玉纖嫩，酥胸白。自覺愁腸攪亂，坐中狂客。金縷和杯曾有分，寶釵落枕知何日。謾從今、一點在心頭，空成憶。〔註59〕（秦觀〈滿江紅・姝麗〉）

以上三首詞，文人的腸子都被攪亂。柳永是因爲要與妓女分別，愁的理由是，自己擺脫不了浮名之累，與所愛的妓女恣情在一起。蘇軾「司空見慣，應謂尋常」中遙想宋玉千古風流，席中有一放蕩不羈的狂客，也被難得一見的美人給擾亂鎮定的心思。秦觀與蘇軾用法相同，借鑒蘇軾，同樣是因爲美麗的妓女而心神蕩漾，被擾亂安定的心。

愁腸也可作爲動詞使用，晁補之〈玉蝴蝶〉載：

清狂。揚州一夢，中山千日，名利都忘。細數從前，眼中歡事盡成傷。去船迷、亂花流水，遺佩悄、寒草空江。黯愁腸。暮雲吟斷，青鬢成霜。〔註60〕

回憶當初在揚州的事情，彷彿一場夢，都是年少輕狂的過往。回想到以前，眼前的歡樂也抵不住過往帶來的愁緒。下片寫如今的狀況，默默憂愁感懷，只是再如何追憶，如今已是暮年，鬢已成霜，再無法像以前一樣風光得意，失去的也無法追回。

（2）閒　愁

閒愁乃是指無端或無謂的憂愁，是一種百無聊賴的狀況下，所引發的心境，這種憂愁是一般多屬於與國家大事無關聯的個人愁

〔註57〕唐圭璋編：《全宋詞》，冊1，頁31。
〔註58〕唐圭璋編：《全宋詞》，冊1，頁278。
〔註59〕唐圭璋編：《全宋詞》，冊1，頁471。
〔註60〕唐圭璋編：《全宋詞》，冊1，頁563。

感。例如：

> 夜雨滴空階，孤館夢回，情緒蕭索。一片閒愁，想丹青難貌。秋漸老、蛩聲正苦，夜將闌、燈花旋落。最無端處，總把良宵，只恁孤眠卻。〔註61〕（柳永〈尾犯〉）

> 訪雨尋雲，無非是、奇容豔色。就中有、天真妖麗，自然標格。惡發姿顏歡喜面，細追想處皆堪惜。自別後、幽怨與閒愁，成堆積。〔註62〕（柳永〈滿江紅〉）

> 多情多病。萬斛閒愁量有剩。一顧傾城。惟覺尊前笑不成。
> 　　探香幽徑。好住東風誰主領。多謝流鶯。欲別頻啼四五聲。〔註63〕（賀鑄〈減字木蘭花〉）

「閒愁」看似文人的喃喃自語，明明是無謂且與正事無甚關聯的某種愁緒，卻還是寫入詞中，文人的「閒」是否眞有那麼雲淡風輕？柳永〈尾犯〉的閒愁並不輕鬆，詞中情緒「蕭索」、「老」、「苦」、「孤」，他的「閒愁」並不是少年般爲賦新詞強說愁。在〈滿江紅〉一詞中，先寫欣賞妓女的「奇容艷色」、「天眞妖麗」等吸引人的諸多優點，但是這些美好，如今只能追想、惋惜，讓「幽怨與閒愁，成堆積」。賀鑄「多情多病。萬斛閒愁量有剩」，直言是因爲多情，而產生許多心病，這種愁緒就算是斛來斗量，不只萬斛而已。

「閒愁」看似輕描淡寫，然而詞中卻多有幽怨沉痛之意，文人在詞中有太多的情緒，被重重提起，但是試圖用「閒愁」來輕輕放下；越是深刻的愁思，越要寫得雲淡風輕，彷彿只是一件無關緊要的傷春悲秋小愁緒。然而越是如此，讀者越能從詞中看出文人那種極力隱藏，卻又很想宣洩抒發的諸多情感造成的矛盾。縱使塡詞比寫詩在情感抒發的權限自由度更大，限制更少；然而詞本身卻又有以婉約爲本色的要求，過於濃烈的情感和用詞並不合乎詞的雅緻。

文人在宴席場合，或與妓相伴的地方，將這些「恨」、「愁」寫

〔註61〕唐圭璋編：《全宋詞》，冊1，頁13。
〔註62〕唐圭璋編：《全宋詞》，冊1，頁41。
〔註63〕唐圭璋編：《全宋詞》，冊1，頁527～528。

入妓詞中，往往是因爲在熱鬧喧嘩、醉生夢死中，觸景傷情；或突然意識到現在這種歡樂可能會在未來的某天消散，因而感到感傷、害怕、不捨，因而將這些情緒寫入詞中。或者，在離別的當下，原本平淡的感情，陷入在離別的情緒裡，一時身不由己而感慨惋惜，加深成爲「恨」這般較強烈的情感；直到離別過後，視自身與妓女的交情，這份情感會被沖淡至消逝，或者徒留惆悵和懷念，這些情緒將再度被寫入詞中，變成幽恨、愁緒。

除了恨、愁之外，年華漸老、歲月消逝，也時常令文人有所感慨。例如晏殊〈清平樂〉：

蕭娘勸我金卮。殷勤更唱新詞。暮去朝來即老，人生不飲何爲。〔註64〕

晏殊面對年老，並沒有逃避或厭惡，而是保持著樂觀態度。妓女勸他喝酒，唱詞侑觴，晏殊沒有拒絕，認爲人生很快就會面臨年老的狀態，此時不飲更待何時，把握時光，及時行樂。

但是更多時候，面對年華老去，經歷的人情世故多了，文人在妓詞中會融入人生體驗，例如晁端禮〈滿庭芳〉：

悲涼。人事改，三春穠豔，一夜繁霜。似人歸洛浦，雲散高唐。痛念你、平生分際，辜負我、臨老風光。羅裙在，憑誰爲我，求取返魂香。〔註65〕

面對人事改變，物換星移，那些濃豔已久的花木，在一夜之間似乎都染上寒霜。曾經情感緊密牽繫的人，如今也斷絕情份，歡樂成空，晁端禮只覺無限悲涼。臨老了，明知想起來盡是感傷，卻又如此想念那些人事物，末句哀嘆死後不知有誰會爲了再見自己一面，替自己求得連死者聞到也能活過來的「反魂香」，呼應了首句「悲涼」，全詞對年老的景況寫來句句感傷孤單。

這樣的妓詞，在遣賓餘興之餘，似有所寄託，然而又不似屈原以君子美人喻臣子與君王的士不遇情懷。事實上這類詞確實可以列

〔註64〕唐圭璋編：《全宋詞》，冊1，頁92。
〔註65〕唐圭璋編：《全宋詞》，冊1，頁421。

爲寄託之作，但筆者認爲這是一種情感的觸發與共鳴。例如張惠民《宋代詞學審美理想》論馮延巳詞時，認爲：「詞確實有意無意的貫注了他個人眞實的思想感情，流露出對人生對社會的某種感慨。」〔註66〕簡而言之，文人在妓詞中傷春悲秋、感嘆年華、哀怨含恨等，因爲妓詞創作的時間通常很短，在有限的創作時間、空間和題材裡，文人看著妓女表演，憐惜她們身世遭遇而觸景生情，或在歡樂場合不經意想到歡後或歡樂之外的情狀，故而一時有所感發而寫就。筆者以爲名爲「寄託」太過沉重，「情感共鳴」則較緩和貼切。

（二）文人幻想的愛情良伴

1、文人筆下的妓女描摹與幻想

在閱覽、分析妓詞之後，贈妓詞、詠妓詞部分有一個共同令人疑惑之處，那便是文人所歌詠的妓女，無一不是天仙美人，裝扮皆是華麗無雙，居所皆是華美無比。這樣的現象是令人欣羨的，但是遙想妓女風采之時，筆者不禁心生疑惑，是否宋朝妓女皆是如此絕色絕美之人？在本論文第三章〈贈妓詞〉，其中贈妓詞的特色一節，筆者曾提出這種誇大妓女美好的情形，並提出在公眾應酬場合對妓女加以美稱，是爲錦上添花，並給主人面子，故意渲染妓女以凸顯參與的是一場佳宴。

然則，在贈、詠妓詞中，同時也出現憐惜妓女或妓女自憐，以及諸多相思、閨怨之愁，往往都牽涉到愛情，若是純粹應酬之作，何以文人在歡樂場合塡寫愁詞？而詞中妓女的深情無悔等待、文人與妓女的愛戀，是否都屬事實？例如柳永〈鳳凰閣〉：

> 匆匆相見，懊惱恩情太薄。霎時雲雨人拋卻。教我行思坐想，肌膚如削。恨只恨、相違舊約。　相思成病，那更瀟瀟雨落。斷腸人在欄杆角。山遠水遠人遠，音信難托。這滋味、黃昏又惡。〔註67〕

〔註66〕張惠民：《宋代詞學審美理想》，頁244。
〔註67〕唐圭璋編：《全宋詞》，冊1，頁55。

全詞代妓女言，揣摩妓女的心境，用妓女口吻緩緩訴說對情郎的相思之苦，既懊惱怨恨對方恩情太薄，輕易拋棄自己；一方面卻「行思坐想，肌膚如削」以至「相思成病」。饒是如此，仍然一心一意等待，希望能夠將音信代給對方，如此深情，教人憐惜。

再看歐陽脩〈玉樓春〉：

> 劉郎何日是來時。無心雲勝伊。行雲猶解傍山飛。郎行去不歸。　　強勻畫，又芳菲。春深輕薄衣。花無語伴相思。陰陰月上時。〔註68〕

歐陽脩此詞也是模擬妓女口吻而寫作。上片妓女痴痴等待情郎來訪，不知要等到何日，卻還是天天等待，只因「郎行去不歸」，她將情郎比喻成行雲無心停留，然而下句又頗帶閨怨地抱怨：行雲尚且圍繞山邊飄飛，何以自己卻是孤身一人？下片描寫又是春天，妓女身著輕薄的衣裳，只有春花陪伴她，末句「陰陰月上時」點出她等待的時間長至深夜，增添寂寥的相思之情。

究竟這些妓女是否都是美貌、用情如此深切癡心？容貌或許文人都曾親眼看到，且人人美感不同，未能作定論，但是何以詞中常常描摹妓女相思等待的情景和心情？俗語不是有「婊子無情，戲子無義」之說，爲什麼妓詞中所見的盡是相思銷魂的妓女形象，而少見妓女無情之描述？文人究竟想藉此表達何種意義，或者其中埋藏著何種心態？

賀佳妍《宋代贈妓詞研究》在〈審己——贈妓詞的心理趨向〉一節中，對於文人這種心態作了一番解析，首先在容貌上：

> 詞人在贈妓詞中所創造的那些藝術形象，那些緊縮的蛾眉，倚欄相思的歌妓，實際上並不一定就是他們眼中所見的女子，更多的是他們心中想像的女子，是典型的男性視角中的女性，只不過這種想像與眼前美麗的歌妓的形象在詞中重合了。〔註69〕

〔註68〕唐圭璋編：《全宋詞》，冊1，頁133。
〔註69〕賀佳妍《宋代贈妓詞研究》，頁39。

以常理推斷，宋代妓女即使眾多，精挑細選後也不可能每位都是絕色，賀佳妍提出的男性想像之說，顯然更貼近眞實狀況。情人眼裡能出西施，文人眼裡自然能出美人，筆者贊同賀佳妍的文人想像說，並非想否定妓女美貌，或者批判宋代文人過分妄想而以詞渲染詐欺。事實上，這種現象並非宋人所獨有，而是先秦以來的傳統便是這樣的形式。舉凡商朝妖姬妲己、先秦宋玉〈高唐賦〉所描寫的巫山神女、戰國一笑傾國的褒姒、漢朝掌中輕的趙飛燕、魏國曹植〈洛神賦〉所書的美人、春秋吳國西施沉魚、西漢王昭君落燕、東漢貂蟬閉月、唐朝楊玉環羞花，以及樂府〈艷歌羅敷行〉中令人癡迷的羅敷，每一位美女的形象塑造都是極盡誇張之能事。宋詞數量龐大，在描寫妓女時，多有溢美之詞，當統整一起觀看時，便會產生過譽之嫌，令人不禁想比較究竟這些美人中誰最美，並從中反思這種只寫歌妓美貌美姿的行爲是否屬實、合宜。

龔又麗《唐詩美人意象研究》說：「中國文人與士大夫的心靈深處，都有一個如花如夢、如癡如醉的『美人王國』……青樓，是封建專制文化畸形發展而孕育出來的美的淵藪。青樓的魅力在於美人」〔註 70〕。倘若自中國文學各種文學中，將文人對各種美人的描寫統一回顧，便會發覺渲染誇示美人樣貌，乃是一種傳統的寫作手法或意象。張淑梅〈神女原型在美人幻夢文學中的置換變形〉說：

> 儘管男權社會對女性價值的認識並非一成不變，對女性的審美態度也並非總是焦灼於容貌色相之上……在中國古代文人的言情文學中，單方面以女性的美艷與描繪對象的艷情描寫佔有相當大的比重……描寫的文字具有極富貴的氣息與最濃厚的艷彩。總之，女性美的參照對象就是男性的審美愉悅程度。〔註 71〕

〔註 70〕龔又麗《唐詩美人意象研究》，中國文化大學中國文學所碩士論文（臺北：文化大學中國文學系，2012 年 12 月），頁 2。

〔註 71〕張淑梅：〈神女原型在美人幻夢文學中的置換變形〉，《內蒙古農業大學學報社會科學版》（內蒙古：內蒙古農業大學，2007 年），第 4 期，儘管無法反映當時宋朝妓女究竟美貌到何種程度，但從這些美人書寫的各項形容和行爲，卻能了解文人所欣賞、喜愛、認知爲美女的妓女，究竟是何種形象，比如：細腰、柔弱、嬌媚、裝飾華麗，無論何種樣貌，總歸是美貌，文人在妓女身上追求美。部分文人在描寫妓女時，將之與巫山神女、天仙相比，形成一種「巫山情結」，在妓詞中也常以巫山雲雨來比喻二者的互動。

2、文人筆下的愛情與自我心態

在妓詞所述的愛情方面，賀佳妍認爲：

> 贈妓詞中的女性總是在等待，她們的等待與相思，所代表的其實只是對男性的忠誠、愛慕與依附，即使有一些詞中表現出她們對命運的無奈，但她們的命運也是取決於男性對她們的態度的。那怕男子遠行不歸，音信全無，或者薄情負心，她們還是滿懷相思懷念，而沒有絲毫的憤怒和抗爭。男子欣賞的，就是她們這樣的慵懶，這樣的哀愁，這樣的相思，這極大的滿足了他們的性別優越感，使他們能夠感覺到自我的存在價值。〔註 72〕

筆者認同這種觀點，文人無論是否在仕途上潦倒，都期望妓女爲自己相思、無怨無悔地等候自己歸來。李之儀〈驀山溪・少孫詠魯直長沙舊詞，因次韻〉:「情漸透。休辭瘦。果有人相候。」〔註 73〕當文人仕途受挫、不被重用、沒有伯樂、沒有成就感時，他們渴望有人能接納自己，而最適合的人選，便是溫柔鄉這些帶來歡愉和安慰的妓女。

文人在妓詞中大量地書寫愛情，與妓女大談戀愛，描摹揣測妓女對自己的相思之情，然而這些情詞卻只有少數是眞實所感，即便動了眞情，文人和妓女的愛情也因爲種種原因而煙消雲散沒有結果。妓女可以是消遣娛樂、是一生的知己，得意時分享喜悅，以歌舞來慶賀、娛樂自己；失意時，妓女無悔而不嫌棄的笑靨、安慰和

第 9 卷，總第 34 期，頁 285。

〔註 72〕賀佳妍《宋代贈妓詞研究》，頁 39。

〔註 73〕唐圭璋編：《全誦詞》，頁 348。

鼓勵，讓他們暫時忘卻現實的痛苦。

儘管文人十分清楚妓女服侍他們也是一種工作和無奈，妓女的愛情和溫柔只要付費可能人人都可得到。然而他們更願意相信只有自己受到特別待遇，獨得妓女的愛情，所以在詞中揣測妓女對自己的崇拜與癡情，以此滿足自己虛榮的價値感和渴望被某人需要心態。同樣的，這種女子無悔等待、相思消瘦的現象，早在先秦《詩經・東門之墠》就有「豈不爾思？子不我即」〔註74〕的相思之苦；漢代《古詩十九首・行行重行行》：「思君令人老，歲月忽已晚」〔註75〕；唐詩李白〈春思〉：「當君懷歸日，是妾斷腸時」〔註76〕。

諸多文學作品中都是以男性文人化爲女性身分，抒發相思之苦與無悔之情，與宋詞的最大差別只在於，宋詞中的癡情相思女子大部分身分都是妓女。

3、文人筆下的妓女美人意象與寄託

妓詞中這種美人思君的想像，若再引申意象探討，則又可能牽涉到屈原的「香草美人」意象傳統。何謂意象？意象是「意」與「象」的結合。張桃州〈意象源流略論〉：

> 「意」主要指一種主體情思，「象」則指客觀的自然物象。二者結合在一起，用以表明作家的主觀精神與客觀物件相互交會融合的情形……心與物相契、情與景交融、虛與實合一。〔註77〕

黃永武認爲：

> 意象是作者的意識與外界的物象交會，經過觀察、審思與美的釀造，爲有意境的景象，然後透過文字利用視覺意象或其他感官意象傳達，將完美的意境與物象清晰的重現出來，讓讀者有如親見親受一樣，這種寫作的技巧，稱之爲

〔註74〕李學勤主編：《毛詩正義》，冊1，卷4，頁363。

〔註75〕朱自清：《古詩十九首釋》（臺灣：五南圖書出版有限公司，2011年10月），頁19。

〔註76〕〔清〕清聖祖康熙御定：《全唐詩》，冊3，卷165，頁1710。

〔註77〕張桃州：《詩網絡論》（香港：詩網絡出版社，2004年），頁86～91。

意象的浮現。〔註78〕

言下之意，意象是一種「符號」、「圖象」，藉由創作者的聯想而產生，但使用的聯想必須是大多數人能共同立即連結、聯想的人事物才能成立，例如中國詩歌中的「比」、「興」，即是讀者透過作者所營造的意象，而了解作者「象」中想要傳達的隱藏的「意」。了解意象之後，就可以明白，「美人意象」是以「美人」爲象，使讀者揣摩美人隱藏的「意」。

所謂「美人」，不同時代、地區、民族、個體都有各自的標準，例如總括而言，中國人向來以「纖瘦」爲美的一項指標，然而也有唐代崇尚「豐腴」之美的審美觀，「美人」的準繩爲何？容貌美、氣質美、裝飾美、才藝美、品德美，究竟又該以何種條件作爲判定基準？

「美人意象」所要探討的，並不是美人究竟有多美，而是美人代表何種意義。它可以指現實中的美人，也可以有其他象徵，最具代表性並影響中國文人至深的，便是屈原的「香草美人」意象。屈原在《楚辭》中描寫大量的花草、美人，這樣的意象令歷代箋注者，致力想像屈原「美人」所隱含之意。王逸《楚辭章句》說：

善鳥香草，以配忠貞；惡禽臭物，以比讒佞；靈修美人，以譬於君……〔註79〕

王逸以爲屈原「美人」是比喻君王。洪興祖在補注時卻有不同看法：

屈原有以美人喻君者，「恐美人之遲暮」是也；有喻善人者，「滿堂兮美人」是也；有自喻者，「送美人兮南浦」是也。〔註80〕

無論是喻君、喻善人或自喻，「美人」代表是一種良善、美好的意義，只是有時指涉的對象有所區別。屈原這種「香草美人」意象，影響

〔註78〕黃永武：《中國詩學——設計篇》（臺北：巨流圖書公司，1985年），頁3。

〔註79〕〔宋〕洪興祖：《楚辭補注》（臺北：大安出版社，1998年），頁3。

〔註80〕〔宋〕洪興祖：《楚辭補注》，頁3。

到中國各朝代，文人慣以同樣的手法來抒情言志，這是中國獨特文化背景所造成。張惠民、向娜〈唐宋妓樂文化與閨情詞論綱〉載：

> 在儒家詩教的影響下，其實中國古代的各種文體都是崇尚微婉其詞，而反對過於直露的感情表達，但詞體文學對這一品格的要求卻要勝過其他的任何一種文體，甚至被作爲本色與否的一個標準。〔註81〕

強調委婉曲折的表達方式，正是婉約詞的要求。含蓄的民族性和儒家教育，讓中國文人崇尚溫文儒雅的形象，怨君思想萬萬不可直言，然而現實與內心仍是有所計較。此時，託「美人」以抒情言志的方式，便成爲眾人皆知但不能說的秘密。

如此看來，妓詞中大量的美人癡情、相思、等待，以及對「知己」的渴望，或者化身爲妓的種種怨情，是否如屈原一般以面貌儀容姣好來自喻自身才能，又以相思、閨怨來抒發內心的失意與失落，以及對君王、知音不能賞識的怨情和感慨？除了晏殊〈山亭柳〉可明顯與晏殊自己的身世經歷對照，寄託意義明顯外，其他妓詞是否有這種寄託，在無明顯證據時，只能任憑讀者的揣測；然而揣測過多，則可能如《詩經》的愛情詩歌都與詩教化上關係一般。以蘇軾〈賀新郎〉爲例：

> 乳燕飛華屋，悄無人、桐陰轉午，晚涼新浴。手弄生綃白團扇，扇手一時似玉。漸困倚、孤眠清熟。簾外誰來推繡户，枉教人、夢斷瑤臺曲，又卻是，風敲竹。　　石榴半吐紅巾蹙。待浮花、浪蕊都盡，伴君幽獨。穠豔一枝細看取，芳意千重似束。又恐被、西風驚綠，若待得君來向此，花前對酒不忍觸。共粉淚，兩簌簌。〔註82〕

此詞究竟是贈妓、詠妓、詠榴花，或是蘇軾假託美人，暗中抒發懷才不遇的心情？賀佳妍《宋代贈妓詞研究》在探討後，結論認爲：

〔註81〕張惠民、向娜：〈唐宋妓樂文化與閨情詞論綱〉，陳水雲、潘碧華：《詞學國際研討會論文集》（馬來西亞：馬來亞大學華人研究中心出版，2012年8月），頁153。

〔註82〕唐圭璋編：《全宋詞》，冊1，頁297。

> 此詞是在美人的形象中寄喻著詞人孤高的精神氣質，以及忠而遭貶的抑鬱心情和對君王始終如一的鍾愛之情，以及對世事無常、身不由己的無奈與感慨。……寄寓了詞人的人生感受，從而突破了贈妓詞的窠臼，將其內涵提升昇華到對政治人生的態度上。〔註 83〕

筆者也認爲此詞別有寄託，但是否有如賀佳妍所說的多重寄託，所見卻又不盡相同，可見在解詞時仍是不免以主觀來看待，是以在美人意象寄託的部分，尚需匯集更多資料，才能較公正地判定妓詞究竟是純粹寫妓女，或是有所暗示。

三、何以爲知己？何以無結果？

於仕途、生活不順遂的文人、官員們，得不到上位者賞識，他們自小奉行的人生價值與目標受到壓抑和衝擊，良禽苦候不到良木，千里馬沒有伯樂，久之也會疲累灰心，渴望有人可以傾訴、相知。妓女恰好填補了這個空缺，她們不似良家婦女受到傳統禮教規範，職業因素，她們能夠裝扮自己、培養自己，展現自身的各種美好，在妓院或官方教育下，不僅色藝雙絕有氣質，還能與文人好好溝通，使他們能在現實生活的苦悶中稍加解放自我。

爲什麼文人不選擇自己的髮妻，而選擇妓女爲知己？爲官者，何以不選擇同僚？就現實層面而言，彭洁瑩：〈同是天涯傷淪落——宋歌妓詞中的知己意識〉載：

> 雙方都不承擔道德、倫理、家族的責任，沒有門第、宗法、貞節觀念的束縛，所以妓女與恩客的關係較之封建家庭中丈夫與妻子、妾侍的契約，反而更純潔更眞摯，因而也就有可能更具有理想的色彩。於是他們更易產生「現代意義」的愛情，歌妓也就成爲文人士大夫的紅粉知己，而一旦懷才不遇，仕途坎坷，文人就更須這些紅粉知己的眞情體慰。〔註 84〕

〔註 83〕賀佳妍：《宋代贈妓詞研究》，頁 50～51。
〔註 84〕彭潔瑩：〈同是天涯傷淪落——宋歌妓詞中的知己意識〉，《中山大學客觀來說，這也是文人、官員自保的一種心態所導致的結果，在本文第四章贈妓詞的「詞人贈詞之因」中，已曾闡釋，放諸詠妓詞中，主角不變，理由自然也相同。古代婚禮不過合為兩姓之好，夫妻之間有相敬之情，但相愛如蘇軾和王弗者少，所以蘇軾的「十年生死兩茫茫，不思量，自難忘」〔註 85〕才如此特別和令人印象深刻，更何況縱如蘇軾這般癡情的文人，仍是有畜養許多家妓在身邊陪侍。古人注重門當戶對，兩姓婚姻背後有家族的因素，婚姻大事由父母做主，兩性結合是為了社會人倫，兩性互動也受到道德約束和規範，門第、宗法、貞潔、夫妻綱常等太多的社會禮教束縛，使得男女之間並非因情感而結合，即使雙方最後日久生情，也要莊重行事，才合乎禮教。

沒有家世背景的妓女，她們的職業便是要取悅賓主，直到從良前，社會都不會以良家婦女的標準來看待、規範妓女，她們得不到一般婦女應有的尊重，但卻因此有機會得到文人「更純潔更誠摯更具有理想色彩」的愛情，對此筆者頗不以為然，所謂的純潔誠摯，是針對兩人相處之間，沒有太多的包袱與規範而言。事實上文人再如何落魄，妓女也僅能在物質生活上超越文人，於身分地位上仍是差距懸殊，取悅、順從，是妓女的工作，以此看來，純潔誠摯應是就男性立場來看所做的評論。

就功利角度而言，妓女身分低微，柔順服侍，縱使有些話對妓女說了也無妨，並不影響仕途；與妓女相處自由沒有包袱，妓女是理想情人，沒有責任、沒有太多規範，沒有反抗，輕鬆享受跟女子在一起的一切美好；就人性言，妓女容貌、身段、裝扮、才藝、談吐，都是那麼地完美令人感官愉悅，一切都合乎心意。此外，文人不得志於仕途的心情，在妓女的崇拜和溫婉安慰下，得到了滿足和慰藉，自然能將妓女視為紅粉知己。

學報論叢》（廣州：中山大學，2006年），第一期，卷26，頁90。
〔註85〕唐圭璋：《全宋詞》，冊1，頁300。

能將妓女視爲知己，卻不是每位文人都能將妓女平等看待，即使平等，這種平等是一種假象，即不平等中的部分平等。蕭國亮在論及妓女社會角色與地位時，曾說：

> 對於娼妓的歌頌與讚譽，在中國古代文人那裏曾經盡費筆墨。然而，即使是他們，對於娼妓的態度也表現出一種渾重的矛盾，他們與娼妓有著極爲密切的往來，雖然也不斷地在歌詠她們，讚美她們，然而在他們心目中娼妓亦不過是一件可以把玩欣賞的娛樂品，如同一隻會唱歌的逗人喜愛的畫眉或鸚鵡，而不可能將他們當作與自己平等的人來看待。〔註 86〕

妓女和文人之間確實有可能成朋友、知己，產生愛情，由於是自由戀愛，相近於「現代意義」的愛情，卻不相等。蕭國亮所說的「費盡筆墨」，所指便是本論文所討論的贈妓詞與詠妓詞，以及其他詩歌、筆記等，他們在文學中極力歌詠妓女，對她們訴衷情；他們在妓院幽會互許終身，在彼此身上感受到愛情的美好。

扣除逢場作戲的部分，妓女與文人萌生愛苗，妓女並不能只接待愛人，而文人也未曾被愛情沖昏頭，他們依然堅守著中國傳統的道德觀和倫理規範，同時還有社會觀感。例如汴京名妓李師師，將周邦彥引爲知己，周邦彥也沒有爲她贖身；根據《大宋宣和遺事》所記，李師師備受帝寵，於宣和六年「賜夫人冠帔」，冊封爲「明妃」〔註 87〕。無論此事是否虛構，故事早已傳揚開來，深植人心，周邦彥不能與帝爭寵而被迫分離，使得後人同情，如清代譚瑩有詩：「新詞學士貴人宜，獨步尤難市儈知。唱竟蘭陵王一闋，君王任訪李師師」〔註 88〕，感嘆兩人無法相守之苦。

三人間的情感糾葛，周邦彥的情詞，使世人爲這段沒有結果的戀

〔註 86〕蕭國亮：《中國娼妓史》，頁 144。
〔註 87〕黎烈文標點：《大宋宣和遺事》（臺北：臺灣商務印書館，1967 年），頁 24～25。
〔註 88〕王偉勇：《清代論詞絕句》（臺北：里仁書局，2010 年 9 月），頁 210。

情感到遺憾，然則倘若沒有宋徽宗的存在，周邦彥跟李師師之間會不會有結果？在熱戀時是眞心許下諾言，事實上實踐、納妓爲妾的文人甚少，在此社會背景下，周邦彥也不會是例外。在中國的父系和傳統社會背景下，時人的共同觀念是，薄倖也是一種風流，拋棄妓女並不會眞的受到苛責或刑罰而影響名聲，這也是文人與妓女能放鬆交往的前提之一。諷刺的是，妓女這種時而受寵、時而見棄的狀態，不正好也是文人與君王的互動關係？

妓女淪落風塵，往往不是自願，她們無權決定自己的地位，除非官員幫她們脫籍，或有人爲她們贖身聘娶爲妾，都是屬於被動的弱勢角色。文人、官員無法主宰自身的遭遇，但他們卻是可以主宰妓女的。蘇軾〈減字木蘭花・贈潤守許仲塗，且以「鄭容落籍、高瑩從良」爲句首〉：

> 鄭莊好客。容我尊前先墮幘。落筆生風。籍籍聲名不負公。
> 　　高山白早。瑩骨冰膚那解老。從此南徐。良夜清風月滿湖。〔註 89〕

每句開頭藏一字，全詞藏頭爲「鄭容落籍，高瑩從良」。宋・陳善《捫蝨新話》載：

> 東坡集中有〈減字木蘭花〉……人多不曉其意。或云：坡昔過京口，官妓鄭容、高瑩二人當侍宴，坡喜之。二妓問請於坡，欲爲託籍。坡許之而終不爲言。及臨別，二妓復之船所，懇之。坡曰：「你當持我詞以往，太守一見，便知其意。」蓋是「鄭容落籍，高瑩從良」八字也。〔註 90〕

由此觀之，協助妓女從良，只在於官員願不願意爲之，或者願不願意攜妓而去。趙令畤《侯鯖錄》卷八：

> 錢塘一官妓，性善媚惑人，號曰九尾野狐。東坡先生適是邦，闕守權攝。九尾野狐者，一日下狀解籍，遂判云：「五

〔註 89〕唐圭璋編：《全宋詞》，冊 1，頁 312。

〔註 90〕〔宋〕陳善：《捫蝨新話》（北京：中華書局，1985 年），集下，卷 3，頁 69～70。

> 日京兆，判斷自由，九尾野狐，從良任便。」復有一名娼亦援此例，遂判云：「敦〈召南〉之化，此意誠可佳；空冀北之群，所請宜不允。」〔註91〕

「五日京兆」，用的典故事是西漢的張敞被彈劾等待處理，屬下卻已不聽命令。《漢書・張敞傳》：

> 敞使賊捕掾絮舜有所案驗，舜以敞劾奏當免，不肯爲敞竟事，私歸其家。人或諫舜，舜曰：「吾爲是公盡力多矣，今五日京兆耳，安能複案事？」敞聞舜語，即部吏收舜系獄。是時冬月未盡數日，案事吏晝夜驗治舜，竟致其死事。舜當出死，敞使主簿持教告舜曰：「五日京兆，竟何如？冬月已盡，延命乎？」乃棄舜市。〔註92〕

東坡引此典，是說自己畢竟還在位上，就有權利可以幫她從良。另外一位名妓也想仿效，蘇軾卻回絕。〈召南〉乃《詩經》十五國風之一，《詩》三百，一言以蔽之，曰：「思無邪」，顯然意謂此妓已被感召；「冀北之群」，則典出韓愈〈送溫處士赴河陽軍序〉：「伯樂一過冀北之野，而馬群遂空」〔註93〕，比喻有才能的人遇到知己而得到提拔。《宋艷》認爲「子瞻惜其去」〔註94〕故而拒絕讓她從良；無論基於何種原因批准或拒絕，官員掌握可以決定妓女是否從良籍的生殺大權。至於一般市井妓，文人只要有心又有錢，亦可替妓女贖身落籍，但這些人卻寧願放棄「愛情」，只能在事後追念，而沒有採取實際行動，筆者不禁疑惑，千百年來歌頌的愛情，是否眞是愛情？

造成將愛情與知己拋棄的薄倖作風，並非單一文人的過錯，矛盾的心態是由於大環境所造成。因爲早在一開始，從本質上來說，妓女制度就是一種時代對女子的剝削，沒有人願意生而爲妓，即便知道妓

〔註91〕〔宋〕趙令畤：《侯鯖錄》（北京：中華書局，2002年9月），卷8，頁199。

〔註92〕〔漢〕班固：《漢書》，冊4，卷76，頁1848～1849。

〔註93〕羅聯添編：《韓愈古文校注彙輯》（臺北：國立編譯館，2003年6月），冊2，卷4，頁1414～1426。

〔註94〕〔清〕徐士鑾：《宋艷》，卷7，頁197。

女的可憐之處，文人、官員和妓女的交往，早以建築在這樣不公平的基礎上。於情感而言，也許曾有平等、共鳴、視爲知己的眞摯情意；就現實來說，這些妓女對文人而言再深愛也是過眼雲煙，是暫時的碼頭，而非永久的港灣。沈松勤《唐宋詞社會文化學研究》認爲：

> 由於雙方社會地位的懸殊和社會法律的束縛，這種相思難以得到圓滿的結果……唐宋士大夫的理性和情感始終處於嚴重的矛盾之中，在情感領域內，以歌妓爲婚外情戀的對象；在理性世界中，歌妓又成了被排斥的對象。……這種來自理性世界的壓力，不僅造成了士大夫與歌妓的必然分離，而且在相逢之初，雙方便已清楚意識到伴隨的將是永久的相思之苦。〔註 95〕

文人最後仍然選擇在社會常規底下擇妻生子，又在選擇後感到不自由而至青樓尋求紅粉知己，兩者並不衝突，最後變成文人共同的自私心態，他們同情妓女的遭遇和無奈，代替妓女指責薄倖郎，一方面卻做著傷害她們的行爲，拋棄之後偶帶一絲悵然，最終習慣成自然。這是古代妓女的悲劇，也是妓女制度作爲一種社會文化現象的必然結果。

〔註 95〕沈松勤：《唐宋詞社會文化學研究》，頁 151～152。

第七章　結　語

妓女是自古便存在的職業，妓女制度則是經過長久時間漸漸累積而成的，發展至唐宋時期，妓女制度已完備，有一定的職業分工、服務對象和行爲規範。在政治經濟、人欲與人性，以及社會文化心態之下，促成了這些妓女被培養成各種領域的藝術家，但她們終其一生卻難以擺脫以色藝事人的賤籍身分。詞和妓詞的興起與傳播，都與妓女樂工有關聯，妓女所帶來的影響，並非只是聲色之娛而已，細究之，則能反映許多文化、社會、經濟等現象。

北宋時代，正是政治、經濟、社會都相對安定繁華的時期，妓業興盛，詞曲隨著文人的努力與妓女的演唱傳播而漸漸流行，無論是唱歌跳舞助興、聊天解悶、迎合應酬、侑觴勸酒，皆須具有一定的教育水準，方能與文人對答如流，並受到喜愛和另眼相看；部分妓女還能自創新詞及新聲，藉此提高自己的身價、地位和名氣。而這些妓女的詞背後都有故事流傳，且都與文人、官員的互動有關。在妓詞中，有一類「贈妓詞」，就顯現了「妓女乞詞」和「文人贈詞」的互利行爲。妓女乞詞，是緣於演唱之需求，並通過文人名士在詞中對自己的贊詠，藉以擴大名聲及提高身價，成爲名妓，以求在未來能有相對較好的出路。詞人則是書寫贈妓詞，用來回應妓女的情感，也因爲她們的推崇增加了創作慾望，於應酬場合滿足了表現欲和被關注的成就感。

妓女是文人的朋友、紅顏知己，也是身心放鬆的去處，文人歌詠妓女、親近妓女，書寫許多「詠妓詞」，甚至將妓女名字鑲嵌於詞中成為「嵌名詞」，超過 370 首的詠妓詞，利用感官書寫妓女的外貌、才藝表現等，都展現了文人對妓女的欣賞和喜愛，以及個人或時代整體的審美觀。詞人的內心情感世界、對妓女美好的想像、對愛情的殷殷期盼和自身生命遭遇之共鳴也反映在妓詞之中，使後世讀者可從中窺見詞人的另一種面貌。

北宋由於帝王的鼓吹，無論是官妓、市妓或家妓，都融入在文人日常生活之中；文人、妓女、詞體、藝術、文化，由此激盪出許多火花。妓詞所反映的，並非只是娛樂消遣、描寫聲色之美而已，它牽涉了多方面的文化價值：

一、妓女制度跟隨政治經濟而變動

帝王的喜好和鼓吹、政治強盛與否、經濟活動是否繁榮，牽涉到妓女制度與妓詞的興盛與衰敗，這些現象也會反映在妓詞的內容中，比如盛世時，人民才較有剩餘的時間和金錢作娛樂消遣，朝廷也才有金錢畜養大量官妓供應朝堂表演及文人娛樂。

二、反映文人飲宴生活

喝酒、飲茶、飲湯、音樂、歌舞這些活動都出現在妓詞之中。妓女的才藝表演和吟唱詩詞、文人飲酒飲茶飲湯等活動，成為宴會中不可或缺的事物，進行活動還有一定的順序，表現出當時文人或官員飲宴應酬普遍的喜好和流程。

三、妓女與詞樂的傳播

詞、音樂、文人，從起源到盛行，都是仰賴妓女對大眾傳播而得名或流行，詞的興盛，身為傳播媒介主力的妓女，實在功不可沒。除去情感共鳴外，文人和妓女有著互利共生的實質功利關係，妓女對詞樂的傳播貢獻，在文學史中不該輕易被抹滅。

四、揭露文人矛盾的心態和社會風氣

文人與妓女的愛情和知己意識，顯得曖昧又矛盾，無論是否是眞愛，妓詞中訴說再多盟約，文人與妓女終究難以結成正果。文人描寫妓女多麼美麗，癡癡等待自己，更多的是自己的幻想和寄託。然而中國古代社會對於妓女始終不友善，文人最終因爲種種因素辜負盟約，與妓女結合相較更不會遭到輿論譴責，這是矛盾又詭異的社會風氣使然。

妓詞呈現了這些美麗女子的美，形塑並記錄了這些妓女的形象特色和才藝、美輪美奐的器物和舒適的生活，與文人的互動更是備受注目之處。事實上，妓詞數量龐大，內容豐富，牽涉的面向十分寬廣，於文學、音樂、藝術、政治、社會、經濟、心理等，都可從多重角度各自展開議題。本論文從多種方向，致力於探討並解析妓詞的來源、分類、內容、特色、侷限、文化、影響性等，並從中推敲背後之原因，希望能較全面地闡述妓詞的各種意義，以肯定其多種價值和在詞體中的地位。

另外，筆者試著對妓詞中的一些現象提出反思，例如以往學者對妓詞的缺點評斷是否公允？又如，文人與妓女看似感動浪漫的愛情詞之下，所隱藏的眞實面以及複雜心態，大多都是殘酷且無情又令人無奈的矛盾之戀，究竟是爲什麼？又該如何看待？

在緒論時，筆者便曾提及本文面臨的困境，在於妓詞的統計跟分類難以辨識，因爲判斷定義的標準是主觀的。本文不敢說蒐羅的妓詞數量一定是正確的，但應該是目前學界研究中較齊全的。當然，以《全宋詞》爲底本可能會缺漏許多未收錄的妓詞，也期盼日後有學者能增補之。礙於時間和篇幅限制，本文未能連同南宋妓詞部分一同討論、比較，完成斷代研究、舉例時也未能將各項妓詞全部深入析論；又，以一人之力，妓詞可以探討的議題層面太過廣闊，只能針對已掌握的部份分析之，甚覺遺憾與抱歉，關於妓詞與閨秀詞、妓詞與妓詩、贈妓詞與贈內詞、摹寫妓女手法與其他體裁之比較、士不遇與妓女共鳴之心、文人拋棄妓女的理由等，尚有許多討論的議題和探討的角度可切入研究。

但願本文至少能達到拋磚引玉之效，讓學者們正視並補足這些年來文學史、詞史中一直被忽略的妓詞空缺，將妓詞全面作有系統的斷代或主題式研究，使妓詞的資料、能見度增加，盼望詞學界再次重新審視妓詞的地位和價值，使詞體研究方向能夠更多元齊備。

參考文獻

一、古　籍（依年代先後排列）

1. 〔漢〕班固：《漢書》，《仁壽本二十六史》，臺北：成文出版社，1971年。
2. 〔漢〕司馬遷撰，瀧川龜太郎注：《史記會註考證》，臺北：中新書局，1982年10月。
3. 〔漢〕王逸注：《楚辭章句》臺北：臺灣商務印書館，1983年。
4. 〔漢〕許慎著，〔清〕段玉裁注：《圈點段注說文解字》，臺北：萬卷樓圖書股份有限公司，2002年。
5. 〔晉〕陶潛：《搜神後記》，北京：中華書局，1985年。
6. 〔南朝宋〕劉義慶著，余嘉錫注：《世說新語箋疏》，臺北：華正書局，1993年10月。
7. 〔南朝梁〕蕭子顯：《南齊書》，臺北：成文出版社，1971年。
8. 〔南朝梁〕蕭統：《文選》（臺北：藝文印書館，1991年12月）
9. 〔南朝陳〕徐陵編、〔清〕吳兆宜注：《玉臺新詠箋注》，臺北：明文書局，1988年7月。
10. 〔唐〕房玄齡等撰：《晉書》，《仁壽本二十六史》，臺北：成文出版社，1971年。
11. 〔唐〕魏徵編：《隋書》，《仁壽本二十六史》，臺北：成文出版社，1971年10月。
12. 〔唐〕崔令欽：《教坊記》，臺北：宏業書局，1973年1月。
13. 〔唐〕李白：《李太白全集》，臺北：世界書局出版社，1997年5月。

14. 〔唐〕段安節：《樂府雜錄》，北京：中華書局，1985 年。
15. 〔五代〕趙崇祚編：《花間集》，臺北：學生書局，1981 年 10 月。
16. 〔五代晉〕劉昫：《舊唐書》，《仁壽本二十六史》，臺北：成文出版社，1971 年。
17. 〔宋〕范曄：《後漢書》，《仁壽本二十六史》，臺北：成文出版社，1971 年。
18. 〔宋〕羅燁：《醉翁談錄》，臺北：世界書局，1972 年 5 月。
19. 〔宋〕劉克莊：《翁應星樂府》，臺北：臺灣商務印書館，1979 年 11 月。
20. 〔宋〕郭茂倩輯：《樂府詩集》，臺北：里仁書局，1981 年 3 月。
21. 〔宋〕吳曾：《能改齋漫錄》，臺北：木鐸出版社，1982 年 5 月。
22. 〔宋〕李昉等編：《太平御覽》，臺北：台灣商務印書館，1983 年。
23. 〔宋〕葉夢得：《避暑錄話》，北京：中華書局，1985 年。
24. 〔宋〕張端義：《貴耳集》，北京：中華書局，1985 年。
25. 〔宋〕范晞文：《對牀夜語》，北京：中華書局，1985 年。
26. 〔宋〕魏泰：《東軒筆錄》，北京：中華書局，1985 年。
27. 〔宋〕周輝：《清波雜志》，北京：中華書局，1985 年。
28. 〔宋〕陳善：《捫蝨新話》，北京：中華書局，1985 年。
29. 〔宋〕羅大經：《鶴林玉露》，北京：中華書局，1985 年。
30. 〔宋〕張邦基：《墨莊漫錄》，北京：中華書局，1985 年。
31. 〔宋〕陳元靚：《歲時廣記》，北京：中華書局，1985 年。
32. 〔宋〕陳師道：《後山詩話》，臺北：商務印書館，1985 年。
33. 〔宋〕李之儀：《姑溪居士前集》，臺北：臺灣商務印書館，1986 年。
34. 〔宋〕梅堯臣：《宛陵集》，臺北：世界書局，1986 年。
35. 〔清〕王奕等編：《御定詞譜》，臺北：世界書局，1986 年。
36. 〔宋〕周密撰，朱菊如等校注：《齊東野語校注》，上海：華東師範大學出版社，1987 年 5 月。
37. 〔宋〕王灼：《碧雞漫志》，北京：中華書局，1991 年。
38. 〔宋〕程洵：《尊德行齋小集》，北京：中華書局，1991 年。
39. 〔宋〕蘇轍撰，俞宗憲點校：《龍川別志、龍川略志》，北京：中華書局，1997 年 12 月。
40. 〔宋〕洪興祖：《楚辭補注》，臺北：大安出版社，1998 年。

41. 〔宋〕洪邁：《夷堅志》，南京：江蘇古籍出版社，1998 年。
42. 〔宋〕司馬光：《資治通鑑》，北京：九洲龍圖出版社，1998 年 1 月。
43. 〔宋〕蘇軾：《蘇軾全集》，上海：上海古籍出版社，2000 年 5 月。
44. 〔宋〕劉義慶：《幽明錄》，北京：北京出版社，2001 年，6 月。
45. 〔宋〕趙令畤：《侯鯖錄》，北京：中華書局，2002 年 9 月。
46. 〔宋〕李昉《太平御覽》，北京：商務印書館，2005 年。
47. 〔宋〕黃昇：《花庵詞選》，北京：商務印書館，2005 年。
48. 〔宋〕張舜民：《畫墁錄》，北京：商務印書館，2005 年。
49. 〔宋〕王溥：《唐會要》，西安：陜西人民出版社，2007 年。
50. 〔宋〕陳振孫：《直齋書錄解題》，北京：學苑出版社，2009 年 6 月。
51. 〔宋〕葉夢得：《石林詩話》，北京：人民文學出版社，2011 年 12 月。
52. 〔元〕脫脫：《宋史》，《仁壽本二十六史》，臺北：成文出版社，1971 年。
53. 〔明〕陳繼儒：《安得長者言》，臺北：藝文印書館，1965 年。
54. 〔明〕王世貞：《弇州四部稿》，臺北：臺灣商務印書館，1983 年。
55. 〔明〕陶宗儀：《說郛》，臺北：新興書局有限公司，1985 年 3 月。
56. 〔明〕譚遷：《棗林雜俎》，臺北：新興書局，1987 年 6 月。
57. 〔明〕王世貞編：《艷異編》，上海：上海古籍出版社，出版年不詳。
58. 〔明〕梅禹金纂輯：《青泥蓮花記》，北京：中國書店，2000 年。
59. 〔明〕蔣一葵：《堯山堂外紀》，上海：上海古籍出版社，2002 年。
60. 〔明〕楊慎：《升菴詩話》，濟南：齊魯書社，2005 年 6 月。
61. 〔明〕馮夢龍：《喻世明言，臺北：三民書局股份有限公司，1998 年 4 月。
62. 〔明〕郎瑛《七修類稿》，上海：上海古籍出版社，2002 年。
63. 〔清〕葉申薌《本事詞》，北京：古典文學出版社，1957 年 9 月。
64. 〔清〕先舒：《填詞名解》，臺北：廣文書局，1971 年 4 月。
65. 〔清〕清聖祖御製：《全唐詩》，臺北：明倫出版社，1971 年 5 月。
66. 〔清〕章學誠：《婦學》，臺北：新興出版社，1974 年。
67. 〔清〕李漁：《閒情偶寄》，臺北：長安出版社，1979 年 9 月。
68. 〔清〕田汝成：《西湖遊覽志餘》，臺北：木鐸出版社，1982 年 6 月。
69. 〔清〕徐釚編，王百里校箋：《詞苑叢談校箋》，北京：人民文學出版社，1998 年 2 月。
70. 〔清〕無名氏：《歷代娼妓史》，北京：中國書局，2000 年。
71. 〔清〕徐士鑾：《宋艷》，北京：中國書店，2000 年。
72. 〔清〕趙翼《陔餘叢考》，北京：學苑出版社，2005 年 9 月。
73. 〔清〕沈復：《浮生六記》，臺北：柏室科技藝術股份有限公司，2006 年 2 月。

二、專　書（依年代先後排列）

1. 胡雲翼：《宋詞研究》，上海：中華書局，1926 年 3 月。
2. 王書奴：《中國娼妓史》，上海：生活書店，1934 年 11 月。
3. 黃昇：《唐宋諸賢絕妙詞選》，臺北：臺灣商務印書館，1967 年。
4. 黎烈文標點：《大宋宣和遺事》，臺北：臺灣商務印書館，1967 年。
5. 雷學淇撰：《竹書記年義證》，臺北：藝文印書館，1977 年 5 月。
6. 《五朝小說大觀》，臺北：廣文書局，1979 年 5 月。
7. 李明娜：《小山詞校箋注》，臺北：文津出版社，1981 年 6 月。
8. 鄭騫：《詞選》，臺北：文化大學出版社，1982 年。
9. 唐圭璋主編：《全宋詞》，臺北：文光出版社，1983 年。
10. 任日鎬：《宋代女詞人評述》，臺北：臺灣商務印書館，1984 年。
11. 黃永武：《中國詩學——設計篇》，臺北：巨流圖書公司，1985 年。
12. 黃慶萱：《修辭學》，臺北：三民書局，1986 年 12 月。
13. 唐圭璋編：《詞話叢編》，臺北：新文豐出版公司，1988 年 2 月。
14. 劉逸生：《藝林小札》，廣東：廣州出版社，1988 年 9 月。
15. 國立故宮博物院編輯委員會：《故宮書畫圖錄》，臺北：故宮出版，1989 年。
16. 郁達夫：《郁達夫遊記集》，臺南：大行出版社，1989 年 2 月。
17. 吳熊和在：《唐宋詞通論》，杭州：浙江古籍出版社 1989 年 3 月。
18. 曾大興《柳永和他的詞》，廣州：中山大學出版社，1990 年 6 月。
19. 江灝、錢宗武譯注：《今古文尚書全譯》，貴陽：貴州人民出版社，1990 年 12 月。
20. 嚴明：《中國名妓藝術史》，臺北：文津出版社，1992 年 8 月。
21. 金啓華等編《唐宋詞集序跋匯編》，臺北：臺灣商務印書館，1993 年 2 月。

22. 李碧華:《霸王別姬》,臺北:皇冠文學出版有限公司,1993 年 7 月。
23. 成林等譯注:《西京雜記全譯》,貴陽:人民出版社,1993 年 8 月。
24. 張惠民:《宋代詞學審美理想》,北京:人民文學書版社,1995 年 4 月。
25. 徐君、楊海:《妓女史》,上海:上海文藝出版社,1995 年 7 月。
26. 唐美雲:《唐伎研究》,臺灣:學生書局,1995 年 9 月。
27. 沈翰、朱自鎮:《中國茶酒文化史》,臺北:文津出版社,1995 年 12 月。
28. 蕭瑞峰《多情自古傷離別——古典文學別離主題研究》,臺北:文史哲出版社,1996 年 6 月。
29. 許之衡:《中國音樂小史》,臺北:臺灣商務印書館,1996 年 8 月。
30. 蕭國亮:《中國娼妓史》,臺北:文津出版社,1996 年 10 月。
31. 朱德才主編:《增訂註釋全宋詞》,北京:文化藝術出版社,1997 年 12 月。
32. 孔凡禮:《蘇軾年譜》,北京:中華書局,1998 年 2 月。
33. 王力:《漢語詩律學》,香港:中華書局,1999 年 5 月。
34. 北京大學古獻研究所編:《全宋詩》,北京:北京大學出版社,1999 年 12 月。
35. 王力:《漢語詩律學》,香港:中華書局,1999 年。
36. 李劍亮:《唐宋詞與唐宋歌妓制度》,杭州:杭州大學出版社,2000 年,11 月。
37. 沈松勤:《唐宋詞社會文化學研究》,杭州:浙江大學出版社,2001 年 1 月。
38. 毛文芳:《物‧性別‧觀看——明末清初文化書寫新探》,臺北:學生書局,2001 年 12 月。
39. 龔斌:《情有千千結——青樓文化與中國文學研究》,上海:漢語大辭典出版社,2001 年 12 月。
40. 李學勤主編:《毛詩正義》,臺北:臺灣古籍出版社,2001 年 10 月。
41. 漢語大辭典編輯委員會編纂:《漢語大辭典》,香港:商務印書館,2003 年。
42. 羅聯添編:《韓愈古文校注彙輯》,臺北:國立編譯館,2003 年 6 月。
43. 張桃州:《詩網絡論》,香港:詩網絡出版社,2004 年。
44. 余嘉錫:《四庫提要辨證》,昆明:雲南人民出版社,2004 年 11 月。

45. 武周：《中國妓女文化史》，上海：東方出版中心，2006年6月。
46. 龍沐勛：《唐宋詞格律》，臺北：里仁書局，2006年7月。
47. 徐天璋：《孟子集註箋正》，收錄於林慶彰編：《民國時期經學叢書》，臺中：文聽閣圖書有限公司，2009年9月。
48. 王夢鷗註譯：《禮記今註今譯》，臺北：臺灣商務印書館，2009年9月。
49. 蒲積中編：《古今歲時雜詠》，陝西：三秦出版社，2009年10月。
50. 毛子水：《論語今註今譯》，臺北，商務印書館，2009年11月。
51. 胡適：《詞選》，臺北：臺灣商務印書館，2010年11月。
52. 朱自清：《古詩十九首釋》，臺灣：五南圖書出版有限公司，2011年10月。
53. 吳熊和、沈松勤：《張先詞編年校注》，上海：上海古籍出版社，2012年。
54. 王偉勇、薛乃文：《詞學面面觀》，臺北：里仁書局，2012年10月。
55. 外文出版社編委會：《中國酒文化》，臺北：龍圖騰文化有限公司，2012年12月。

三、期刊論文（依年代先後排列）

1. 夏承燾：〈令詞出於酒令考〉，《詞學季刊》（上海：上海書店，1985年12月），第3卷，第2號，頁12～14。
2. 張惠民：〈宋代士大夫歌妓詞的文化意蘊〉，《海南師院學報》，海口：海南師範學院，1993年3月，第3期，頁23。
3. 顧瑞敏：〈論《小山詞》中的彩箋意象〉，《北方文學》，哈爾濱：黑龍江省作家協會，2001年2月，下冊，第2期，頁15。
4. 李倩〈從娛神到娛人從樂身到樂心——楚樂舞的藝術特徵及其歷史嬗變〉，《江漢論壇》，武漢：湖北省社會科學院，2002年12月，第12期，頁51。
5. 彭潔瑩：〈流連光景惜朱顏——宋詞中的人生況味及其與歌妓的關係〉，《湛江海洋大學學報》，湛江海洋大學，2003年10月，第23卷，第5期，頁47～67。
6. 彭福榮：〈論歌妓對宋詞繁榮的價值〉，收錄於《重慶交通學院學報》，重慶：重慶交通學院，2003年12月，第3卷，第4期，頁51～54。
7. 曹明升〈宋代歌妓與宋詞之創作及傳播〉，收錄於《雲南社會科學》，昆明：雲南社會科學院，2004 年，第 3 期，頁 3。

8. 孟昭泉《眉眼語語用揭奧》,《臺州學院學報》，臨海：臺州學院，2004 年 8 月，第 26 卷，第 4 期，頁 37。
9. 陳中林、徐勝利〈論歌妓在宋詞發展中的作用〉,《平原大學學報》，鄂州：鄂州大學校報編輯部，2005 年 8 月，第 4 期，卷 22，頁 49。
10. 黃杰：〈論宋人湯詞與熟水詞〉,《宋學研究》，浙江：浙江大學學報，2005 年 11 月。，第 35 卷第 6 期，頁 152～160。
11. 彭潔瑩：〈同是天涯傷淪落——宋歌妓詞中的知己意識〉,《中山大學學報論叢》，廣州：中山大學，2006 年，第 1 期，卷 26，頁 88～91。
12. 張淑梅：〈神女原型在美人幻夢文學中的置換變形〉,《內蒙古農業大學學報社會科學版》，內蒙古：內蒙古農業大學，2007 年，第 4 期，第 9 卷，總第 34 期，頁 285。
13. 方英敏：〈先秦舞蹈的審美風格類型〉,《陽山學刊》，包頭：包頭師範學院，2007 年 10 月，第 20 卷，第 2 期，頁 11。
14. 宋秋敏：〈從流行歌曲的視角看唐宋詞的社會功能〉,《寧波：寧波大學學報》，寧波大學學報編輯部，2007 年 11 月。
15. 陳姝〈試評晏幾道傷心詞〉,《重慶職業技術學院學報》，重慶：重慶職業技術學院，2008 年 3 月，第 2 期，卷 17，頁 130～132。
16. 趙貴芬：〈吳歌西曲的女性書寫特徵〉，收錄於《東海中文學報》，臺中：東海大學中國文學系，2008 年 7 月，第 20 期，頁 121。
17. 王永煒：〈歌妓拓廣宋詞傳播範圍的研究〉,《新余學院學報》，新余：新余學院編輯部，2009 年 6 月，第 3 期，卷 14，頁 14。
18. 張丹：〈中國文人青樓情節——蘇小小〉,《時代教育》，瀋陽：瀋陽師範大學，2010 年 6 月，第六期，頁 279。
19. 王偉勇：〈關於「歌妓」之視覺與聽覺書寫——以宋詞爲例〉，收錄於《感官素材與人性辯證國際學術研討會論文集》,（臺南：國立臺灣文學館，2010 年 3 月），頁 27～45。
20. 陳麗麗〈論兩宋贈妓、詠妓詞的異同〉，收錄於《江西社會科學》，南昌：江西社會科學院，2012 年，第 10 期，頁 103～106。
21. 譚新紅：〈宋代的歌妓與宋詞傳播〉，陳水雲、潘碧華：《詞學國際研討會論文集》，馬來西亞：馬來亞大學華人研究中心出版，2012 年 8 月，頁 298。
22. 張惠民、向娜：〈唐宋妓樂文化與閨情詞論綱〉，陳水雲、潘碧華：《詞學國際研討會論文集》，馬來西亞：馬來亞大學華人研究中心出版，2012 年 8 月，頁 153。

23. 龔又麗《唐詩美人意象研究》，中國文化大學中國文學所碩士論文，臺北：文化大學中國文學系，2012 年 12 月，頁 2。

四、學位論文（依年代先後排列）

1. 林宛瑜：〈晁補之及其詞研究〉，國立中央大學中國文學研究所碩士論文，2001 年 6 月。
2. 賀佳妍：《宋代贈妓詞研究》，華東師範大學中國語言文學系碩士論文，上海：華東師範大學，2007 年 4 月。
3. 蔡依玲：《明代伎詞研究》，臺南：國立成功大學碩士論文，2011 年 2 月。

附　錄

一、妓之詞

序號	冊	頁	作 者	詞　名	首　句
1	1	168	陳鳳儀	一絡索（送蜀守蔣龍圖）	蜀江春色濃如霧。
2	1	359	琴操	滿庭芳	山抹微雲。
3	1	359	琴操	卜算子	欲整別離情。
4	1	418	盼盼	惜花容	少年看花雙鬢綠。
5	1	447	蘇瓊	西江月	韓愈文章蓋世。
6	1	592	青幕子婦	減字木蘭花	清詞麗句。
7	1	1046	聶勝瓊	鷓鴣天・寄李之問	玉慘花愁出鳳城

二、贈妓詞

序號	冊	頁	作 者	詞　名	全　句
1	1	55	張先	醉垂鞭（贈琵琶娘，年十二）	朱粉不須施。
2	1	77～78	張先	慶春澤（與善歌者）	豔色不須妝樣。
3	1	79	張先	望江南（與龍靚）	青樓宴。
4	1	83	張先	雨中花令（贈胡楚草）	近鬢彩鈿雲雁細。

5	1	106	晏殊	山亭柳（贈歌者）	家住西秦。
6	1	277	蘇軾	水龍吟（贈趙晦之吹笛侍兒）	楚山修竹如雲。
7	1	290	蘇軾	定風波（南海歸贈王定國侍人寓娘）	常羨人間琢玉郎。
8	1	294	蘇軾	南歌子（楚守周豫出舞鬟，因作二首贈之）	紺綰雙蟠髻。
9	1	294	蘇軾	南歌子（楚守周豫出舞鬟，因作二首贈之）	琥珀裝腰佩。
10	1	303	蘇軾	菩薩蠻・贈徐君猷笙妓	碧紗微露纖摻玉。
11	1	309	蘇軾	殢人嬌（或云贈朝雲）	白髮蒼顏。
12	1	313	蘇軾	減字木蘭花（贈小鬟琵琶）	琵琶絕藝。
13	1	318	蘇軾	浣溪沙（席上贈楚守田待制小鬟）	學畫鴉兒正妙年。
14	1	321	蘇軾	南鄉子（用前韻贈田叔通家舞鬟）	繡鞅玉鈈遊。
15	1	322	蘇軾	減字木蘭花（贈君猷家姬）	柔和性氣。
16	1	323	蘇軾	減字木蘭花（贈徐君猷三侍人嫵卿）	嬌多媚日煞。
17	1	323	蘇軾	減字木蘭花（勝之）	雙鬟綠墜。
18	1	323	蘇軾	減字木蘭花（慶姬）	天眞雅麗。
19	1	342	李之儀	清平樂（聽楊姝琴）	殷勤仙友。
20	1	344	李之儀	浣溪沙（爲楊姝作）	玉室金堂不動塵。
21	1	365	舒亶	木蘭花（次韻贈歌妓）	十二闌杆褰畫箔。
22	1	388	黃庭堅	驀山溪（贈衡陽妓陳湘）	鴛鴦翡翠。
23	1	393	黃庭堅	憶帝京（贈彈琵琶妓）	薄妝小靨閒情素。
24	1	402	黃庭堅	驀山溪（至宜州作，寄贈陳湘）	稠花亂葉。
25	1	402	黃庭堅	阮郎歸・曾敷文既眄陳湘，歌舞便出其類，學書亦進，來求小楷，作阮郎歸詞付之	盈盈嬌女似羅敷。

26	1	403	黃庭堅	定風波（客有兩新鬟善歌者，請作送湯曲，因戲前二物）	歌舞闌珊退晚妝。
27	1	496	趙令畤	浣溪沙(劉平叔出家妓八人，絕藝，乞詞贈之。腳絕、歌絕、琴絕、舞絕)	穩小弓鞋三寸羅。
28	1	498～499	趙令畤	臨江仙（阿方初出）	枝上粉香吹欲盡。
29	1	576	晁補之	江城子（贈次膺叔家娉娉）	娉娉聞道似輕盈。
30	1	577	晁補之	永遇樂（贈雍宅璨奴）	銀燭將殘。
31	1	583	晁補之	下水船	上客驪駒系。
32	1	88	陳師道	木蘭花減字（贈晁無咎舞鬟）	娉婷娜嫋。

三、詠妓詞

1、嵌名詞

序號	冊	頁	作者	詞名	首句	妓女
1	1	64	張先	夢仙鄉	江東蘇小。	蘇小小
2	1	73	張先	定風波令	碧玉篦扶墜髻雲。	蘇小小
3	1	129	歐陽脩	漁家傲	妾本錢塘蘇小妹。	蘇小小
4	1	237	晏幾道	玉樓春	採蓮時候慵歌舞。	蘇小小
5	1	445	鄭僅	調笑轉踏	花陰轉午漏頻移。	蘇小小
6	1	527	賀鑄	定情曲（春愁）	沈水濃熏。	蘇小小
7	1	530	賀鑄	惜奴嬌	玉立佳人。	蘇小小
8	2	622	周邦彥	滿庭芳（憶錢唐）	山崦籠春。	蘇小小
9	1	22	柳永	征部樂	雅歡幽會。	蟲蟲
10	1	31	柳永	集賢賓	小樓深巷狂游遍。	蟲蟲
11	1	34	柳永	木蘭花	蟲娘舉措皆溫潤。	蟲蟲
12	1	179	杜安世	浪淘沙	簾外微風。	蟲蟲
13	1	399	黃庭堅	步蟾宮（妓女）	蟲兒眞個忒靈利。	蟲蟲

14	1	225～226	晏幾道	鷓鴣天	梅蕊新妝桂葉眉。	小蓮
15	1	227	晏幾道	鷓鴣天	手撚香箋憶小蓮。	小蓮
16	1	233	晏幾道	木蘭花	小蓮未解論心素。	小蓮
17	1	309	蘇軾	訴衷情（琵琶女）	小蓮初上琵琶弦。	小蓮
18	1	579	晁補之	紫玉簫（過堯民金部四叔位見韓相家姬輕盈所留題）	羅綺叢中。	輕盈
19	1	577	晁補之	行香子（贈輕盈）	態纖柔。	輕盈
20	1	576	晁補之	江城子（贈次膺叔家娉娉）	娉娉聞道似輕盈。	輕盈
21	1	444	鄭僅	調笑轉踏	石城女子名莫愁。	莫愁
22	1	533	賀鑄	南曲（瀟瀟雨・三之二）	鴉軋齊橈。	莫愁
23	2	626	周邦彥	長相思（舟中作）	好風浮。	莫愁
24	1	461	秦觀	南鄉子	妙手寫徽眞。	崔徽
25	1	465	秦觀	調笑令（崔徽）	詩曰：蒲中有女號崔徽。	崔徽
26	1	403	黃庭堅	定風波	上客休辭酒淺深。	素兒
27	1	403	黃庭堅	定風波	上客休辭酒淺深。	素兒
28	1	55	柳永	西江月	師師生得豔冶。	李師師
29	1	229	晏幾道	生查子	遠山眉黛長。	李師師
30	1	229	晏幾道	生查子	落梅庭榭香。	李師師
31	1	457	秦觀	一叢花	年時今夜見師師。	李師師
32	2	613	周邦彥	拜星月（高平秋思）	夜色催更。	秋娘
33	1	68	張先	訴衷情）	數枝金菊對芙蓉。	秋娘
34	1	236	晏幾道	玉樓春	旗亭西畔朝雲住。	秋娘
35	2	595	周邦彥	瑞龍吟（春景）	章台路。	秋娘
36	2	613	周邦彥	拜星月（高平秋思）	夜色催更。	秋娘
37	1	234	晏幾道	木蘭花	阿茸十五腰肢好。	阿茸

38	1	503	賀鑄	花想容（武陵春）	南國佳人推阿秀。	阿秀
39	1	233	晏幾道	木蘭花	念奴初唱離亭宴。	念奴
40	1	34	柳永	木蘭花	佳娘捧板花鈿簇。	佳娘
41	1	15	柳永	晝夜樂	秀香家住桃花徑。	秀香
42	1	465	秦觀	詞笑令（灼灼）	詩曰：錦城春暖花欲飛。	灼灼
43	1	421～422	晁端禮	雨中花	豆寇梢頭。	瓊瓊、好好
44	1	432	晁端禮	浣溪沙	一見郎來雙眼明。	好好、瓊瓊
45	1	75	張先	定風波令	輕牙低掌隨聲聽。	瓊瓊
46	1	501	賀鑄	辨弦聲（迎春樂）	瓊瓊絕藝眞無價。	瓊瓊
47	1	222	晏幾道	臨江仙	夢後樓臺高鎖。	小蘋
48	1	222	晏幾道	臨江仙	淡水三年歡意。	小雲、小鴻
49	1	320	蘇軾	青玉案（和賀方回韻送伯固歸吳中故居）	三年枕上吳中路。	小蠻
50	1	536	賀鑄	減字浣溪沙（十五之九）	鸚鵡驚人促下簾。	雪兒
51	1	226～227	晏幾道	鷓鴣天	小令尊前見玉簫。	玉簫
52	1	82	張先	汎清苕又名感皇恩，正月十四日與公擇吳興泛舟	綠淨無痕。	韓娥
53	1	208	王安石	清平樂	留春不住。	小憐
54	1	237	晏幾道	玉樓春	紅綃學舞腰肢軟。	紅綃
55	1	291	蘇軾	南鄉子（沈強輔雯上出犀麗玉作胡琴，送元素還朝，同子野各賦一首）	裙帶石榴紅。	環兒
56	1	408	黃庭堅	歸田樂引	虛堂密候參同火。	樊姬與小蠻
57	1	517	賀鑄	羅敷歌（采桑子・五之三）	東南自古繁華地。	秦娘
58	1	34	柳永	木蘭花	酥娘一搦腰肢嫋。	酥娘

2、其他詠妓詞

序號	冊	頁	作者	詞名	全句
1	1	10	聶冠卿	多麗（李良定公席上賦）	想人生。
2	1	12	沈邈	剔銀燈（途次南京憶營妓張溫卿）	一夜隋河風勁。
3	1	13	柳永	玉女搖仙佩（佳人）	飛瓊伴侶。
4	1	13	柳永	尾犯	夜雨滴空階。
5	1	16	柳永	笛家弄	花發西園。
6	1	18	柳永	鳳銜杯	有美瑤卿能染翰。
7	1	18	柳永	鳳銜杯	追悔當初孤深願。
8	1	19	柳永	兩同心	嫩臉修蛾。
9	1	19	柳永	兩同心	佇立東風。
10	1	20	柳永	惜春郎	玉肌瓊豔新妝飾。
11	1	21	柳永	尉遲杯	寵佳麗。
12	1	22	柳永	迷仙引	才過笄年。
13	1	22	柳永	御街行	前時小飲春庭院。
14	1	24	柳永	鳳棲梧	簾下清歌簾外宴。
15	1	27	柳永	夏雲峰	宴堂深。
16	1	27	柳永	浪淘沙令	有個人人。
17	1	27	柳永	荔枝香	甚處尋芳賞翠。
18	1	29	柳永	錦堂春	墜髻慵梳。
19	1	31	柳永	殢人嬌	當日相逢。
20	1	32	柳永	合歡帶	身材兒。
21	1	32	柳永	少年游	層波瀲灩遠山橫。
22	1	33	柳永	少年游（十之四）	世間尤物意中人。
23	1	33	柳永	少年游（十之五）	淡黃衫子郁金裙。
24	1	33	柳永	少年游（十之六）	鈴齋無訟宴遊頻。
25	1	33	柳永	少年游（十之十）	佳人巧笑值千金。
26	1	33	柳永	長相思（京妓）	畫鼓喧街。
27	1	35	柳永	輪臺子	一枕清宵好夢。

28	1	35	柳永	引駕行	虹收殘雨。
29	1	36	柳永	洞仙歌	佳景留心慣。
30	1	37	柳永	擊梧桐	香靨深深。
31	1	40～41	柳永	玉蝴蝶（五之三）	是處小街斜巷。
32	1	41	柳永	玉蝴蝶（五之四）	誤入平康小巷。
33	1	41	柳永	滿江紅（四之二）	訪雨尋雲。
34	1	43	柳永	小鎮西	意中有個人。
35	1	44	柳永	促拍滿路花	香靨融春雪。
36	1	45	柳永	紅窗聽	如削肌膚紅玉瑩。
37	1	45	柳永	玉山枕	驟雨新霽。
38	1	46	柳永	甘州令	凍雲深。
39	1	46	柳永	西施（三之二）	柳街燈市好花多。
40	1	47	柳永	河傳（二之一）	翠深紅淺。
41	1	49	柳永	瑞鷓鴣（二之一）	寶髻瑤簪。
42	1	55	柳永	鳳凰閣	匆匆相見。
43	1	58	張先	菩薩蠻	聞人語著仙卿字。
44	1	59	張先	踏莎行	波湛橫眸。
45	1	59	張先	西江月	體態看來隱約。
46	1	60	張先	謝池春慢	繚牆重院。
47	1	61	張先	西江月	泛泛春船載樂。
48	1	66	張先	更漏子	錦筵紅。
49	1	66	張先	更漏子（流杯堂席上作）	相君家。
50	1	67	張先	蝶戀花	臨水人家深宅院。
51	1	68	張先	木蘭花	西湖楊柳風流絕。
52	1	68	張先	木蘭花	樓下雪飛樓上宴。
53	1	68	張先	減字木蘭花	垂螺近額。
54	1	70	張先	虞美人	苕花飛盡汀風定。
55	1	70	張先	醉紅妝	瓊枝玉樹不相饒。
56	1	70	張先	菩薩蠻	玉人又是匆匆去。
57	1	71	張先	江城子	鏤牙歌板齒如犀。

58	1	72	張先	定西番	年少登瀛詞客。
59	1	72	張先	天仙子（別渝州）	醉笑相逢能幾度。
60	1	73	張先	天仙子（觀舞）	十歲手如芽子筍。
61	1	73	張先	南鄉子（送客過餘溪，聽天隱二玉鼓胡琴）	相並細腰身。
62	1	75	張先	定風波令	輕牙低掌隨聲聽。
63	1	77	張先	菩薩蠻	佳人學得平陽曲。
64	1	77	張先	菩薩蠻	藕絲衫翦猩紅窄。
65	1	79	張先	定西番	秀眼謾生千媚。
66	1	79	張先	定西番（執胡琴者九人）	焊撥紫槽金襯。
67	1	79	張先	翦牡丹（舟中聞雙琵琶）	野綠連空。
68	1	81	張先	行香子	舞雪歌雲。
69	1	84	張先	碧牡丹（晏同叔出姬）	步帳搖紅綺。
70	1	88	晏殊	破陣子	燕子欲歸時節。
71	1	92	晏殊	清平樂	秋光向晚。
72	1	93	晏殊	采桑子	櫻桃謝了梨花發。
73	1	94	晏殊	喜遷鶯	歌斂黛，舞縈風。
74	1	95	晏殊	少年游	謝家庭檻曉無塵。
75	1	96	晏殊	木蘭花	池塘水綠風微暖。
76	1	76	晏殊	木蘭花	杏梁歸燕雙回首。
77	1	76	晏殊	木蘭花	春蔥指甲輕攏撚。
78	1	97	晏殊	訴衷情	東風楊柳欲青青。
79	1	106	晏殊	山亭柳（贈歌者）	家住西秦。
80	1	115	李冠	蝶戀花（佳人）	貼鬢香雲雙綰綠。
81	1	115	謝絳	菩薩蠻（詠目）	娟娟侵鬢妝痕淺。
82	1	115	謝絳	夜行船（別情）	昨夜佳期初共。
83	1	119	吳感	折紅梅（梅花館小鬟）	喜冰澌初泮。
84	1	124	歐陽脩	減字木蘭花	樓臺向曉。
85	1	124	歐陽脩	減字木蘭花	畫堂雅宴。
86	1	124	歐陽脩	減字木蘭花	歌檀斂袂。
87	1	125	歐陽脩	阮郎歸	劉郎何日是來時。

88	1	132	歐陽脩	玉樓春	春山斂黛低歌扇。
89	1	133	歐陽脩	玉樓春	池塘水綠春微暖。
90	1	133	歐陽脩	玉樓春	西湖南北煙波闊。
91	1	133～134	歐陽脩	玉樓春	紅條約束瓊肌穩。
92	1	134	歐陽脩	玉樓春	金花盞面紅煙透。
93	1	135	歐陽脩	玉樓春	南園粉蝶能無數。
94	1	135～136	歐陽脩	玉樓春	陰陰樹色籠晴晝。
95	1	136	歐陽脩	玉樓春	芙蓉鬥暈燕支淺。
96	1	137	歐陽脩	漁家傲	七月芙蓉生翠水。
97	1	141	歐陽脩	浪淘沙	今日北池遊。
98	1	142	歐陽脩	定風波	對酒追歡莫負春。
99	1	143	歐陽脩	浣溪沙	翠袖嬌鬟舞石州。
100	1	144	歐陽脩	浣溪沙	燈燼垂花月似霜。
101	1	149	歐陽脩	鼓笛慢	縷金裙窣輕紗
102	1	149	歐陽脩	看花回	曉色初透東窗。
103	1	149	歐陽脩	蝶戀花（詠枕兒）	寶琢珊瑚山樣瘦。
104	1	155	歐陽脩	鹽角兒	增之太長。
105	1	155	歐陽脩	憶秦娥	十五六。
106	1	155	歐陽脩	少年游	綠雲雙嚲插金翹。
107	1	156	歐陽脩	蕙香囊	身作琵琶。
108	1	156	歐陽脩	玉樓春	豔冶風情天與措。
109	1	156	歐陽脩	玉樓春	金雀雙鬟年紀小。
110	1	157	歐陽脩	迎春樂	薄紗衫子初腰匝。
111	1	165	王琪	定風波	把酒花前欲問天。
112	1	173	杜安世	浣溪沙	模樣偏宜掌上憐。
113	1	175	杜安世	醜奴兒	櫻桃謝了梨花發。
114	1	176	杜安世	河滿子	細雨裛開紅杏。
115	1	177	杜安世	更漏子	雪肌輕。
116	1	177	杜安世	更漏子	臉如花。

117	1	181	杜安世	剔銀燈	昨夜一場風雨。
118	1	199～200	司馬光	西江月	寶髻松松挽就。
119	1	212	陳汝羲	減字木蘭花	纖纖素手。
120	1	219	韋驤	鵲橋仙	歲華將暮。
121	1	224	晏幾道	蝶戀花	金翦刀頭芳意動。
122	1	225	晏幾道	鷓鴣天	彩袖殷勤捧玉鐘。
123	1	226	晏幾道	鷓鴣天	鬥鴨池南夜不歸。
124	1	227	晏幾道	鷓鴣天	楚女腰肢越女腮。
125	1	227	晏幾道	鷓鴣天	小玉樓中月上時。
126	1	228	晏幾道	生查子	輕輕制舞衣。
127	1	230	晏幾道	南鄉子	小蕊受春風。
128	1	232	晏幾道	清平樂	雙紋彩袖。
129	1	233	晏幾道	清平樂	心期休問。
130	1	234	晏幾道	減字木蘭花	留春不住。
131	1	235	晏幾道	菩薩蠻	嬌香淡梁胭脂雪。
132	1	235	晏幾道	菩薩蠻	香蓮燭下匀丹雪。
133	1	235	晏幾道	菩薩蠻	哀箏一弄湘江曲。
134	1	236	晏幾道	玉樓春	一尊相遇春風裏。
135	1	236	晏幾道	玉樓春	瓊酥酒面風吹醒。
136	1	236	晏幾道	玉樓春	清歌學得秦娥似。
137	1	237	晏幾道	玉樓春	當年信道情無價。
138	1	278	蘇軾	滿庭芳	香靉雕盤。
139	1	283	蘇軾	西江月(坐客見和複次韻)	小院朱闌幾曲。
140	1	285	蘇軾	臨江仙	細馬遠馱雙侍女。
141	1	288	蘇軾	鷓鴣天（陳公密出侍兒素娘，歌紫玉簫曲，勸老人酒。老人飲盡因爲賦此詞）	笑撚紅梅嚲翠翹。
142	1	238	晏幾道	玉樓春	晚妝長趁景陽鐘。
143	1	239	晏幾道	浣溪沙	家近旗亭酒易酤。
144	1	239	晏幾道	浣溪沙	日日雙眉鬥畫長。

145	1	240	晏幾道	浣溪沙	閑弄箏弦懶系裙。
146	1	240	晏幾道	浣溪沙	唱得紅梅字字香。
147	1	242	晏幾道	六么令	日高春睡。
148	1	242	晏幾道	更漏子	柳間眠。
149	1	242	晏幾道	更漏子	出牆花。
150	1	243	晏幾道	河滿子	綠綺琴中心事。
151	1	244	晏幾道	浪淘沙	麗曲醉思仙。
152	1	244	晏幾道	浪淘沙	翠幕綺筵張。
153	1	245	晏幾道	訴衷情	淨揩妝臉淺匀眉。
154	1	247	晏幾道	點絳唇	妝席相逢。
155	1	248	晏幾道	虞美人	玉簫吹遍煙花路。
156	1	251	晏幾道	采桑子	年年此夕東城見。
157	1	251	晏幾道	采桑子	雙螺未學同心綰。
158	1	251	晏幾道	采桑子	西樓月下當時見。
159	1	252	晏幾道	采桑子	別來長記西樓事。
160	1	293	蘇軾	南歌子	師唱誰家曲。
161	1	294	蘇軾	好事近（黃州送君猷）	紅粉莫悲啼。
162	1	299	蘇軾	江神子（江景）	鳳凰山下雨初晴。
163	1	301	蘇軾	蝶戀花（密州冬夜文安國席上作）	簾外東風交雨霰。
164	1	302	蘇軾	永遇樂（夜宿燕子樓，夢盼盼，因作此詞。）	明月如霜。
165	1	303	蘇軾	菩薩蠻（歌妓）	繡簾高卷傾城出。
166	1	303	蘇軾	菩薩蠻	碧紗微露纖纖玉。
167	1	303	蘇軾	菩薩蠻(杭妓往蘇迓新守)	玉童西迓浮丘伯。
168	1	306	蘇軾	烏夜啼（寄遠）	莫怪歸心甚速。
169	1	307	蘇軾	哨遍（春詞）	睡起畫堂。
170	1	312	蘇軾	減字木蘭花（贈潤守許仲塗，且以「鄭容落籍、高瑩從良」爲句首）	鄭莊好客。
171	1	318	蘇軾	浣溪沙（和前韻）	一夢江湖費五年。
172	1	319	蘇軾	皀羅特髻	采菱拾翠

173	1	320	蘇軾	江城子	墨雲拖雨過西樓。
174	1	320～321	蘇軾	南鄉子（用韻和道輔）	未倦長卿遊。
175	1	321	蘇軾	菩薩蠻（四首）	娟娟侵鬢妝痕淺。
176	1	321	蘇軾	菩薩蠻（詠足）	塗香莫惜蓮承步。
177	1	321	蘇軾	菩薩蠻	玉釬墜耳黃金飾。
178	1	322	蘇軾	減字木蘭花(贈君猷家姬)	柔和性氣。
179	1	327	蘇軾	南歌子	雲鬢裁新綠。
180	1	334	蘇軾	鷓鴣天（佳人）	羅帶雙垂畫不成。
181	1	297	蘇軾	賀新郎	乳燕飛華屋
182	1	340	李之儀	千秋歲（詠疇昔勝會和人韻，後篇喜其歸）	深簾靜晝。
183	1	345～346	李之儀	鷓鴣天	避暑佳人不著妝。
184	1	348	李之儀	驀山溪（少孫詠魯直長沙舊詞，因次韻）	青樓薄幸。
185	1	350～351	李之儀	雨中花令	休把身心撋就。
186	1	356	陳睦	沁園春	小雪初晴。
187	1	356	陳睦	清平樂	鬢雲斜墜。
188	1	357	王齊愈	菩薩蠻（戲成六首之一）	玉肌香襯冰絲縠。
189	1	358	王齊愈	虞美人（寄情）	黃金柳嫩搖絲軟。
190	1	360	舒亶	醉花陰（越州席上官妓獻梅花）	月幌風簾香一陣。
191	1	361	舒亶	虞美人（蔣園醉歸）	重簾小閣香雲暖。
192	1	363	舒亶	菩薩蠻	綺櫳深閉桃園曲。
193	1	374	黃裳	漁家傲（冬月）	風入金波凝不住。
194	1	384	張景修	選冠子	嫩水采藍。
195	1	386	黃庭堅	滿庭芳（妓女）	初綰雲鬟。
196	1	388	黃庭堅	轉調醜奴兒	得意許多時。
197	1	392	黃庭堅	木蘭花令	黃金捍撥春風手。
198	1	393	黃庭堅	清平樂	舞鬟娟好。

199	1	394	黃庭堅	清平樂（私情）	銀燭生花如紅豆。
200	1	395	黃庭堅	醉落魄	陶陶兀兀。
201	1	397	黃庭堅	采桑子（贈黃中行）	宗盟有妓能歌舞。
202	1	400～401	黃庭堅	兩同心	巧笑眉顰。
203	1	407	黃庭堅	歸田樂引	對景還銷瘦。
204	1	409	黃庭堅	鷓鴣天	聞說君家有翠娥。
205	1	410	黃庭堅	更漏子	體妖嬈。
206	1	411	黃庭堅	好事近（太平州小妓楊姝彈琴送酒）	一弄醒心弦。
207	1	421	晁端禮	滿庭芳	淺約鴉黃。
208	1	430	晁端禮	蝶戀花	骨秀肌香冰雪瑩。
209	1	430	晁端禮	定風波	花倚東風柳弄春。
210	1	432	晁端禮	浣溪沙	紫蔓凝陰綠四垂。
211	1	432	晁端禮	浣溪沙	似火山榴映翠娥。
212	1	434	晁端禮	點絳唇	洞戶深沈。
213	1	435	晁端禮	鷓鴣天	並蒂芙蓉本自雙。
214	1	438	晁端禮	鷓鴣天	日日仙韶度曲新。
215	1	439	晁端禮	雨中花	小小中庭。
216	1	441	晁端禮	清平樂	嬌羞未慣。
217	1	441	晁端禮	鵲橋仙	從來因被。
218	1	442	晁端禮	鵲橋仙	我也從來。
219	1	451～452	劉弇	金明春	寶曆延洪。
220	1	453	時彥	青門飲（寄寵人）	胡馬嘶風。
221	1	455	秦觀	望海潮（四之四）	奴如飛絮。
222	1	455	秦觀	沁園春	宿靄迷空。
223	1	456	秦觀	八六子	倚危亭。
224	1	456	秦觀	風流子	東風吹碧草。
225	1	456	秦觀	夢楊州	晚雲收。
226	1	457	秦觀	鼓笛慢	亂花叢裏曾攜手。

227	1	457	秦觀	長相思	鐵甕城高。
228	1	458	秦觀	滿庭芳	山抹微雲。
229	1	459	秦觀	滿庭芳	棗花金釧約柔荑。
230	1	459	秦觀	滿園花	一向沈吟久。
231	1	459	秦觀	鵲橋仙	纖雲弄巧。
232	1	460	秦觀	木蘭花	秋容老盡芙蓉院。
233	1	460	秦觀	一落索	楊花終日空飛舞。
234	1	460～461	秦觀	醜奴兒	夜來酒醒清無夢。
235	1	461	秦觀	醉桃源（以阮郎歸歌之亦可）	碧天如水月如眉。
236	1	461	秦觀	河傳（二之二）	恨眉醉眼。
237	1	461	秦觀	浣溪沙（五之二）	香靨凝羞一笑開。
238	1	462	秦觀	浣溪沙（五之四）	腳上鞋兒四寸羅。
239	1	463	秦觀	阮郎歸（四之二）	宮腰嫋嫋翠鬟松。
240	1	463	秦觀	阮郎歸（四之三）	瀟湘門外水準鋪。
241	1	463	秦觀	滿庭芳	曉色雲開。
242	1	464	秦觀	滿庭芳（茶詞）	雅燕飛觴。
243	1	465～466	秦觀	詞笑令（盼盼）	詩曰：百尺樓高燕子飛。
244	1	468	秦觀	品令（二之一）	幸自得。
245	1	468	秦觀	品令（二之二）	掉又懼。
246	1	468	秦觀	南歌子（三之二）	愁鬢香雲墜。
247	1	468	秦觀	南歌子（三之三）	香墨彎彎畫。
248	1	468	秦觀	臨江仙（二之二）	髻子偎人嬌不整。
249	1	470	秦觀	御街行	銀燭生花如紅豆。
250	1	471	秦觀	滿江紅・姝麗	越豔風流。
251	1	499	趙令畤	鷓鴣天（前改張文潛詩，但有此四句，正爲咸平劉生作。餘作後改爲鷓鴣天贈之）	可是相逢意便深。
252	1	500	趙令畤	臨江仙	翠袖卷紗紅映肉。

253	1	500	趙令畤	烏夜啼（春思）	樓上縈簾弱絮。
254	1	501	賀鑄	鴛鴦語（同前）	京江抵。
255	1	501	賀鑄	璧月堂（小重山）	夢草池南壁月堂。
256	1	501	賀鑄	群玉軒（同前）	群玉軒中跡已陳。
257	1	502	賀鑄	攀鞍態（同前）	逢迎一笑金難買。
258	1	502	賀鑄	辟寒金（同前）	六華應臘妝吳苑。
259	1	503	賀鑄	第一花（同前）	豆寇梢頭莫漫誇。
260	1	504	賀鑄	窗下繡（一落索）	初見碧紗窗下繡。
261	1	504	賀鑄	豔聲歌（太平時七首）	蜀錦塵香生襪羅。
262	1	504	賀鑄	花幕暗	綠綺新聲隔坐聞。
263	1	506	賀鑄	呈纖手（木蘭花三首）	秦弦絡絡呈纖手。
264	1	506	賀鑄	歸風便	津亭薄晚張離燕。
265	1	507	賀鑄	題醉袖	淺黛宜顰。
266	1	508	賀鑄	換追風	掌上香羅六寸弓。
267	1	508	賀鑄	最多宜	半解香銷撲粉肌。
268	1	509	賀鑄	問歌顰（雨中花令）	清滑京江人物秀。
269	1	509	賀鑄	晝樓空（訴衷情三首）	吳門春水雪初融。
270	1	509～510	賀鑄	偶相逢	彩山湧起翠樓空。
271	1	510	賀鑄	步花間	憑陵殘醉步花間。
272	1	510	賀鑄	斷湘弦（萬年歡）	淑質柔情。
273	1	511	賀鑄	翻翠袖	繡羅垂。
274	1	511	賀鑄	付金釵	付金釵。
275	1	511	賀鑄	苗而秀	吳都佳麗苗而秀。
276	1	513	賀鑄	薄幸	豔眞多態。
277	1	514	賀鑄	鳳求凰	園林冪翠。
278	1	515	賀鑄	綺筵張	綺繡張筵。
279	1	516	賀鑄	吹柳絮（鷓鴣詞）	月痕依約到西廂。
280	1	517	賀鑄	小重山（四之一）	玉指金徽一再彈。
281	1	518	賀鑄	小重山（四之二）	簾影新妝一破顏。

282	1	518	賀鑄	河傳（二之一）	華堂張燕。
283	1	518	賀鑄	河傳（二之二）	華堂重廈。
284	1	518	賀鑄	侍香金童	楚夢方回。
285	1	519	賀鑄	鳳棲梧	獨立江東人婉孌。
286	1	519	賀鑄	虞美人	粉娥齊斂千金笑。
287	1	520	賀鑄	感皇恩	歌笑見餘妍。
288	1	520	賀鑄	菩薩蠻（十一之三）	曲門南與鳴珂接。
289	1	521	賀鑄	菩薩蠻（十一之四）	綠窗殘夢聞鶗鴂。
290	1	521	賀鑄	菩薩蠻（十一之六）	粉香映葉花羞日。
291	1	522	賀鑄	風流子	何處最難忘。
292	1	523	賀鑄	憶仙姿（九之四）	羅綺叢中初見。
293	1	523	賀鑄	憶仙姿（九之七）	何處偷諧心賞。
294	1	524	賀鑄	花心動	西郭園林。
295	1	527	賀鑄	木蘭花（二之一）	嫣然何啻千金價。
296	1	527～528	賀鑄	減字木蘭花（四之四）	多情多病。
297	1	529	賀鑄	小重山	一葉西風生嫩涼。
298	1	529	賀鑄	玉連環（一落索）	別酒更添紅粉淚。
299	1	530	賀鑄	攤破木蘭花	桂葉眉叢恨自成。
300	1	530	賀鑄	訴衷情（二之二）	半銷檀粉睡痕新。
301	1	532～533	賀鑄	江南曲（踏莎行‧三之一）	蟬韻清弦。
302	1	533～534	賀鑄	雁後歸（臨江仙人日席上作‧三之一）	巧翦合歡羅勝子。
303	1	535	賀鑄	綠頭鴨	玉人家。
304	1	535	賀鑄	減字浣溪沙（十五之二）	三扇屏山匝象床。
305	1	536	賀鑄	減字浣溪沙（十五之十二）	浮動花釵影鬢煙。
306	1	537	賀鑄	琴調相思引	團扇單衣楊柳陌。
307	1	538	賀鑄	攤破浣溪沙	雙鳳簫聲隔彩霞。
308	1	539	賀鑄	浣溪沙	翠縠參差拂水風。
309	1	539	賀鑄	浣溪沙	疊鼓新歌百樣嬌。

310	1	539～540	賀鑄	木蘭花	佩環聲認腰肢軟。
311	1	540	賀鑄	木蘭花	銀簧雁柱香檀撥。
312	1	543	賀鑄	攤破浣溪沙	錦韉朱弦瑟瑟徽。
313	1	548	仲殊	虞美人	一番雨過年芳淺。
314	1	554	晁補之	鳳凰臺上憶吹簫（自金鄉之濟至羊山迎次膺）	千里相思。
315	1	563	晁補之	玉蝴蝶	暗憶少年豪氣。
316	1	566	晁補之	憶秦娥（和留守趙無愧送別）	牽人意。
317	1	570	晁補之	南歌子（譙園作）	霜細猶欺柳。
318	1	571	晁補之	綠頭鴨（韓師朴相公會上觀佳妓輕盈彈琵琶）	新秋近。
319	1	575	晁補之	驀山溪	自來相識。
320	1	576	晁補之	少年游	當年攜手。
321	1	576	晁補之	青玉案（傷娉娉）	彩雲易散琉璃脆。
322	1	576	晁補之	勝勝慢（家妓榮奴既出有感）	朱門深掩。
323	1	576	晁補之	點絳唇（同前）	檀口星眸。
324	1	578	晁補之	碧牡丹（王晉卿都尉宅觀舞）	院宇簾垂地。
325	1	578	晁補之	菩薩蠻（代歌者怨）	絲篁鬥好鶯羞巧。
326	1	580	晁補之	鬥百花（汶妓閻麗）	小小盈盈珠翠。
327	1	580	晁補之	鬥百花（汶妓褚延娘）	臉色朝霞紅膩。
328	1	588	陳師道	木蘭花減字	娉娉嫋嫋。
329	1	588	陳師道	木蘭花減字	勻紅點翠。
330	1	589	陳師道	卜算子	纖軟小腰身。
331	1	589	陳師道	洛陽春	酒到橫波嬌滿。
332	1	593	張耒	少年游	含羞倚醉不成歌。
333	2	597	周邦彥	解連環（春景）	怨懷無托。
334	2	598～599	周邦彥	浪濤沙	晝陰重。

335	2	599	周邦彥	秋蕊香	乳鴨池塘水暖。
336	2	600	周邦彥	漁家傲	幾日輕陰寒測測。
337	2	600	周邦彥	南鄉子	晨色動妝樓。
338	2	600	周邦彥	望江南	遊妓散。
339	2	600	周邦彥	浣沙溪	爭挽桐花兩鬢垂。
340	2	601	周邦彥	一落索	眉共春山爭秀。
341	2	601	周邦彥	垂絲釣	縷金翠羽。
342	2	603	周邦彥	浣沙溪（四之三）	薄薄紗廚望似空。
343	2	603	周邦彥	浣沙溪（四之四）	寶扇輕圓淺畫繒。
344	2	604	周邦彥	華胥引（秋思）	川原澄映。
345	2	608	周邦彥	解語花（高平元宵）	風銷焰蠟。
346	2	610	周邦彥	虞美人	金閨平帖春雲暖。
347	2	612～613	周邦彥	玉樓春（惆悵）	玉琴虛下傷心淚。
348	2	615	周邦彥	少年游（樓月）	簷牙縹緲小倡樓。
349	2	615	周邦彥	望江南（詠妓）	歌席上。
350	2	616	周邦彥	意難忘（美詠・雜賦）	衣染鶯黃。
351	2	616	周邦彥	迎春樂（攜妓）	人人花豔明春柳。
352	2	616	周邦彥	定風波（美情）	莫倚能歌斂黛眉。
353	2	616	周邦彥	玉樓春	大堤花豔驚郎目。
354	2	617	周邦彥	玉樓春	玉奩收起新妝了。
355	2	617	周邦彥	早梅芳（牽情・二之二）	繚牆深。
356	2	617	周邦彥	鳳來朝（佳人）	逗曉看嬌面。
357	2	618	周邦彥	感皇恩	露柳好風標。
358	2	618	周邦彥	虞美人	燈前欲去仍留戀。
359	2	618	周邦彥	玉團兒	鉛華淡佇新妝束。
360	2	619	周邦彥	玉團兒	妍姿豔態腰如束。
361	2	620	周邦彥	長相思	夜色澄明。
362	2	620～621	周邦彥	看花迴	秀色芳容明眸。
363	2	622～623	周邦彥	青玉案	良夜燈光簇如豆。

364	2	623	周邦彥	一剪梅	一剪梅花萬樣嬌。
365	2	623	周邦彥	花心動	簾卷青樓。
366	2	624	周邦彥	醜奴兒	美盼低迷情宛轉。
367	2	625	周邦彥	醜奴兒	酒熟微紅生眼尾。
368	2	625	周邦彥	木蘭花令	歌時宛轉饒風措。
369	2	625	周邦彥	驀山溪	樓前疏柳。
370	2	626	周邦彥	驀山溪	江天雪意。
371	2	626	周邦彥	南柯子	膩頸凝酥白。
372	2	628	周邦彥	南鄉子（撥燕巢）	輕軟舞時腰。
373	2	629	周邦彥	訴衷情	當時選舞萬人長。
374	2	629	周邦彥	燭影搖紅	芳臉勻紅。
375	2	637	李廌	品令	唱歌須是。

誌　謝

三年前我帶著大學時期作品集《清狂》推甄成大，未錄取，而後又應屆考進成大。在大學畢業的前一個星期，我的父親驟逝，忙完種種事宜後，我離開親友、故鄉，獨自來到臺南，面對的是新的環境、學校、師友，煩惱的是如何養活自己，以及如何拜入師門，寫本好論文，準時畢業，以後找份不錯的工作。三年來，上課、TA、通識改作文、寫報告、國科會、所學會、編輯、補習班打工等，在忙碌中度過四季，環境和危機感讓我急速成長，最後以這本論文替清狂的歲月和研究生涯畫下休止符。

這本論文，我想獻給我那已在天上的父親，想告訴他，您的女兒拿到碩士學位了，許多事情都可以自理了，請不要再爲我擔心，未來我也會當個讓您以我爲榮的女兒。感謝我的家人，沒有因爲經濟困境，而逼我放棄碩士學業；謝謝靜瑜姑姑總是關心我、不時資助我；謝謝二弟政佑，在我只有一個工作時，他要養家，自己也很辛苦了還借我生活費。

謝謝我的指導老師　王偉勇先生，在我研究所期間十分照顧我，從他身上我學到很多做人做事做學問的道理和方法，以及「一日爲師，終身爲父」的認同感，讓失怙的我，還能感受到父愛的溫暖，以及師恩的浩瀚。如果沒有　王師偉勇的慈愛，我的研究生活將會十分困苦，並且得不到研究學問的樂趣，以及學習待人接物的幽默豁達。謝謝溫柔文雅的　高美華老師擔任我的口考委員，雖然碩一時在老師研究室小打工、碩二幫忙國劇社串場，以及擔任　李勉老師詩詞吟唱的專刊編輯，但我眞沒想到最後竟是老師幫我口考，這就是命中有緣吧！感謝活潑可愛的　郭娟玉老師，細讀我的論文給予建議，更謝謝老師對我的各種肯定，讓我受寵若驚，今後我會更加相信自己。謝謝主任　沈寶春在我擔任國科會助理時的諸多關懷，謝謝曾教導過我的老師　李勉、陳怡良、江建俊、張高評、仇小屛、萬胥亭、葉海煙、王三慶，於課堂上學習到許多新知，至今記憶猶新。

謝謝我的初戀男朋友阿側，他讓我嘗到戀愛的酸甜苦辣，體會牽手擁抱的安心感，感受兩個人約會散步看電影也有小確幸的時光，並且教我學會依賴他、依賴朋友；謝謝他寵我愛我陪伴我，在我因爲論文而陷入歇斯底里、沒有自信的恐懼時，給我力量，陪我在各方面一起成長。謝謝我的藍顏知己喵叔 Ivan，讓我知道我擁有帶給人快樂的能力，以及被相信的魅力，謝謝他帶我走出囚禁自己的象牙塔，帶我走遍各地，用眼睛、相機和感受，記錄生命中美好的人事物；謝謝他代替了我的家人參加我的畢業典禮，也謝謝他總是情義相挺。

謝謝朋友小江替我校稿，以及不時揪團解悶，最令我感動的是她的關切不問，因爲她知道我不想被過問，體貼的不讓我爲難。謝謝蒼流在我碩班期間，總是不厭其煩的從臺北下臺南找我玩，稍微消解了我的孤單。謝謝 Amisafa 學姐帶我認識臺南，在我碩一時總是背著嚴格的母親偷偷跟我約會。謝謝一拍即合的小米，我們互相心疼對方傻氣，然後在電話裡爲自己和對方哭得淅瀝嘩啦，宣洩許多說不出口的難過秘密。

謝謝研究所戰友佳玲和苡珊，爲了論文和工作每天一起上圖書館忙碌，一起吃飯、聊天、抱怨、團購、討論課業，共同鼓勵和努力，佳玲甚至比我還要相信我可以把論文寫好。謝謝王門直屬學姐吳雙，非常關心我的生活、課業、身體，還常常請我吃飯，給我論文的建議；學姐淑惠、乃文、靜涵分擔我許多的工作，像姐姐一樣照顧我；還有勇樣粉絲團學長姐福勇、淑華、宏達、青簪、仲南、宥伶、巽雅，以及學弟妹怡臻和進康的陪伴，能進如此和樂融融又互助互愛的師門，眞的十分幸福！

感謝通識中心聰明伶俐助我良多藍小姐、幽默風趣郭先生、溫柔和婉芳蘭姐、青春洋溢的筱筠姐，你們是最棒最快樂的優良工作夥伴。感謝研究所學長姐書生和君、小生子津姐，還有同學婕敏、書容、文沁、欣怡、尹鐘、佩樺、沂澐、筱婷、瑋婷、國輝、實偉、正沅、郁屛等，碩士三年的記憶中少不了大家。感謝 Flickr 攝影團啓明、強哥、正妹莉莉周、阿水、有搞頭、William、Peter、Ken、Jan、Rose、A 門學長、東美美、老丁、Sul、小蟲、莊曉豐、Hans、汪比陪我度過攝影遊樂日，以及 Coser 五毛、白白、曇曇、旨仔、G 先生、查理軍團（？）等陪我外拍私拍開後宮。

謝謝死黨小青、大佩、琄、雅儀、雅、千、碧月、盈螢，謝謝你們默默關心，以及總是帶我回到最初那個傻氣愛大笑的自己。謝謝湘湘、惹君、歌姬、采彤、小錟、霧丸、塵、丁瓜、清海老師，即使距離遙遠，沒有常連絡，也相信著我的本質與能力。

有些人，關切，不問。是因爲他們相信著我這個人，知道我的作風，本質、個性和內心，以及那些情感牽繫，不是輕易就會改變或捨棄的。有些人，關切，問。前提是他們懂得拿捏關心與強迫接受的分寸。當關心的方法是種傷害時，就已經稱不上是關心了，忠言逆耳不是傷害的藉口。我笑著不代表我堅強，我沒哭不代表我不痛，我沒抱怨不代表我不累。走得很慢，並不是眞正堅強，可是我沒有停留，一步一步往前走了，我沒有對不起誰。

謝謝所有眞正關心還有用關心傷害我的那些人，我從中得到了動力，以及拚命反擊的傲氣和骨氣。那些沒有反駁沒有說話的日子不是我在躲避，我只是像現在一樣，一如既往地做我覺得該做而不必宣揚的事情而已。

我在臺南上課、工作、戀愛、玩樂、悠然過日子，一路走來，發生很多事，我失去很多，也得到很多，所以我更懂得珍惜現在所有。想要感謝的人太多了，篇幅所限無法一一寫出心中的感謝，謝謝所有幫助我、關心我、喜歡我的人，碩士三年，有你們在身邊，眞好！

最後感謝花木蘭文化出版社，願意出版這本論文，讓更多人可以接觸到這個有趣的議題和領域。

2013 年，在臺南最後的仲夏，
與我愛的和愛我的人事物，
抵死纏綿。
陳佳慧書於勇樣研究室